KB073363

일제강점기 항일민족시인 심연수의 삶과 문학

# 심연수 평전

이진모 지음

(주)CNC미디어콘텐츠

심연수 시인

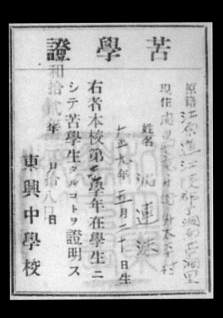

일본 유학시절 사용했던 심연수 시인의 고학증, 학생증

심연수 시인이 소장했던 문집들(펼침면)

심연수 시인이 소장했던 문집들(표지)

■ 심연수 시인의 유고(寒夜記)

■ 심연수의 일본 유학시절을 증언한 이기형 시인
(왼쪽은 필자)

2009년 8월 7일 강릉시 난곡동
시인의 생가터에 설치된 흉상

심연수의 부모

동흥중학교 시절의 시인
(오른쪽 위)

일본 유학시절의 시인

1945년 2월 용정 시내 예배당에서 백보배 씨와 결혼

심연수의 유복자 상룡 씨를 키워준 동생 호수 씨 부부(양쪽 끝)와
미망인 백보배 씨(가운데) 1987년경 모습

중국, 용정실험소학교 교정에 세워진 심연수 시비 「지평선」

용정 토기동 뒷산 가족묘지의 심연수 묘소 (2003년 단장)

강릉 경포호변 시비 · 조각 공원에 세워진 심연수 시비 「눈보라」

2018년은 심연수 시인이 출생한 지 100주년이 되는 해이다. 심연수 시인을 선양하는 여러 단체에서 탄생 100주년을 기념하여 다채로운 선양 사업을 진행하였다. 특히 심연수 시인이 일본 유학 후 교사로 재직하였던 성서국민우급학교(현, 영안시조선족소·중학교)에서 한중학술세미나를 개최한 것은 매우 뜻 깊은 일이다.

그 동안 심연수 시인에 대한 연구는 다양하게 이루어졌다. 한국학대학원을 비롯하여 가톨릭관동대, 전남대, 국립강릉원주대에서 각각 박사학위 논문이 나왔다. 그 외에 다수의 석사학위 논문과 각종 지면에 게재된 수십 편의 평론 등을 감안하면 짧은 기간에 비해 괄목할 만한 연구 성과가 도출되었다고 생각한다.

한국근대문학사에서 1940년대는 일반적으로 문학사의 공백기로 기술된다. 30년대에 문학의 황금기를 구가하던 그 많은 작가들이 민족의 한을 가슴속에 품은 채 주옥같은 작품들을 어찌 남기지 않았겠는가마는 일제의 폭압으로 발표지면이 전무했으니 이분들의 작품은 단지 작가의 창작 노트에 머물다 사라지고 말았을 것이다.

그나마 윤동주 시인의 육필유고가 실낱같은 명맥을 이어오던 차에 심연수 시인의 발견은 한국문학사의 쾌거이다. 필자는 은사님이신 엄창섭 위원장님을 통해 심연수 시인을 알게 되었고, 이제 그의 족적을 더듬은 지 십수 년이 흘렀기에 탄생 100주년을 맞아 지금까지 축적한 자료들을 들추어 '평전'이라는 이름으로 상재하고자 한다.

이 책은 심연수의 삶과 문학을 널리 알리는 데 목적이 있다. 육필유고에 기록된 날짜 순서대로 서술하는 것을 원칙으로 하였으나 별다른 고증

자료가 없을 경우에는 심연수 시인의 동생 심호수 옹이 기억해 낸 편린들로 재구성하기도 하였기에 이 평전은 심연수의 삶을 묘사한 일종의 팩션(faction)이라 하는 것이 옳을 것이다.

심연수 육필 유고를 최초로 정리하였던 중국 연변의 김룡운 평론가가 내용을 일일이 감수하였고, 또 상당 부분을 중국 연변 어법으로 치환하였다. 따라서 이 평전은 필자의 단독 저서라기보다는 공저라 하여야 마땅하지만 김룡운 평론가가 심연수 탄생 100주년을 기념해 단독 저서로 출간하기를 강권하였다는 점도 밝혀둔다.

이 책에는 지금까지 알려진 심연수에 관한 모든 것이 담겨 있다고 할 수 있다. 이름 없이 사라질 뻔한 위대한 민족시인 심연수를 깊이 이해하는 계기가 되어 한국근대문학사의 지평이 넓혀지기를 소망한다. 아울러 이 책으로 말미암아 자칫 잊어버릴 수도 있었던, 암울했던 역사의 한 시기를 되새기는 계기가 되기를 기대한다.

올해 안에 간행해야 한다는 시간적 제약으로 허둥대는 필자의 욕심에 대해서도 너그러운 용서를 구한다. 모교의 강단에서 후학들에게 〈글쓰기〉 강의를 진행하며 숱하게 지적했던 그 지적의 손끝이 내게로 향하는 부끄러움이 있지만 다소 불미한 점에 대해서는, 여러분의 따가운 질책에 겸허히 귀기울일 것이다.

무술년 입동에
저자 삼가 씀

# 제3부 소년아 봄은 오려니

## 눈보라

바람은 서북풍
해 질 무렵의 넓은 벌판에
싸르륵 몰려가는 눈가루
칼날보다 날카로운 이빨로
눈 덮인 땅바닥을 갉아 간다

막막한 雪平線
눈물 어는 새파란 雪氣
추위를 뿜는 매서운 하늘에
조그만 햇덩이가
얼어 넘는다.

# 제1부 대지의 봄

# 비참한 죽음, 찬란한 부활

1943년 9월에 이탈리아가, 그리고 1945년 5월에는 독일이 연합군에 각각 항복함으로써 유럽에서의 전쟁은 끝났다. 남은 것은 일본뿐이다. 루즈벨트와 처칠, 스탈린은 1945년 2월에 개최된 얄타회담에서 독일의 전후처리 문제와 일본에 대한 대책을 논의하였다. 이즈음 일본에서도 강화파가 나서서 전쟁 종결에 대한 의견을 조심스레 제기했다.

1945년 4월 강화파인 스즈키 간타로가 총리대신이 되자 일본 집권층에서는 전쟁 종결 후 천황제를 계속 유지할 수 있을지에 대해 고민하기 시작했다. 전쟁에 패한 후에도 천황제가 계속 유지되어야 한다는 것이 이들의 생각이었다.

1945년 7월 26일, 포츠담선언을 통해 연합국 정상들은 일본에 대해 무조건 항복을 요구하였을 뿐만 아니라 제2차 세계대전 후의 대일처리방침을 밝혔다. 이날 트루먼, 처칠, 장제스가 이 선언에 서명하였고, 그 후 8월 8일 스탈린도 대일전 참전과 동시에 이 선언에 서명하였다. 포츠담선언에는 '일본의 무모한 군국주의자들이 세계인류와 일본국민에 지은 죄를

뉘우치고 이 선언을 즉각 수락할 것'을 요구하는 내용이 담겼다.

그러나 스즈키는 포츠담선언을 묵살하고 우리가 승리할 때까지 싸운다고 일본 국민들에게 선언했다. 이에 미국은 가공할 미지의 신무기인 원자폭탄을 투하했다. 1945년 8월 6일 히로시마에 한 발, 9일 나가사키에 한 발을 투하하자 일본은 지금까지 인류가 겪어보지 못한 가공할 신무기에 의해 한 순간에 폐허가 되고 말았다.

일본이 투항하기 직전의 동북(만주)은 극도의 혼란에 빠져 가는 곳마다 아수라장이었다. 패망을 눈앞에 둔 일본군은 최후 발악을 했다. 끼리끼리 모여 집단 자살을 하기도 하고 아무 연고 없이 미친개처럼 날뛰면서 무고한 백성들을 마구 살해하기도 했다.

어떤 자들은 멸망의 화풀이로 후퇴하는 길에서 백성들이 보이기만 하면 무작정 총질을 하기도 했다. 수많은 조선인들이 난을 피해 고향으로 돌아가고 있었다. 절반 이상은 조선으로 가려는 사람들이었다. 그러나 소련군의 폭격으로 열차가 통하지 않아 대부분 도보로 이동했다. 그러다 보니 일본인들에게 뜻밖의 변을 당한 사람도 적지 않았다.

1945년 8월 8일, 영안(寧安)에서 연변으로 오던 조선인 9명이 길림성 왕청현 춘양진(汪淸县春阳镇) 역전(驛前)에 있는 물탱크 부근에서 한 무리의 일본군인들과 조우하게 되었다. 일인들이 임시로 설치한 검문소였다. 이들은 소련 간첩을 사출한다는 명목으로 지나가는 사람들의 옷을 뒤지고 보따리들을 헤쳤다.

금붙이나 돈이 나오면 '대일본제국의 승리를 위해 헌납해야 한다'며 빼앗았고 조금이라도 항의하면 '빠가야로!'를 내뱉으며 뺨을 치거나 구둣발로 걷어찼다. 총칼 앞인지라 누구도 감히 항거할 엄두조차 내지 못했다.

줄을 선 사람들 중에 검은 양복차림을 하고 커피색 트렁크를 든 20대의 청년이 있었다. 키가 후리후리하고 용모가 준수하고 당차 보였는데 눈에는 노기가 번뜩였다. 지켜보던 청년은 이들이 하는 소행이 하도 터무니없고 눈꼴사나웠던지 입을 열었다.

"여보시오. 우리는 죄인이 아니요, 무슨 이유로 백주에 무작정 빼앗고 매를 대는 거요? 하늘이 무섭지도 않소? 우리는 모두 난을 피해 고향으로 가는 선량한 백성들이오. 그러잖아도 고달파 죽겠는데 왜 이렇게 괴롭게 구는 거요?"

청년은 유창한 일본어로 이들을 질책했다. 무리 중의 책임지인 듯한 땅딸보가 청년을 쏘아보았다.

"이 자식이 건방지게 웬 잔소리야? 보아하니 공부께나 한 놈 같은데, 그래 우리 일본이 망하는 것 같으니 이젠 우리가 대수롭지 않다 이런 말이지? 이놈아, 우리 대일본제국은 영원히 안 망한다. 안 망해. 얘들아, 이놈이 들고 있는 트렁크부터 열어라. 이놈이 하는 수작을 보니 수상한 자가 틀림없다."

서넛이 우루루 달려들어 트렁크를 빼앗으려 하자 청년이 소리쳤다.

"이건 강탈이다. 이놈들아, 당장 트렁크를 돌려 다오!"

이들이 돌려줄 리 만무했다. 땅딸보가 트렁크를 넘겨받아 열어보려 하였으나 트렁크가 잘 열리지 않자 날창으로 트렁크를 냅다 찔렀다. 분이 절정에 오른 청년이 땅딸보의 얼굴에 번개같이 강타를 먹인 후 트렁크를 껴안고 뛰었다.

그러나 총알이 더 빨랐다. 오십 보도 채 못가 청년은 이들이 쏜 총에 맞아 꼬꾸라졌다. 이들이 청년을 쫓아갔다. 넘어진 청년의 다리에서 선지피가 철철 흐르고 있었다. 그래도 청년은 트렁크를 부둥켜안고 적의에 찬 눈으로 이들을 쏘아 보았다.

"이 짐승만도 못한 날강도들아, 비놈들이 망할 날도 얼마 남지 않았다.

네놈들이 망하는 꼴을 못 보는 것이 한이로구나."

땅딸보가 청년의 가슴을 향해 연거푸 총을 쏘았다. 그것도 성치 않았는지 분풀이로 트렁크를 갈기갈기 찢었다. 트렁크에서 하얀 종잇장들이 쏟아져 나왔다. 이들이 종잇장들을 마구 걷어찼다.

종잇장들이 바람에 날려 순식간에 하늘을 뒤덮었다. 아, 애달프도다, 무정한 하늘이여, 어쩌면 이런 일이 생길 수 있단 말인가. 그것은 단순한 종잇장이 아니다. 그것은 한 청년 시인이 일본에서 돌아온 후, 일 년 반 동안 피땀으로 쓴 불멸의 혼불이었다. 시편마다 조국의 독립을 열망하고, 일제의 침략 죄행을 폭로하고, 민주와 정의와 자유를 구가하는 젊은 시인의 뜨거운 심장이 박동하고 있었기 때문이다. 진정 애국애족의 혼이 살아 숨 쉬고 있었으리라.

청년은 시 원고가 들어 있는 트렁크를 목숨처럼 귀중히 여기고 보호하려 하다가 흉변을 당한 것이다. 설령 트렁크를 고분고분 넘겨주었다 해도 시 내용이 독립을 선동하고 일제를 규탄하는 것들이어서 봉변은 면치 못했을 것이다. 그날 분실된 시편들이 도대체 얼마나 되는지, 80여 년이 지나 그의 탄생 100주년을 맞이하는 오늘까지 그 누구도 모른다. 어쩌면 앞으로도 영영 알 수 없을 일인지도 모른다.

1945년 8월 8일, 광복을 불과 일주일 앞두고 왕청현 춘양진 역전 물탱크 옆에서 억울하고 비참하게 살해된 청년이 바로, 그 이름 심연수이다. 심연수는 그 암울했던 1940년대에 우리 글로 시를 써 햇불처럼 추켜들고 암흑의 식민지 시대를 밝혀준 민족시인이다.

비참하게 살해된 그 혼이 용정 토기동 선영에 할아버지, 할머니, 아버지와 함께 장장 55년 간 한을 품은 채 차마 눈을 감지 못하고 누워 있었다. 또래 나이로 같은 공간에 살았던 민족시인 윤동주는 사후에 아버지가

<시인 윤동주>라는 묘비를 세워 다행스럽게 시인이라는 이름을 가지고 영면했지만 불우한 운명을 타고난 심연수는 55년간 시인이라는 이름을 가지지 못한 채 누워 있어야만 했다.

다행히도 하늘이 무심치 않아 2000년 7월, 『20세기중국조선족문학사료전집』 제1집(심연수문학편)이 출간되어 마침내 항일민족시인 심연수로 부활하게 되었다. 그러나 여기에 실린 시편들은 심연수가 동흥중학교에 다니던 1940년부터 일본 유학시기인 1943년도까지 창작한 작품들뿐이다. 일본에서 돌아와 신안진과 영안에 있을 때 창작한 작품들은 한 편도 없다.

추측컨대 춘양진 참사에서 모조리 분실되었을 것이다. 이것은 심연수의 비극이자 우리 문학사의 비극이 아닐 수 없다. 심연수는 시 창작을 소명처럼 받들고 산 사람이었으며 또한 다산 시인이었다. 1940년 7월 여름방학 때와 1940년 5월 수학여행 때에는 하루에 평균 한 수씩 썼다. 심연수는 언제나 창작을 멈추지 않았던 시인이다. 일본에서 돌아온 후의 시간이 일 년 반인데 그 사이에 적어도 100여 수는 족히 창작했을 것이다.

그뿐만이 아니다. 어쩌면 일본 유학을 마치고 귀국한 그 때가 심연수에게는 시인으로서 가장 성숙한 시기이었을 터이다. 분명 주옥같은 시편들을 적잖이 간직하고 있었을 것이다. 생각하면 생각할수록 애석하기 그지없다. 그나마 불행 중 다행인 것은 땅 속에 묻혀 영원히 빛을 보지 못했을 수도 있었을 심연수의 문학세계가 세상에 알려진 것은 너무나 감사하고 감사한 일이다.

"구슬은 아무리 깊이 묻혔다 하더라도 종당에는 이 세상에 그 존재를 드러내기 마련이고 자기의 가치를 인정받기 마련이다. 심연수, 우리에게는 얼마나 생소한 이름이냐, 까딱하면 영원히 매몰 되었을지도 모르는 시인의 이름, 어찌 보면 유명한 저항시인 윤동주와 쌍벽을 이룰지도 모르는 이 시인이 다행히도 그의 동생 심호수(沈浩洙) 씨의 보존과 연변사회과학원 문학예술연구소의 발굴, 연변인민출판사의 적극적인 지지, 한국의 사심 없는 협찬으로 마침내 매몰의 역사에 영영 종지부를 찍고 넋이 부활하여 떳떳하게 이 세상과 인간적인 대화, 문학적인 대화를 나누게 되었다. 심연수란 이름은 이제부터는 더는 외롭고 생소한 이름으로 되지 않을 것이다."

심연수의 문학혼은 부활하자마자 각광을 받기 시작했다. 2000년 7월『중국조선족문학사료전집』출간기념회가 성대하게 열렸고, 8월에 연길에서 제1차 심연수시문학 국제세미나가 개최되었으며, 이듬해에 강릉에서 제2차 심연수시문학 국제세미나가 개최되었다. 그리고 그 후부터 지금까지 매년 심연수 학술세미나가 열리고 있다. 뿐만 아니라 2001년 8월에 심연수가 다니던 용정실험소학교(동흥소학교)에 심연수시비가 세워졌다.

지평선

하늘가 지평선
아득한 저쪽에
휘연히 밝아오는
대지의 여명을
보라 그 빛에,
들으라 그 마음으로,
외쳐라 힘찬 성대로,
달려라 해가 뜰 지평선으로,
막힐 것 없는 새벽의 대지에서
젊은이 노래를 높이 부르라.

눈보라

바람은 서북풍
해 질 무렵의 넓은 벌판에
싸르륵 몰려가는 눈가루
칼날보다 날카로운 이빨로
눈 덮인 땅바닥을 갉아 간다

막막한 雪平線
눈물 어는 새파란 雪氣
추위를 뿜는 매서운 하늘에
조그만 햇덩이가
얼어 넘는다.

* 2003년도에는 심연수의 고향 강릉에 심연수의 시비가 세워졌다.

2009년에는 심연수의 생가터에 심연수의 흉상이 세워졌다. 서양화가이자 조각가인 최종림 화백이 제작한 이 흉상은 시인의 동생 심호수 옹의 수차에 걸친 고증을 통해 실제 모습을 재현하는데 주안점을 두었다. 일제의 잔재인 모자를 벗기고 먼 하늘을 응시하는 모습으로 제작되었다.

이에 앞서 2007년도에는 '심연수문학상'이 제정되어 제1회 수상자로 한양대학교 명예교수인 이승훈 시인이 선정되었다. 제2회 수상자는 오산대학 총장인 홍문표 시인이, 제3회는 인천대학교 명예교수인 오양호 평론가가 수상하였다. 제4회는 목포대학교 교수인 허형만 시인이, 그리고 제5회 수상자는 한국현대시인협회 이사장인 유승우 시인이 각각 선정되었다.

2010년에는 연변에서도 '심연수문학상'을 시상하였다. 심연수는 날이 갈수록 중국 조선족 사회와 한국문학계에서 민족시인이라는 따뜻한 이름으로 자리잡아가고 있다. 민족을 사랑하고 나라를 사랑했던 시인의 갸륵한 정신이 날로 사람들의 가슴에 심어지고 있다. 심연수 시혼의 부활은 모든 백의겨레의 기쁨이요 자랑이고 또 힘이다. 시인의 인생은 짧았지만 시인이 우리에게 남겨놓은 시혼은 결코 가볍지 않다.

# 잘 있거라, 강릉아

심연수는 1918년 5월 20일 강원도 강릉군(江陵郡) 난곡리(蘭谷里) 399번지에서 삼척심씨 심운택(沈雲澤)의 셋째 자식으로 태어났다. 당시 심연수의 위로 누이 심면수(沈冕洙)와 심진수(沈眞洙)가 있었고 그 밑으로 학수(學洙), 호수(浩洙), 근수(根洙), 해수(海洙)가 줄줄이 태어났다.

심연수의 어린 시절에 심연수 일가는 2천 평이 되나마나한 밭뙤기를 소작하였다. 땅이 척박하여 소출이 얼마 되지 않아 일 년 농사를 지어도 아홉 식구의 석 달 식량으로도 모자랐다. 할머니와 어머니가 길쌈을 하여 근근이 호구해 나갔다. 심연수의 아버지와 할아버지는 농사철이 지나면 고기잡이를 하든가 아니면 외지에 나가 날품팔이를 하면서 생계를 유지했다.

심연수의 아버지 심운택은 부지런하고 착실한 농부였지만 할아버지 심대규는 강릉일대에서 강호의 사나이로 명성이 높았다. 돈이 많아서가 아니라 성격이 호방하고 의협심이 강해 어디에 억울한 일이 있으면 자기 일처럼 발 벗고 나섰기 때문이다. 기운도 장사여서 벼 서너 가마니를 쪽지게에 지고 거뜬히 십리를 걸었으며 술도 앉은 자리에서 50도짜리 일본

소주 네댓 병을 마셨다.

인근에서는 심대규를 <무송>이라고 불렀다. 누가 싸우면 언제나 약한 자의 편을 들었고 지방 관리가 백성을 학대하면 물불을 가리지 않고 관리와 시비를 걸었다. 한번은 술집에서 술을 마시고 나오다가 면장이 지팡이로 소작농을 때리는 것을 보고 다짜고짜 주먹으로 면장의 얼굴을 후려쳐 닷새 동안 유치장 신세를 졌고 또 한번은 경찰과 다투다가 일본 개다리라고 욕해 역시 며칠간 콩밥을 먹기도 했다.

이러한 일들이 심심찮게 일어나다 보니 약한 자들은 심대규를 좋아하고 권세가들은 심대규를 미워하였다. 가끔 도박판에도 끼었지만 잃은 사람이 가난한 처지면 딴 돈 중에서 절반은 갈라주었다고 한다. 하여 강릉일대의 많은 사람들이 심대규라 하면 모두가 엄지손가락을 내밀었고 명절이면 술상을 차리고 심대규를 청했다.

심대규가 크게 소문을 놓은 것은 원산의 소금장수 김두원(金斗元)과의 인연 때문이었다. 김두원이 가장 어려울 때에 심대규가 피땀으로 번 돈 백 원을 선뜻 내 놓아 상소 경비로 충당하게 한 일이 있다. 당시 조선과 일본에서 김두원이라 하면 모르는 사람이 없었다.

김두원은 원산항의 소금장수이다. 김두원은 동해안 일대를 오고 가며 소금장수를 하다가 일본인 가무라 형제에게 소금 1,088섬을 강탈당했다. 이에 김두원이 일본 정부에 소금 값을 물어내라고 근 10년 동안 집요하게 탄핵하여 조선 팔도는 물론 일본에까지 이름을 떨쳤다.

1915년, 김두원은 서울 일본공사관 앞에서 인력거를 타고 가던 일본공사 하야시(林權助)를 만나 "너희 나라는 백성들에게 도둑질을 가르치느냐?" 하면서 인력거를 쓰러뜨리고 인사불성이 되도록 몰매를 안겼다. 또 한 번은 조선총독부 외무대신이며 친일파인 박제준(朴濟俊)을 만나

"지금 서울에 호랑이가 없거늘 무엇이 무서워 대낮에 총칼을 찬 순사와 일본인 헌병대를 앞뒤에 달고 다니느냐?"고 꾸짖었다. 그는 1920년대까지 끈질기게 소금 값을 물어내라고 일본정부를 탄원해 구금도 여러 차례 당했다.

심대규가 원산부두에서 한동안 뱃일을 할 때 주막에서 김두원을 알게 되었고 돈이 떨어져 소송을 잠시 중지했다는 말을 듣고 그 자리에서 백원을 선뜻 내놓았던 것이다. 그 돈은 심대규가 험악한 바다에서 목숨을 걸고 일 년 동안 피땀으로 모은 돈이었다. 이 사실이 한 입 건너 전해지면서 자연 심대규도 훌륭한 사나이라는 소문이 나기 시작한 것이다.

김두원이 일본 정부로부터 배상금을 받아냈는지는 알 수 없으나 김두원이 일본인과 친일파들에게 한국인의 기개와 끈기를 충분히 보여준 것이 오래도록 미담으로 전해졌고 그 미담 속에 심대규의 이름도 오르내렸다.

심연수가 여섯 살 나던 해인 1925년 어느 봄날, 심연수의 삼촌 심우택이 강릉에 왔다. 일 년 전에 심우택은 20세의 젊은 나이로 연해주의 블라디보스토크에 가서 독립운동에 참여했다. 당시 블라디보스토크는 연해주의 한인 독립운동의 중심지이었다. 5만 여명의 한인들이 살고 있었고 한인소학교도 있었다. 심우택이 이번에 고향에 돌아온 목적은 집안 식구들을 블라디보스토크로 이주시키기 위해서였다.

"여기서 살아 보았자 평생 고생만 하고 목숨 부지도 여의치 않을 것입니다. 소련 땅은 여기에 비하면 퍽 살기 좋아요. 우선 땅이 넓고 비옥하고 물산이 풍부합니다. 땅세도 싸고요. 지방 관리들도 여기나 중국의 관리들처럼 포악스럽지 않답니다. 그리고 강에는 팔뚝만한 물고기들이 우글거려요. 명태 같은 건 아예 먹지도 않고 개먹이로 쓴답니다. 특히 이사 가면 눈꼴사나운 '딸깍발이(일본인)'들을 보지 않아도 되니 얼마나 좋습니까?"

심대규가 아들의 말에 동감을 표시했다.

"그래, 네 말이 맞다. 잠시 강릉을 떠나기로 하자."

집식구들도 모두 찬성하였다. 낳아 길러준 정든 고향이지만 고향은 지금 허기진 그들의 배를 채워줄 수 없고 그들의 고생을 덜어줄 수도 없다. 일제치하에 짓밟히는 고향은 가난에 허덕이며 신음하고 있었다. 많은 사람들이 남부여대하고 눈물을 흘리며 고향을 떠나고 있을 때였다.

떠나기 며칠 전 심대규가 장손인 연수를 데리고 경포대에 올랐다. 심대규는 연수를 장중보옥처럼 애지중지했다. 동네 나들이를 할 때도 언제나 손자를 데리고 다녔고 외출했다가 집에 오면 연수부터 찾았다. 과자나 사탕을 손녀인 면수나 진수 몰래 연수에게 주곤 했다.

예나 지금이나 경포대는 아름답기 그지없다. 청청한 소나무로 둘러싸인, 거울 같은 경포호에는 갈매기들이 날아들고 멀리 푸르른 바다에는 고기잡이배들이 바다를 누비고 있다. 볼수록 아름답고 정겹다. 그러나 이제 이곳을 떠나야 한다. 어린 손자가 할아버지에게 물었다.

"할아버지 우리가 가는 곳에도 바다가 있고 갈매기도 있을까요?"

"그럼, 있고 말고."

"우리 이제 가면 언제 와요?"

심대규는 말없이 손자의 머리를 쓰다듬었다. 도대체 언제 올지 그 누가 알랴. 하지만 어린 손자의 가슴에 그늘을 심어주고 싶지는 않았다.

"걱정 마라. 인차 오게 될 거야."

그러나 심대규는 강릉을 떠난 후 다시는 돌아오지 못하였다. 심대규는 1940년에 세상을 하직하였고 그로부터 꼭 5년만인 1945년에 손자 연수 또한 27세의 꽃다운 나이로 용정 토기골 자신의 무덤 옆에 누울 줄을 어찌 짐작이나 하였으랴. 연수가 고향 강릉을 떠난 지 70여 년 만에 이곳 경포호변에는 한 많은 심연수의 시비가 세워졌다.

심대규는 경포대에서 내려와 손자의 손을 잡고 오랫동안 경포호 주위를 거닐었다. 경포대에 붉은 노을이 서서히 내려앉을 무렵에서야 집으로 돌아왔다. 이튿날 새벽, 심대규 일가는 친척들의 배웅을 받으며 서울행 열차에 올랐다. 어린 것들은 처음으로 타보는 기차인지라 너무 좋아 쉴 새 없이 조잘거렸다.

그러나 어른들의 마음은 착잡하였다. 기차가 움직이자 어른들은 마음속으로 고향과 작별인사를 했다.

"잘 있거라 강릉아, 언제고 다시 돌아오마!"

# 오랑캐령에서 만난 귀인

심연수 일가는 1925년 5월 초에 국경 도시 회령에 도착하였다. 회령에서 두만강까지는 불과 3, 4리밖에 되지 않았다. 그들 앞에 도도하게 흐르는 두만강이 나타났다. 두만강은 원래 칠백 리 북변을 감돌아 흐르는 아름다운 강이었다. 그러나 1910년 한일합방 후부터 두만강은 흰옷 입은 무리들이 살길을 찾아 고향을 등지고 건너던 눈물의 강이 되었다.

한이 서린 설움의 강이 되었고 항일투사들이 독립을 위해 목숨을 내걸고 넘나드는 투쟁의 강이기도 했다. 수난의 시대를 증명하는 역사의 강이 되었다. 그러기에 비운의 강, 수난의 강인 두만강을 노래한 가요도 있다.

두만강 푸른 물에 노 젖는 뱃사공
흘러간 그 옛날에 내 님을 싣고
떠나간 그 배는 어디로 갔소.
그리운 내 님이여, 그리운 내 님이여
언제나 오려나. (후략)

흰 물보라를 일으키며 흐르는 두만강을 보니 걱정이 태산 같았다. 어른들뿐이면 모르겠거니와 올망졸망한 어린 것들을 데리고 어떻게 강을 건넌단 말인가. 그들이 강가에서 한참 걱정하고 있을 때 50대쯤으로 보이는 뱃사공이 쪽배를 저어 그들에게로 왔다.

"숲속에 숨어 있다가 당신네들을 보고 급히 왔소이다. 이 어린 것들을 데리고 어떻게 강을 건너겠소? 많은 사람들이 이 강을 건너다가 물에 빠져 죽고 총에 맞아 죽었소이다. 요즈음은 특히 일본 순사들이 독립군을 붙잡는다고 혈안이 되어 날뛰면서 닥치는 대로 장정들을 붙잡아다 문초를 한답니다. 다행히 이곳은 검문소와 꽤나 떨어져 있어 그나마 안전합니다. 어서 배에 타시오."

심씨네 일가족은 고맙다는 인사를 하고 부랴부랴 배에 올랐다. 험난한 세상이지만 백의민족의 따스한 인정은 식지 않고 있었다. 강을 무사히 건넌 다음 뱃삯을 치르려 하자 사공은 극구 사양하였다.

"보아하니 살기가 어려워 고향을 등지고 떠나는 분들 같은데 오죽하겠습니까? 참 기막힌 세월입니다. 저는 뱃일을 하여 그럭저럭 생계를 유지할 수 있습니다. 당신네들 대가족이 이제 타향에서 살아가자면 어려운 일들이 한두 가지가 아닐 텐데 푼돈이라도 아껴 살림에 보태야지요."

심대규와 아들 운택은 생면부지의 고마운 뱃사공에게 백배사례하고 길을 재촉했다. 가족 일행은 뱃사공의 모습이 아물아물할 때까지 손을 흔들어 고마움을 표했다. 하룻길을 걸어 오랑캐령에 이르렀다. 오랑캐령은 지세가 험악하고 황량하기로 이름이 나 있다.

오랑캐령은 주위 몇 십리가 무인지경이고 밤에는 승냥이며 이리떼들이 출몰하여 밤길은 엄두도 못내는 곳이다. 추위로도 유명하여 항간에서는 "오랑캐령에 소한, 대한이 오면 소대가리도 얼어터진다."는 말까지 생겨났다. 오랑캐령에서 얼마나 많은 사람들이 얼어 죽고 굶어 죽었는지 모른다.

오랑캐령의 원래 이름은 수리봉이다. 13세기 초에 원나라 오랑캐들이 이 고갯길을 통해 자주 조선에 침입하였다. 그때부터 수리봉이 오랑캐령으로 불리기 시작한 것이다. '오랑캐'라는 말 속에는 오랜 세월 침입을 일삼던 북방 여진족에 대한 혐오감과 적대감, 멸시 등과 더불어 자국민의 우월성을 강조하기 위한 의도가 다분히 가미되어 있다.

외부 침략자들을 통틀어 오랑캐라고 불렀다. 일본침략자들을 보고는 섬나라 오랑캐라고 불렀다. 1910년 한일합방 이후 수많은 사람들이 살길을 찾아 혹은 독립운동을 위해 이 험난한 오랑캐령을 넘었다.

이상룡, 이동휘, 안중근, 차도선, 홍범도, 김좌진, 김약연 등이 이 고개를 넘나들며 피어린 항쟁을 벌였고 작가 강경애, 염상섭, 최서해 등도 이 고개를 넘었고 윤동주 일가도 이 고개를 넘어 용정에 들어왔다. 오랑캐령이야말로 저주의 고개, 한의 고개이며 독립운동사와 얽혀진 비장한 역사의 고개이다.

오랑캐령에는 민족의 역사가 서려 있기에 우리의 가곡 <선구자>의 작사자로 유명한 윤해영 시인이 <오랑캐 고개>라는 노래를 만들기도 했다.

옛글에 '복은 쌍으로 오지 않고 화는 홀로 오지 않는다.'는 말이 있다. 오랑캐령까지 오니 어른들이고 아이들이고 모두 지쳐서 녹초가 되었다. 그런데 설상가상으로 면수에게 업혀 오던 호수가 갑자기 열이 오르면서 보채기 시작했다. 호수를 품에 안은 어머니가 할머니에게 말했다.

"어머님, 아무래도 애가 두만강을 건널 때 찬바람을 맞아 상한에 걸린 것 같아요."

"아이구, 이 일을 어쩌면 좋단 말이냐? 어서 수건을 찬물에 적셔 몸을 문질러라."

마침 길가 바위틈에서 샘물이 떨어지고 있었다. 어린 연수가 얼른 뛰어가 수건을 적셔 왔다. 그러나 아무리 문질러도 소용이 없었다. 할머니가 바늘로 손가락 끝에다 침을 놓아 피를 뽑았다. 열을 뽑아내기 위해서였다. 그러나 역시 소용이 없었다. 무인지경이라 어디 가서 구원을 바랄 수도 없는 형편이었다.

온 식구가 호수를 둘러싸고 걱정하고 있을 때 저 멀리서부터 마차 한 대가 굴러왔다. 면수와 호수가 할아버지를 보고 말했다.

"할아버지 저길 봐요. 마차가 와요."

마차가 점점 다가오더니 그들 앞에 와서 멈춰 섰다.

"워이, 팅쳐, 팅쳐"

마차가 멈춰 서자 다부산자(당시 중국 지식인들이 입던 만족의 옷)를 입은 중년의 신사가 마차에서 내렸다.

"어디로 가시는 분들인지. 이렇게 많은 어린 애들을 데리고 고생이 많겠습니다."

심대규가 머리 숙여 인사를 했다.

"심대규라 합니다. 살길을 찾아 연해주로 가는 길이온데 갑작스레 손자놈이 상한에 걸려 걱정하던 참이옵니다. 정말 이 오랑캐령은 무서운 곳입니다."

"거참, 안 됐군요. 이 무인지경에서 이런 고생을 하다니요. 당신네들처럼 고향을 등지고 살길을 찾느라고 이 오랑캐령을 넘는 사람들이 갈수록 늘어나고 있답니다. 참으로 망할 놈의 세상이지요. 저 어린 것들이 이 험한 길을 넘느라 얼마나 힘들었겠습니까? 마차에 짐을 많이 실어 어른들은 탈 수 없겠지만 우선 아이들을 태웁시다. 그리고 저에게 상한에 먹는 약이 있으니 지체 말고 약을 먹이십시오."

다부산자를 입은 중년 사나이가 트렁크를 열더니 약봉지를 꺼냈다.

"이 약을 절반 갈라 먹이시오. 인차 효험을 볼 겁니다."

피는 물보다 진하다는 말이 있다. 왜놈들의 압박과 착취로 세상은 갈수록 어둡고 차갑고 삭막해 가지만 서로 돕고 사랑하는 동족의 심성은 그대로 살아 숨 쉬고 있는 것이다. 심운택이 중년 신사에게 자기소개를 했다.

"소인 심운택이라고 합니다. 삼척 심씨이고 고향은 강릉입니다. 그런데 선생께서는 존함을 어떻게 쓰시고 어디서 무슨 일을 하시는지요? 후일에라도 신세를 갚고 싶습니다."

"이만한 걸 가지고 신세랄 게 있습니까? 우리 동족이라면 누구나 이렇게 할 것입니다. 저는 용정 기독교에서 일을 보고 있는 사람으로 김기숙(金基叔)이라고 합니다. 안동 김씨이고 고향은 함흥입니다. 이번에 함흥유지들이 약품이며 말린 물고기들을 의연하여 그것들을 싣고 용정으로 가는 길입니다. 그런데 듣자하니 연해주로 가신다구요?"

"예, 고향에서 살기가 막막하여 한평생을 살던 고향을 떠났는데 가는 곳은 해상위(블라디보스토크)입니다. 제 동생이 그 곳에 먼저 자리를 잡고 식솔들을 데리러 와서 함께 가는 길입니다."

"저는 심우택이라 합니다. 소련은 현재 조선보다는 살기 편합니다. 특히 왜놈들이 없어서 좋습니다."

"생각을 잘 하신 것 같습니다. 왜놈들이 한평생 조선 땅에 눌러 있겠습니까? 망할 날이 오겠지요. 그때면 고향에 돌아올 수 있을 것입니다. 아무쪼록 그곳에 가서 잘 살기 바랍니다. 용정에 도착하면 아마도 밤이 될 것입니다. 우리 기독교회에 잠자리가 있으니 하룻밤 주무시고 가시지요. 애들이 많이 지친 것 같습니다. 특히 앓는 애도 있으니 말입니다."

심대규는 너무나 고마워 재삼 인사를 했다.

"정말 뭐라고 말씀드려야 할지 모르겠습니다. 베풀어주신 은혜 감사하단 말로는 모자라겠지만 훗날 꼭 보답하겠습니다."

"별말씀을요 은혜라니 당찮은 말입니다. 그리고 보답이라너요 웬 말이십니까? 우리는 다 같은 처지입니다. 저도 7년 전에 부모님들과 처자들을 거느리고 이 오랑캐령을 넘다가 하마터면 얼어 죽을 뻔했습니다. 그때가 바로 소한 무렵이었거든요. 이 오랑캐령이 유달리 추워서 대소한에 소대가리도 얼어터진다는 말이 있습니다. 그때 우리 식솔들은 굶은 데다 추위가 덮쳐 하마터면 온 가족이 얼어 죽을 뻔했습니다. 목숨이 경각에 달려있을 때에 다행히 용정 기독교의 장로 김계안(金桂顔)님을 만나 구사일생으로 살아났습니다. 헌데 그분이 일찍이 세상을 하직하여 신세를 갚지 못했습니다. 저는 그분처럼 남을 돕는 것이 바로 그분의 은혜에 보답하는 길이라고 생각하고 그분처럼 살기 위해 노력하고 있습니다."

그때 어린 심연수는 김 장로의 말뜻을 다는 몰랐지만 따뜻한 인간애를 느꼈고 다른 사람을 돕는 것이 훌륭한 삶이라는 것을 어렴풋하게나마 알 수 있었다. 용정에 도착한 심씨네 일가는 기독교회에서 하룻밤을 편안히 잤다.

이튿날 새벽, 심대규와 심운택, 심우택 세 사람이 산에 올라가 나무를 한 짐씩 하여 기독교회 마당에 놓았다. 고마움에 대한 표시였다. 김 장로가 나무 값이라며 돈을 내놓았으나 심대규는 한사코 받지 않았다.

"여지껏 진 신세만 해도 태산 같은데 나무 값이라니요? 우린 그저 마음으로 성의를 표시했을 뿐입니다."

떠날 때 김기숙은 마차에다 심씨네 온 가족을 태우고 역전까지 바래다주었다. 김기숙이 심운택의 손을 잡고 간곡하게 말했다.

"옷깃이 한 번 스쳐도 인연이라고 했습니다. 앞으로 그곳에서 지내다가 불편하시면 언제든지 용정으로 오십시오. 이제부터 우리는 한 형제입니다."

그의 말을 듣고 심씨네 일가 어른들 모두가 눈물을 흘렸다. 그 후 십 년이 지나 심씨네는 용정에 와서 살았고 용정은 그들의 두 번째 고향이 되었다. 심연수의 할아버지와 할머니, 아버지와 어머니, 그리고 심연수마저도 뼈를 용정에다 묻은 것이다.

# 신한촌과 한인학교

심연수 일가는 1925년 봄에 강릉을 떠난 후 중국의 도문과 목단강, 밀산 등지를 경유하여 거의 두 달여 만에 블라디보스토크에 도착하였다. 비록 낯설고 물 선 타향이지만 그곳 한인 동포들이 따뜻하게 맞아주었고 기거할 집까지 마련해 주었다. 이곳에서 심연수 일가는 근 7년을 살았다.

심연수는 27년이라는 짧은 생애 중 강릉에서 6년, 블라디보스토크에서 7년, 신인진과 영안에서 6년, 용정에서 6년, 일본에서 2년 반을 살았다. 러시아에서 근 7년, 어린 시절 대부분을 그곳에서 보냈으니 한인촌과 얽혀진 이야기가 적지 않으련만 오늘 기록으로 전해진 것은 전무하고 단지 그때 6, 7세 정도였던 심호수의 아련한 기억의 편린 몇 가닥밖에 없어 심연수의 어린 시절의 삶을 알아보기는 무척 어렵다.

블라디보스토크 개척리는 후에 신한촌이 되었다. 신한촌은 동서로 약 6km, 남북으로 약 7km 면적으로 아무르만에 연한 산의 경사지에 위치하였다. 면적이 웬만한 소도시에 해당하여 당시의 해외 독립근거지로서는 규모가 가장 큰 곳이었다.

블라디보스토크의 신한촌은 망국의 수난사와 피어린 독립투쟁사의 산물이요 증거이다. 이곳에서 항일 운동 조직인 신한독립당과 권업회가 건립되었고 민족의 정기와 독립을 고양하는 권업신문이 창간되었다. 독립 인재를 양성하는 한민학교가 세워졌고 이곳에는 이상설, 이동녕, 안공근, 홍범도, 최재형, 이동휘 등 위대한 독립운동가들의 발자취가 역력히 밝혀져 있었다. 심연수와 누이 심면수, 심진수는 바로 여기에서 공부하며 살았다. 어린 심연수는 삼촌 우택을 통해 연해주와 신한촌의 역사를 어렴풋이나마 알게 되었다.

심연수 일가를 비롯해 많은 한인들이 이 땅에서 농사를 지었다. 이 학교는 교장을 비롯하여 교감과 교사 등 260명의 교직원을 두게 되어 인건비 지출만도 연간 8천5백 루블에 달했다. 그리고 학생 전원을 기숙사에 수용하였다.

이 학교의 교과 과정은 4년제의 고등소학과 중학과정으로 되어 있었으나 성경, 윤리, 국어, 외국어, 수학, 역사, 창가, 체육 등의 기초교양 과목과 아울러 다음과 같은 실업 관련 각 분야의 전공과목이 포함되어 있었다.

제1년 : 상업대요, 농업대요, 목축학, 경제학, 비료학, 회사법
제2년 : 부기학, 식물학, 토양학, 동물학, 재배론, 기상학
제3년 : 공업대요, 물리학, 임업대요. 어험법(魚驗法), 건축공학, 은행론
제4년 : 화폐론, 화학, 광물학, 기계학, 전기학, 해상법(海商法), 부해양학(附海洋學)

이와 같은 교과 과정으로 수업함으로써 민족의식과 아울러 근대 사회에 필요한 전공과목의 이수도 가능하게 했던 것이다. 학교에서 배우고 부르

는 노래는 애국가를 비롯하여 보국가(保國歌), 대한혼(大韓魂), 국기가(國旗歌), 운동가(運動歌), 국민가(國民歌), 소년건국가(少年建國歌), 한반도가(韓半島歌) 등으로 어느 것이나 민족의식 내지 독립정신을 고취시키는 것들이었다.

# 한인학교와 필기장

심연수의 필기장을 봐도 한민학교의 교육내용을 확인할 수 있다. 필기장은 총 218쪽 분량인데 표지는 흰 무명천으로 포장되어 있고 표지 뒷면은 정갈한 붓글씨로 조선 8도의 지리개황을 적은 한지가 붙어 있다. 표지를 열면 첫 장은 러시아어로 되어 있다. 'pen pin box bnu JOP yent' 이것으로 보아 이 필기장은 심연수가 러시아의 한민학교에서 공부하던 때의 것임을 알 수 있다.

그런데 필기장에는 심연수의 누이 심진수의 이름도 함께 기록되어 있다. 심진수와 심연수가 필기장을 함께 사용했는지도 모른다. 필기장에는 선생님의 공덕을 칭송한 다음과 같은 시가 있다.

세월이야 암흑한데 광명을 불러내어
청명정신 주었으니 태산같이 높은 정
바다같이 깊은 정을 어이하야 갚으리오.

여보아라 소년들이 우리 선생 교육으로

우리들의 정한 심은 만리청정 뜬 기럭이
구름밖에 문득 소사 정한 행보 하엿더라.

이 소박한 시를 심연수가 직접 썼는지 아니면 심진수가 썼는지는 불분명하나 한민학교에서 공부하면서 선생님을 칭송하여 쓴 것임에는 틀림없을 것 같다. 필기장에는 나라 잃은 한민족의 한을 노래한 3천자 가량의 서정시도 있는데 여기에는 작자가 밝혀져 있다.

팔월 십팔일

(전략)
그러나 두만강은 눈물의 강인 것이다. 한을 풀어놓은 강이다. 쫓기고 몰리는 백의인이 최후의 눈물을 뿌리고 간 곳이다. (중략) 정든 고장과 사랑하는 부모를 떠나 이 강을 건너서 간도로 쫓기는 동포가 그 얼마나 많은가? (중략) 동포의 눈물이 잠기고 한을 풀어놓은 이 강아, 이 강에서 내가 목욕을 한 것이다.

블라디보스토크와 연관된 동시도 있다.

나는 가오 나는 가오
압록강 건너서요
어머니를 만나려고
해삼(블라디보스토크)으로 찾아가오

아래와 같은 시도 있는데 작자는 밝혀져 있지 않다.

1

전원에 봄이 돌아오니

나 할일이 전혀 많다

꽃나무 누가 심으며

약밭은 누가 갈고

아해야 대 베여오너라

사립 먼저 겨르리라


2

창강에 비 듣는 소리

무엇이 우습관대

만산 홍록이

휘둘어서 웃는고나

두어라 춘충이 몇 날이리

웃을 대로 웃어라


다음은 어음론(음성학)에 관한 지식이다.

ㄱ) ㄱ는 어금니 소리 설근(舌筋)을 높이며 설 끝을 낮추고 좌우 어근 사이로 나가는 모양.

ㅋ) ㅋ는 어금니 소리 (ㄱ)의 발음에 목소리 (ㅎ)을 더하여 더 강하게 하는 소리.

ㅁ) ㅁ는 일술(脣音)소리, 입술을 여는 모양.

ㄴ) ㄴ는 혀로 내는 소리, 혀끝을 우로 구을리는 모양.

ㅂ) ㅂ는 입술소리, 상하 입술을 접근하고 말하는 모양.

ㅍ) ㅍ는 입술소리(ㅂ)의 발음에 (ㅎ)를 더 하여 강하게 하는 소리.

ㄴ) 입술을 오므리는 형을 그린 것.

ㅜ) 입술을 우무리는 형을 그린 것

다음은 문법(토)에 관한 지식이다.

句節修飾吐 : 토 중에 따로 구절을 수식하는 토가 있으니 그 종류를 이유수식(理由修飾), 연체수식(連體修飾), 반수식(反修飾), 설명수식(說明修飾)으로 구분하였나니라.

1. 이유수식 : 이유수식은 문구 조성에 어떤 이유로 그 아래 문구를 수식하는 토니 니, 므로, 기에, 면, 거든 등이 속한다. 예하면 1)어머니가 오거든 네가 가거라. 2)날이 흐리면 해가 보이지 않는다.

2. 연체수식 : 문구 조성에서 상하의 관계를 설명하는 토니 이를 테면 어야, 아야, 아어, 더러, 도록, 사록, 거늘, 건대, 거니와 등이 속한다. 예하면 1)그가 알도록 가르쳐라 2)교교한 월색이 북창에 빛이거늘 단잠을 깨고 보니 삼경이 지났더라.(이하 생략)

다음은 지리에 관한 지식이다.

기후와 기후대

공기가 차고 더우며 乾燥하고 濕한 것을 말하기 위하여 오늘은 日氣를 말해 본다. 기후란 말은 지방의 공기가 덥고 찬 것을 말하는데 그것은 일기의 여하를 의미한다. 기후는 지방에 따라 다르다. 기후는 곳곳이 무엇보다도 공기가 차고 더움에 달리었으니 그러므로 적도와 양극에 가까운 데가 매우 다르다. 적도에 가까울수록 그 기후는 덥고 양극에 가까울수록 그 기후는 차며 따라서 해안의 나라는 공기가 습하고 대륙의 나라는 공기가 건조하다.

남북 양극에는 항상 여름이 있고 몇 달은 계속하여 캄캄한 밤이 있으며 동식물계는 매우 빈약하다. 적도 좌우에는 (약5천리) 열대지방이 있으며 언제나 겨울이 없고 혹시는 태양이 머리 위에서 내리쪼인다. 거기에는 더위와 光線의 功을 입어 各種 식물이 豊富하다. 熱帶지방 다음에는 남북온대 지방이 있나니 일 년 사시가 정제하게 交代하여 너무 덥거나 너무 춥지 아니하다. 이렇게 지구의 표면은 다섯 지대를 구분하여 1.북한대 2.북온대 3.열대 4.북온대 5.남한대가 있다.

다음은 물리 지식이다.

### 중력

지상에 있는 物件은 무엇이든지 地球 때문에 아래로 끌리어 있다. 과실이나 나뭇잎이 떨어지는 것도 역시 지구의 당기는 힘에 의함이다. 이 당기는 힘을 重力이라고 한다. 물체의 중력은 중력의 대소에 의하여 경중이 있다. 주춧돌을 실로 달아 보면 그 실은 곧게 우에서 아래로 달린다. 이 실의 방향이 중력이 동하는 방향을 표함이다. 이런 직선을 銘직선이라 한다. 명직선과 수평과는 직각이 된다.

이 외에도 여러 가지 지식을 보여주는 제목들을 살펴보면 〈動物이 어찌하여 變하는가〉, 〈세균과 전염병〉, 〈寒暖計〉, 〈물의 循環〉, 〈比重의 法則〉, 〈植物과 芽와 葉〉, 〈세계최신지리〉, 〈세계의 인물〉, 〈세계의 대학〉, 〈세계의 도서관〉, 〈도량형표〉, 〈조선행정구역도〉 등이 있다.

보다시피 12세 소년의 필기장인데도 불구하고 필기장에는 소학교 과정에서는 있을 수 없는 화학, 기상, 역사, 지리, 물리, 의학, 건축 등에 관한 지식들이 적혀 있다. 이를 통해 한민학교의 교육취지를 추측해 볼 수 있다. 심연수는 어린 시절 바로 이와 같은 학교에서 공부하였기에 민족혼을 키울 수 있었고 훗날 민족시인으로 성장할 수 있었던 것이다.

# 계몽스승 삼촌 심우택*

심연수의 가정에서 직접 독립운동가로 나선 사람이 심우택이고 심연수의 동생 심학수도 1940년대에 항일운동에 나섰다. 우택은 항일에 투신한 후 연해주 각지와 동북 등으로 떠돌다 보니 집에 붙어 있는 때가 아주 드물었다. 어쩌다 간혹 집에 오면 집사람들은 경사가 난 듯 야단법석이었다. 그도 그럴 것이 독립운동이란 목숨을 내건 싸움으로 어느 때 어디에서 죽을지 짐작하기 어려웠기 때문이다.

심우택은 큰 조카인 심연수를 무척 사랑했다. 심연수 또한 할아버지 다음으로 삼촌을 좋아했다. 심연수가 열 살이 되자 심우택은 조카를 민족투사로 키우기 위해 내심 노력하였다. 집에 와서 며칠씩 묵을 때면 심연수를 데리고 바닷가에 나가 여러 가지 이야기를 해주었다.

주로 위대한 독립투사들에 대한 이야기였다. 심우택이 가장 존경하는 사람들로는 이동휘와 안중근과 홍범도가 있었다. 당시 홍범도는 러시아군에 참가하여 백파와 싸웠고 이동휘는 상해임시정부와 결연하고 연해

---

* 제적등본 상에는 심양택(沈兩澤)으로 등재되어 있다.

주 일대에서 나름대로 항일운동을 하였지만 퍽 고단한 처지였다. 심우택은 그 당시 이동휘 수하에 있었다. 심우택이 이동휘를 존경하고 따른 것은 이동휘가 공산주의자이고 우택도 공산주의를 신봉했기 때문이었다.

1930년의 어느 가을날 심우택이 심연수를 데리고 벼랑 가에 앉아 많은 이야기를 하였다. 그때 심연수는 열두 살이었다.

"연수야, 러시아 땅이 얼마나 크고 저 바다 또한 얼마나 넓은지 아느냐? 천여 년 전만 해도 이것이 모두 우리 고구려의 땅이었단다."

"삼촌, 그런데 왜 러시아가 가졌지?"

"가진 것이 아니라 빼앗긴 거란다."

"남의 것을 빼앗아도 돼? 강도가 아니야?"

"강한 자가 약한 자를 먹는 것이 세상의 법이란다. 세상에서 가장 크고 강대하던 천 년 고구려가 말년에 부패 무능하여 당나라에 먹히었고 청나라도 왕실이 부패 무능하여 러시아에 먹히었단다. 지금 우리는 어떠냐? 큰 것을 다 잃고 손바닥만 한 반도 땅에서 살고 있는데 그나마 나라가 망조가 들어 일본 놈들에게 빼앗겼단다. 그래서 지금 독립지사들이 빼앗긴 땅을 되찾으려고 목숨 바쳐 싸우는 거란다."

"삼촌, 나도 왜놈들과 싸울래."

"넌 아직 어려. 넌 지금 공부 잘하는 것이 왜놈들과 싸우는 거야. 우리 민족은 낙후하기 때문에 망했어. 모든 민족이 각성하면 잃었던 나라도 찾을 수 있고 부강한 나라를 만들 수 있단다. 이것을 민족혼이라고 한단다."

"신규식 선생은 민족혼이 있으면 나라가 없어도 있는 것이요 민족혼이 없으면 나라가 있어도 없는 것이라고 말씀 하셨어."

그리고 심우택은 연수에게 이동휘에 대해서도 이야기해 주었다. 이동휘는 1873년에 함경남도 단천군 파도면 대선리에서 태어났다. 호는 성재(誠齋)이다. 그는 한국의 독립사에서 한국 최초의 공산주의자로 군사가로 교육가로서 명망이 높은 독립투사였다.

민족주의자로부터 공산주의자로 전환한 이동휘는 평생의 소망이 사회주의 정권을 세우고 사회주의 방식으로 조국을 독립하는 것이었으나 그 욕망을 실현하지 못하고 역사의 저편으로 사라진 불우한 운명의 사나이였다.

며칠 후 심우택은 안중근에 대한 이야기를 들려주었다. 역시 바다가 내려다보이는 벼랑이었다. 안중근은 의병장 참모 중장의 신분으로 1909년 10월 24일 하얼빈 역에서 이토 히로부미를 격살했다. 이 사건이 알려지자 동방의 각 피압박 민족들이 환호하였다.

**"나는 나라를 찾기 위해 정당한 싸움을 했으므로 죄가 없다. 그리고 일본국민이 아니므로 일본 법정의 재판을 받을 수 없다."**

안중근은 일본 법정을 향해 항의했지만 일본제국주의자들은 모든 국제 원칙을 무시한 채 여순 감옥에서 안중근을 모살죄로 교살하였다. 이에 온 천하가 일본제국주의를 규탄하고 안중근 의사의 영웅적인 행위를 찬양하였다.

이토 히로부미가 격살당한 후 일본신문에서는 "오늘 안중근이 이토 히로부미 한 사람을 죽였지만 이후에 7백 명의 이토 히로부미가 태어나 원수를 갚을 것이다."라는 글을 실었다. 이에 분개한 중국 상해의 유명한 혁명지사 우우임(宇佑任) 선생이 자기가 발간하는 신문『민성보』에 '일본에서 7백 명의 이토 히로부미가 태어나면 조선에서는 반드시 7천 명의 안중근이 태어나야 할 것이다. 그래야 일본을 이길 수 있다.'는 명문장을 게재해 일제를 규탄하였다.(상해, 민성보, 1909년 11월 5일)

특히 안중근이 감옥에서 쓴 동양평화론은 전 세계에 큰 반향을 불러 일으켰다. 안중근은 의거를 거행하기 전에 장부가(丈夫歌)를 지어 우덕순(禹德淳)에게 주었고 우덕순은 거의가(擧義歌)를 지어 화답하였다.

丈夫處世兮, 其志大矣 °장부가 세상에 태어나매 그 뜻이 크도다.
時造英雄兮, 英雄造時 °때가 영웅을 만들고 영웅이 때를 만들도다.
雄視天下兮, 何日成業 °천하를 웅시하나니 어느 날에 업을 이룰고
東風漸寒兮, 壯士義烈 °동풍이 점차 차가워도 장사의 의기가 뜨겁도다.
憤慨一去兮, 必成目的 °분개하여 한 번 가나니 반드시 목적을 이루리로다.
鼠竊伊藤兮, 豈肯比命 °쥐도적 이등이여 어찌 즐겨 목숨을 비길고
豈度至此兮, 事勢固然 °어찌 이런 일 알았으리오 사세가 고연하도다.
同胞同胞兮, 速成大業 °동포 동포여 속히 대업을 이룰지어다.
萬歲萬歲兮, 大韓獨立 °만세 만세여 대한 독립이로다.
萬歲萬歲兮, 大韓同胞 °만세 만세여 대한 동포로다.

─「丈夫歌, 장부가」

심연수는 삼촌이 읊조리는 안중근의 장부가를 들으며 가슴이 막 뜨거워지는 것을 느꼈다. 심우택은 안중근의 유명한 어록인 독서좌우명을 들려주었다.

一日不讀書口中生荊棘
(하루라도 책을 읽지 않으면 입안에 가시가 돋는다)

후일 심연수는 안중근의 이 글귀를 좌우명으로 여기고 부지런히 독서하여 민족시인의 반열에 이름을 올렸다.

그들이 집으로 돌아갈 때 석양이 두 사람의 등을 따스하게 만져주고 있었다. 심연수의 계몽 스승이었던 심우택은 며칠 후 집을 떠났고 다시는 연락이 닿지 않았다. 이날의 삼촌 조카 간 만남은 결국 영별이 되고 말았다. 편지 한 장도 없었고 광복 후까지도 소식이 없었으니 필경은 독립운동을 하다가 연해주의 허허벌판 어디에 이름 없이 묻혔을 것이다.

# 나는 농민의 아들이다

심연수는 농민을 아주 존경하고 사랑하였다. 그의 조상이 대대로부터 농부였고 당시 조선인 대다수가 농민이라는 점을 감안하면 심연수가 농민을 사랑하는 것은 너무나 당연하다 하겠으나 농민에 대한 심연수의 애정은 동시대의 여타 문인들이 그 누구도 따를 수 없을 만큼 유별나게 강렬하였다.

농민에 대한 심연수의 존경심과 사랑은 우연한 것이 아니고 어릴 때의 성장 환경과 깊은 관계가 있다. 어릴 적의 경험이나 인상은 오래도록 뇌리에 박혀 그 후의 삶에 거대한 영향을 미친다. 심연수의 농민 제일주의 '농자천하지대본' 사상은 어릴 적부터 시작한 농사일에서 비롯되었다.

심연수는 여덟 살 때부터 가정을 도와 밭일과 논일을 하기 시작했다. 하교 후나 휴일이면 할아버지와 아버지를 따라 밭이나 논에 나가 일을 하였다. 블라디보스토크에 있을 때 심연수 일가는 4헥타르에 달하는 큰 면적의 논을 경작하였기에 늘 일손이 부족하였다. 러시아 당국에 세금을 내고도 살아가기에 큰 걱정이 없을 정도였다.

조선인들 모두가 학교운영경비를 분담하였고 자발적으로 독립운동자금도 모금하였다. 학교운영비를 내고 독립운동자금을 지원하는 것이 자신들의 자식 공부시키는 일이라 생각했기 때문이다. 또 항일 운동의 한 부분이기도 했다. 당시 심연수 일가는 면수와 진수, 연수까지 학생이 셋이어서 어느 집보다도 학교에 관심을 가졌고 학교일이라면 제일 먼저 발 벗고 나섰다. 어느 날 할아버지가 논둑길을 걷다가 손자를 보고 말했다.

"연수야, 올해 농사가 잘 되어야 너희들도 마음 놓고 공부하고 우리 집도 배불리 먹고 항일부대에 보낼 군자금도 마련할 수 있단다. 그러니 힘들어도 참아야 한다."

"할아버지 저는 힘들어도 참아낼 수 있어요. 선생님께서 노동이 세계를 창조한다고 했어요. 집집마다 농사를 잘 지어 독립군에 군자금을 보내주어야 왜놈들을 쳐부술 수 있다고 말씀하셨어요."

어린 손자가 제법 어른스럽게 말하자 할아버지는 무척이나 대견스러워 손자의 머리를 쓰다듬어 주었다.

"허허, 우리 손자가 용하구나. 자 그럼 김을 매 볼까?"

러시아인들은 벼농사를 처음 보는지라 모내기철과 가을철에 무리로 와서 구경을 하였다. 그럴 때면 어린 심연수는 신이 나서 더욱 부지런히 일을 하였다. 가을이 되어 심연수가 자기 키만 한 낫을 들고 벼 베기를 할 때면 코 큰 부인네들이 엄지손가락을 치켜들고 연신 "호로쑈! 오첸 호로쑈!(잘해, 아주 잘해)"를 외쳤다.

심연수는 수필 「농가」에서 당시를 이렇게 회상하고 있다.

"나는 어려서부터 아버지와 할아버지를 따라 밭머리며 논두렁 위를 발바닥이 닳도록 걷고 또 걸었습니다. 그저 놀러 다니려고 걸은 것이 아닙니다. 일하는 이의 손자요 아들인 까닭에 일을 해야 먹고 산다는 것이 머릿속 깊이 새겨져 있었습니다. 태어나서 안 것이 아니요, 그러한 생각 속에서 태어났으니 유전적인 것 같습니다. 내가 밭일이나 논일을 시작하기는 여덟 살 때부터였으며 시작한 곳은 고향의 따뜻한 일터가 아니라 거친 나라 넓은 땅, 고향에서 북쪽으로 삼천리 떨어져 있는 나라이며 그곳에서 우리 집은 해마다 논농사를 지었습니다.”

심연수는 어린 시절의 실제 체험으로부터 '농사는 천하지대본이며 농민은 우주의 창조자'라는 이치를 깨달은 사람이며 심지어 농민을 구세주로 어진 왕으로 생각하고 노래한 사람이다.

“벼꽃이 푸르다 못해 검은빛으로 되어 석양에 넘실거리는 것이야말로 더 말할 것도 없는 즐거움이었다. 그런 논판에서 삽을 메고 물고 보기란 해가 지는지 넘어가는지 누이동생이 새 매부를 따라가는지 미처 알지 못할 만치 재미나고, 세월 가는 줄 모를 만큼 온갖 정신이 그 곳에만 빠지는 것이었다… 자연의 큰 조화에 취하여 해 가는 줄 모르고 일 하니 이것이 자연의 아들이며 참다운 구세주인 줄 못내 못 잊어 하노니 할아버지도 아버지도 나도 후손까지 밟아 왔고 밟아 나가도록 하리라.”

훗날 심연수는 자신의 이러한 중농경농(重農警農)사상을 시와 수필, 만필, 소설 등 여러 가지 문학형식을 통해 펼쳐보였다.

손에는 호미
그의 몸에는 땀이 함박 흐른다.
평화의 동상 같고 仁王이 선 것 같은
그 얼굴 그 자세는 이십 세기식 젊은이다.

이십억여의 목숨을 쥐인 그를
어찌 힘이 없다 하며 무지타하랴
그는 사악을 버려고 기만을 던졌다
오직 그의 눈앞에는 조 벼 콩만이 뵈일 뿐.

—「밭머리에 선 남자」

<직업생활만태>에서는 15종의 업종 중에서 제일 앞자리에 농부를 놓고 찬양하고 있다. 좋은 땅 얻어서 많이 부치려는 욕심은 농부의 최대 희망이다. 그러나 그것이 마음과 같이 될 수 없는 것은 어쩐 일이냐. 대를 두고 내려오면서 농부는 종래로 자기의 최대 희망을 실현하지 못하였다. 농부는 순박하고 선량한 욕심쟁이다.

소설 「농향(濃香)」과 만필 「농인기초(農人記秒)」에 특히 중농경농 사상이 짙게 깔려 있다.

우리는 농부다, 너희들은 공부를 하여도 앞으로 농부가 되어라. 그까짓 값싼 취직은 아예 바라지도 말아라. 남들이 공부를 하고서도 농사질을 한다며 비웃더라도 절대 상관 말아라. 나는 절대 그런 사람을 사랑하지 않는다.

저희들도 이제 중학, 혹은 대학까지 마친대도 별것을 생각지 말고 교문에서 나오는 길로 이 농촌, 우리가 살고 있는 이런 농촌으로 나와서 네 손으로 보탑을 쥐고 소 궁둥이를 두드려라. 만일 소가 성차지 않으면 트락토르(트렉터)로도 할 수 있다.

땅이야 모자라겠니. 언제든 그 넓은 기름진 땅을 개간할 때가 있을 게다. 남이야 뭐라 하든 수격수격 제 일만 하면 되는 거다. 나도 몇 해 후에는 농촌으로 돌아오겠다. 그리하여 베잠방이를 입고 호미와 낫을 들기로 작심하였다.

그렇게 한다면 아버지 어머니께서 반대하실 줄 예상을 한다. 아니, 이 땅의 모든 부모들은 자식이 공부하면 손톱에 풀물을 들이지 않고 월급쟁이 노릇을 하기를 무엇보다 바랄게다. 만약 공부를 하고 농촌으로 나온다면 세상에서 저 놈은 일자리를 얻지 못해서 농촌으로 기어들었다고 패전한 졸병처럼 대하여 비웃을지도 모른다.

꼭 그러하리라고 생각한다. 그러나 나는 꼭 공부하고 농촌으로 돌아오는 길을 걸을 것이다. 그러면 마지막 무엇이 꼭 오고야 말리라는 것을 믿고 장담한다. 비록 돈은 못 벌고 도시와 같은 반반한 월급쟁이의 생활은 못할지언정 나는 그것으로써 만족할만한 자신을 길러왔다. 그리고 누구든 이 길로 나가기를 권고하고 싶으며 부탁하고 싶다.

경농하는 사람들은 흙을 사랑한다. 지구는 흙으로 된 땅덩어리기에 더욱 사랑한다. 흙에서 났다가 흙으로 돌아가는 것이 만물의 理治이다. 삼라만상은 넓은 의미에서 모두 같은 운명에 있다고 보아도 좋다.

(소설 「농향」의 일부)

심연수야말로 명실상부한 농민의 아들이요 철저한 농민의 대변자이다.

# 새로운 보금자리, 용정

심연수네가 러시아의 블라디보스토크에서 중국으로 온 후 처음에는 밀산에서 반 년 간 살다가 후에 영안현 신안진으로 와서 3년간 벼농사를 지었다. 신안진에 있을 때 심연수는 김수산 선생한테서 공부하였다, 김수산 선생은 어린 심연수를 친자식처럼 아끼고 사랑하였다.

김수산 선생은 단지 심연수한테 글공부만 가르친 것이 아니라 애국심과 민족의식도 심어주었다. 이런 끈끈한 정으로 하여 심연수는 김수산 선생한테 자주 문안편지를 썼고 일본으로 유학 가기 전인 1940년 겨울방학에 김수산 선생을 찾아 뵙기도 했고 일본에서 학도병을 피해 도망쳐 온 후 신안진에 가서 김수산 선생한테 외탁하기도 했다.

심연수 일가는 신안진에서 3년간 살다가 용정으로 이사하게 되었다. 그들이 떠난다고 하니 가장 섭섭해 한 것이 김수산 선생이었다. 그도 그럴 것이 3년간 애지중지 키우던 제자가 아닌가. 용정으로 떠나기 전 날, 김수산 선생이 심씨네 집을 찾았다.

"연수를 정작 떠나보내자고 하니 참으로 섭섭하구만요. 허나 만나고 갈라지는 것도 운명이라 별 방법이 없구만요. 욕심 같아선 연수를 내내 곁에 두고 싶지만 연수의 장래를 봐선 용정에 가는 것이 훨씬 나으니 더 만류하진 않겠습니다."

사실 그랬다. 당시 용정은 전 만주에서 조선인의 문화수도나 다름없었다. 만주에서는 제일 처음으로 용정에 조선인 학교인 서전서숙이 세워졌고, 그 외에 은진중학, 대성중학, 동흥중학 등 큰 중학교만 해도 5개나 되었다.

소학교는 20여 개에 달하였으며 소설가 강경애, 시인 천청송, 박팔양, 음악가 윤극영 등이 활약하던 곳이었다. 한 때 북간도라는 문예지를 발간하기도 한 유서 깊은 곳이었다. 후의 일이지만 우리가 잘 아는 <선구자>도 용정을 배경으로 하고 있다. 이 노래는 처음에 <용정의 노래>로 불렸다.

심연수의 부모와 할아버지가 용정을 최후의 보금자리로 택한 것은 자식들의 장래를 위해서였다. 특히 맏아들 연수가 남달리 총명하여 빌어먹더라도 연수를 대학까지 공부시키는 것이 심연수 가정의 최대의 소망이었다. 그리고 십여 년 전에 살기 불편하면 아무 때든 용정으로 오라던 김기숙 장로의 말도 용정으로 오게 된 이유 중 하나였다.

김수산 선생이 심운택에게 편지 한 통을 넘겨주었다.

"용정에 가시거들랑 이 편지를 백인덕 사장에게 전해 주십시오. 저와는 친분이 두터운 분이십니다. 지금 목재가공 공장을 경영하고 있는데, 어려울 때 여러모로 도움을 줄 것입니다."

김수산 선생의 말처럼 심연수 일가는 용정으로 온 후 백인덕 사장의 도움을 많이 받았고 후에는 심연수가 백 사장의 딸 백보배와 결혼까지 하였으니 실로 김수산 선생이야말로 심연수 일가의 큰 은인이었다.

심연수 일가가 용정에 온 후 가장 큰 걱정이 주거였다. 열 명이 넘는 식솔이었으니 웬만한 집에서는 살 수가 없었다. 이러한 사정을 헤아린 백 사장이 자기 집 곁에 붙어있는 큰 창고를 수리하여 살게 했다.

물론 수리비는 백 사장이 전담했다. 말이 창고지 잘 수리하여 놓으니 어지간한 기와집 못지않았다. 거기다 전기도 있었고 수도도 있었다. 심연수 일가가 백 사장한테 감지덕지 한 것은 더 말할 나위가 없다. 그리고 길흥촌에 집을 짓고 나가기 전까지 백 사장네와 한 울타리 안에서 오손도손 사이좋게 살았다.

백 사장한테는 보배라고 부르는 예쁜 막내딸이 있었다. 위로는 언니 하나밖에 없어 심연수를 오빠라고 부르며 늘 졸졸 따라다녔다. 백 사장도 연수에게 보배를 잘 보살펴 주고 공부도 가르쳐주라고 당부하였기에 연수는 백보배를 친동생처럼 여기고 아끼고 사랑해주었다.

심연수가 용정에 올 때 17세였고 백보배는 14세의 소녀였다. 두 가정이 한 지붕 밑에서 일 년 가량 사이좋게 살다보니 친척 이상으로 가까워 명절이나 기쁜 일이 있으면 함께 모여 즐기곤 하였다. 심연수 일가가 길흥촌으로 옮긴 뒤에도 두 가정의 우애는 변함이 없었다. 심연수와 백보배는 차츰 나이를 먹어가면서 우정이 연정으로 변해갔다.

길흥촌에다 집을 지었지만 농사지을 땅이 문제다. 농민의 생명줄은 땅이다. 땅만 있으면 살아갈 수 있다. 심연수의 아버지 심운택은 농사꾼일 뿐더러 힘이 장사다. 러시아에서 살 때와 밀산에서 살 때 그리고 신안진에서 살 때 심운택은 손바닥 만한 땅도 없었지만 악착스럽게 땅을 개간하여 제 땅을 마련했던 것이다. 용정에 와서도 마찬가지였다.

그는 별이 총총한 새벽에 일어나 땅거미가 지는 저녁까지 구슬땀을 흘리며 땅을 개간하였다. 그리하여 7~8 명이 먹고 살 수 있는 제 땅을 갖게 되었던 것이다. 어느 날 새벽에 연수가 눈을 뜨고 보니 아버지가 또 일하러 가는 것이었다. 그날은 일요일이었다.

그는 오늘은 새벽부터 아버지를 도와 일을 해야겠다고 생각하였다. 아버지는 지게에다 곡괭이와 삽을 얹어 가지고 토기동 쪽으로 향하였다. 연수도 멀찌감치 아버지를 따랐다. 아버지가 콩과 감자를 심어 놓은 밭머리까지 가서 지게를 내려놓았다.

처음에 이곳은 나무가 꽉 차고 돌멩이가 나뒹구는 척박한 땅이었지만 아버지가 나무를 잘라내고 나무뿌리를 파내고 돌멩이를 주어 내어 기름진 밭으로 탈바꿈 시켰던 것이다. 밭머리에는 두 세 사람이라야 들 수 있는 큰 나무 뿌리와 돌멩이들이 수북이 쌓여 있었다.

이 큰 물건들을 심운택이 혼자서 쪽지게에 지고 날랐던 것이다. 그만큼 심운택은 힘이 장사였다. 이러한 것들을 보면서 심연수는 부끄럽기 그지 없었다. 공부 한다는 핑계로 아버지를 도와 드리지 못하였구나. 하루 빨리 졸업하여 돈을 벌어 부모님께 효도하고 동생들을 공부 시켜야겠다고 다짐했다.

"연수야, 넌 왜 왔느냐? 학교 갈 준비를 하지 않고."

"오늘은 일요일이에요. 아버지와 함께 새벽일을 좀 하려고요."

콩밭의 김은 어제 매었는지 풀 한 포기 없다.

"김은 어제와 그저께 다 매었으니 오늘은 밭을 좀 더 늘여 보려고 나왔다. 여기에 심은 감자와 콩은 우리 식구들이 먹을 것은 되지만 장에 내다 팔 것이 없단다. 그래서 더 늘여보자는 것이다. 그런데 너는 손대지 말아라. 옛말에 어릴 때 일을 하면 한평생 일만 한다고 하였다."

"하참, 아버지도 제가 뭐 어린애인가요. 스무 살이 다 됐는데."

연수는 아버지가 삽질 하는 뒤를 따라가며 돌을 줍는다. 얼마 후 연수는 아버지의 삽을 받아들고 땅을 파기 시작했다. 땅을 일군다는 것이 말처럼 쉬운 것이 아니었다. 아버지는 삽을 아들한테 빼앗기자 또 다시 곡괭이로 땅을 뒤지기 시작했다. 한참 일하고 나니 팔 다리에 맥이 풀리는데 아버지는 부지런히 일만 하고 허리 한 번 펴지 않는다.

연수는 감탄하지 않을 수 없었다. 젊은이들도 하기 힘든 일을 아버지는 끄덕도 하지 않으신다. 얼마나 대단한 아버지인가. 아니다. 이젠 오십이 넘은 분이니 어찌 힘들지 않으랴. 단지 자식들을 제대로 키우시려는 욕심에 힘드시는 것도 참고 자식들 앞에서 내색을 하지 않을 뿐일 것이다. 연수는 그러한 아버지가 한없이 우러러 보였다.

"자, 그만하고 아침 먹으로 가자."

아버지와 아들이 얼굴의 땀을 닦으며 마을 어귀에 들어섰다. 집집마다에서 밥 짓는 연기가 피어오르고 뒷동산에서는 아침 햇빛이 얼굴을 내밀고 있다. 연수는 아버지를 도와 일을 했다는 생각에 마음이 흐뭇했다.

집 앞에 있는 발전공장의 큰 굴뚝에서 검은 연기가 뭉게뭉게 올라가고 있다. 그 발전공장 주위에 전기 철조망을 가설하여 기분이 자못 살벌하다. 발전공장은 규모가 대단하다. 커다란 5층 건물에 60m 높이의 굴뚝, 용정 시가지 어디에서나 보이는 굴뚝이다.

"아버지, 저게 무엇입니까?"

연수가 놀란 눈길로 전기 철조망 쪽을 가리켰다. 연수가 가리키는 곳을 바라보던 아버지가 급히 달려가 보니 노루 한마리가 전기에 감전되어 거의 죽어가고 있었다.

"아하, 이거 웬 떡이냐. 먹이를 찾아 마을로 내려 왔다가 걸린 게로구나. 집으로 메고 가자."

"아! 참, 좋네요. 전 아직까지 노루 고기를 한 번도 먹어보지 못했는데."

아버지와 연수가 흐뭇한 마음으로 노루를 지게에 지고 집으로 돌아 왔다. 학수와 호수, 근수, 해수가 노루를 보고 환성을 지른다.

"노루다! 노루다!"

"너희들이 고기 맛을 보라고 제 발로 찾아 온 거야."

연수가 동생들을 보고 말했다.

"세상에 그런 일이 어디 있어?"

동생들은 믿지 못하는 말투다. 아버지도 기쁨을 감추지 못하며 어머니를 부른다.

"여보, 빨리 나와 보우, 귀한 손님이 왔소."

어머니도 놀란다.

"아니, 이거 노루가 아니예요? 갑자기 노루가 어디서 나타났어요?"

"다그치지 말고 배고픈데 밥이나 먹으며 이야기 하지."

밥을 먹으면서 연수가 노루를 가져오게 된 사연을 말하였다.

"좋은 음식이 있을 때 혼자 먹으면 안 된다. 신세를 많이 진 김기숙 장로님과 백사장 댁에 조금씩 보내라. 김 장로 댁에는 학수가 가고 백사장 댁에는 연수가 가거라. 그리고 여보, 저녁에 동네 어른들을 불러 내장 추렴이나 하게 준비하오."

아버지의 말씀이다. 항상 좋은 일이 있으면 남부터 생각하고 곤란한 일이 있으면 자신이 발 벗고 나서는 아버지이시니 이런 날에 가만있을 수 있겠는가.

"야, 이거 오랜만에 고기를 먹어 보겠구나."

해수며 근수며 호수가 입이 함박만 해진다. 왜 그렇지 않겠는가. 숱한 자식들을 키우고 공부시키느라고 언제 고기를 사서 먹을 형편이 되었겠는가. 혹시 돼지를 길러도 자식들에게 고기 한 번 못 먹이고 팔아야 하는 부모님들의 마음이 얼마나 괴로웠으랴. 연수는 오늘 뜻밖에 찾아온 노루가 정말 고맙기만 하였다.

연수는 저녁 무렵 지난 번 보배가 부탁하던 책들과 아버지가 보내라던 노루고기를 보따리에 싸 들고 보배네 집으로 향하였다. 집 마당에 들어서니 회사 일에 바쁜 보배네 부모들은 아직 퇴근을 하지 않았고 보배도 아직 돌아오지 않은 것 같았다. 인기척에 집안일을 하던 아주머니가 나오면서 연수임을 알아보고 반색을 한다.

"연수 학생이구먼. 잠깐만 기다려요. 보배가 금방 올 거예요."

"예, 감사합니다."

"오랜만이예요. 부모님들도 다 무사하세요?"

"예, 아주머니도 이렇게 건강하시니 참으로 기쁩니다."

"백사장과 사모님도 편안들 하시죠?"

"암, 그렇고 말구요. 여기 앉으세요. 저는 빨래를 해야 하거든요"

연수는 아주머니가 주는 방석을 받아 쥐고 마루턱에 걸터앉았다. 어린 시절 반년 가량 머물러 있던 집이라서 어지간히 정든 집이다. 6년 전, 용정에 처음 왔을 때 신안진에 계시는 연수의 담임선생님이었던 김수산 선생님의 소개로 이 집에서 반년이나 살았다.

마당에 앉으니 어릴 때의 보배 생각이 새록새록 하다. 마당에 있는 큰 미루나무에다 보배에게 그네를 매어주고 뒤에서 밀어주면 그렇게 기뻐하던 보배의 얼굴, 물고기 잡이를 갔다가 미꾸라지를 보고 소리치던 보배의 놀란 얼굴, 동산에 꽃 꺾으러 갈 때 허물없이 잔등에 업히기도 하고 내려올 땐 손목을 꼭 잡고 신이 나서 재잘거리던 일이며 흘러간 이야기들을 떠 올리니 잊지 못할 추억거리가 많기도 하다.

"뚝딱, 뚝딱."

아주머니가 수도 옆에 앉아 세차게 두드리는 빨래 방망이 소리에 연수의 추억이 깨어났다. 한참 동안 빨래하는 아주머니를 바라보던 연수는 갑자기 시상이 떠올라 연필을 꺼내들었다.

빨래를 생명으로 아는
조선의 엄마 누나야
아들 오빠 땀 젖은 옷
깨끗하게 빨아 주소

그들의 마음 가운데
불의의 때가 묻거든
사정없는 빨래 방망이로
두드려 씻어 주소서

―「빨래」

"오빠! 언제 왔어? 오래 기다렸지? 난 오빠 온 것도 모르고 밖에서 친구
랑 놀았단 말이야."

보배가 문으로 들어서면서 연수의 팔을 잡고 기뻐한다. 보배한테는 위
로 언니만 있어 연수를 친 오빠처럼 무척이나 따랐다.

"지난번 네가 부탁했던 책하고 여기 노루 고기를 가져 왔어. 아버지가
보내신 거야."

"감사해요, 그런데 난데없이 노루고기는?"

"그런 일이 있어. 부모님들께 우리 아버지가 보내셨다고 여쭈어라. 난
일이 있어 이만 갈게."

보배가 저녁을 먹고 가라고 만류하였으나 그날 연수는 친구인 이봉춘과
약속이 있어 아쉬워하는 보배의 손을 잡아 주고는 이봉춘이 기다리고 있
는 숙소로 향하였다.

# 만고사萬苦寺에서

심연수는 블라디보스토크 한민학교에서 공부할 때 삼촌 심우택에게서 안중근 의사에 대한 이야기를 들었고 그 후부터 '하루라도 책을 읽지 않으면 입에 가시가 돋는다'는 안중근의 귀중한 말을 좌우명으로 삼고 시종 독서를 게을리 하지 않았다.

거기다 최근에는 명심보감에서 '남아필독오거서(男兒必讀五車書: 진정한 사내가 되려면 반드시 다섯 수레의 책을 읽어야 한다)'라는 구절을 읽고는 책 읽기에 더욱 열을 올렸다.

동흥중학교 재학시절에 이미 레미제라블, 돈키호테, 전쟁과 평화, 바다와 소년, 무정, 죄와 벌, 안나카레니니, 흙 등 수많은 책을 읽어 학우들로부터 글 벌레라는 말을 듣기도 했다. 1940년 3월 28일 오후, 그날은 토요일이었다. 하교 후 집으로 돌아오던 심연수가 버릇처럼 도서문구박문관(圖書文具博文館)에 들렀다. 용정에서는 제일 큰 도서관이다. 서점 매대에 신간서적이 있었는데 그중에서 『노산시조집』이 눈에 띄었다.

연수는 그 이름을 익히 알고 있었으나 그의 책을 접하기는 처음이었다.

언젠가는 꼭 보고 싶던 이은상의 시조집, 오늘 마침 만나게 된 것이다. 책값을 보니 80전, 결코 싸지 않은 값이다. 그 시절에 냉면 한 그릇 값이 5전이었다. 책을 펼쳐보는 심연수의 눈길에 광채가 돌았다. 너무나 마음을 사로잡는 시집이다. 그는 책을 만지작거렸다. 주머니에는 고작 15전밖에 없었던 것이다.

연수는 그 길로 뛰다시피 하여 집으로 돌아왔다. 용정시내에서 심연수의 집까지는 십리길이다. 문을 열고 들어서자마자 호수부터 찾았다. 마침 호수가 방바닥에 엎드려 숙제를 하고 있었다. 동생들 중에서 호수가 연수를 가장 따랐고 말도 가장 잘 들었다.

"호수야, 너 돈 없어?"

"없는데…"

"너 거짓말 하지 마라, 네게 돈 있는 줄 난 안다."

연수는 성격이 소탈하고 없으면서도 씀씀이가 헤픈 편이고 호수는 동생들 중에서 이름난 구두쇠로 자기가 쓰는 것조차 아까워하는 편이었다. 명절 때 할아버지와 할머니로부터 세뱃돈을 받으면 다른 동생들은 하루 사이에 사탕이며 과자 사는데 다 없애치우지만 호수는 받은 돈을 꽁꽁 접어서 감추어둔다. 그래서 호수의 금고는 언제나 비어 본 적이 없다. 그것을 연수가 어찌 모르랴.

"호수야, 나 지금 당장 급한 일이 생겼어. 네 돈 먼저 빌리자."

"무슨 일인데?"

"책 사려고, 서점에 아주 좋은 책이 왔어. 그런데 내일이면 다 팔린다는 구나. 오늘 꼭 사야 돼."

연수는 거짓말까지 했다. 호수는 형이 책을 산다니 두말없이 자기의 금고를 뒤졌다. 몽땅 털어 총재산이 40전이다. 연수의 것까지 합치니 55전밖에 되지 않았다. 연수는 다시 시내로 향했다. 누이 면수네 집에 이르니

땀으로 흠뻑 젖어 있었다.

"웬 일이냐 땀까지 뻘뻘 흘리며?"

"누나 돈 좀 빌려줘."

"어디다 쓰려고?"

"책 사려고, 25전이 모자라."

누이 진수며 면수도 연수가 책이라면 환장을 한다는 것을 다 안다. 면수가 군말 없이 50전을 주었다.

서점에서 책을 산 연수는 기분이 한껏 부풀어 집으로 돌아왔다. 그날 밤 연수는 노산시조집에 매료되어 등잔불 밑에서 절반가량이나 읽었다. 이튿날은 일요일이었다. 연수는 아침 일찍 책을 들고 만고사(萬苦寺)로 향했다. 조용한 곳에 가서 책과 함께 흠뻑 취하고 싶었기 때문이다.

만고사는 영국인들이 세운 교회당이 있다고 하여 붙여진 영국더기라고 좀 떨어진 언덕에 자리 잡고 있었다. 50여 년 전에 어떤 승려가 세운 절간으로써 이 절에서 수행하면 만 가지 고해가 사라진다고 하여 절 이름을 만고사라 붙였다고 한다. 만고사는 평소에는 한적하여 조용히 사색하거나 글 읽기에 안성맞춤이었다.

연수는 책속에 하염없이 빠져들었다. 연수는 글을 읽으면서 북받치는 희열을 누를 길 없어 그 자리에서 즉흥시를 썼다. 그날 필기장을 갖고 가지 않아 모두 시집의 여백에다 썼다. (노산시조집 27쪽에 「봄」이라는 시가 있다.)


처마에 落水 소리 이젠 분명 봄이로고
福비는 童鈴僧이 마슬로 올 때로다
오늘쯤 回心曲 소리 들릴 것도 같아라.

이어 연수는 여백에다 「봄소식」이라는 시를 써 넣었다.

봄님이 오신다고 종달새 아뢰올 제
뒷山에 찾으려다 할미꽃 피온 것을
그 먼저 온줄 랑을 아는 것 어이하리

여기서 보면 날짜가 묘하게 일치한다. 이은상은 1924년 3월 28일에 썼고 심연수는 1940년 3월 28일에 썼다. 이날 심연수는 만고사에서 무려 6수의 시조를 창작하였다. 모두 시조집의 여백에다 쓴 것이다.

책 집엘 들어가선 빈주먹 폐여보고
들고선 갖고 싶어 못견데 만저보며
없음아 너 어이해 이 곧까지 딸아왔니
                        —「책집」, 노산시조집, 53쪽 여백

金剛이 좋다 해도 가지 못하니 이름뿐
애꾸진 마음만이 金剛을 徘徊한다
어즈버 이 몸이 못 가는 곳 金剛인가 하노라
                —「憧憬의 金剛」, 노산시조집, '금강행' 뒷면

할일은 泰山이나 마음 설레 다 못할
들락날락 하로를 그저 보내네
두어라 내일이 또 있으니 그리 안함 어떠리
                        —「할일」, 노산시조집, 161쪽

찾노라 知己틀랑 나와 같은 젊은이를

一生을 두고돕을 나와같은 늙은이를
바라니 어느 뉘가 나와 같이 사올과저
―「참(眞)」, 노산시조집, 95쪽

沙漠에 남긴자최 보이니 하나이요
간사람 몇이든가 하날아 너알겟지 (뭇노나니)
한駱駝 두몸실고 오아시쓰 찾더라오
―「청춘」, 노산시조집, 64쪽

이날 마지막으로 쓴 시가 「님의 뜻」인데 시집을 다 보고 쓴 것이다.

읽고서 알엇쇠다 님마음 알앗쇠다
보고서 알앗쇠다 그 님 마음 알수 있어
字마다 소리치며 句마자 외여둘라우
―「님의 뜻」, 노산시조집, 234쪽

1940년 3월 28일 萬苦寺에서 青松 沈錬洙 '님이 뜻, 鷺山先生을 傾慕하며 끝首를 끝내며'라고 기록한 것으로 보아 노산시집을 다 일고 썼음을 짐작하게 한다. 심연수는 노산시조집을 읽은 다음부터 노산의 인격과 문학정신, 시조에 매료되어 그를 정신적 우상으로 마음 깊이 새겼다.

심연수는 이날 하루 동안 6수의 시조를 썼으니 실로 뛰어난 시재가 아닐 수 없다. 그리고 이날 처음으로 '청송(青松)'이라는 호를 사용했다. 이 아호는 노산시조집의 표지와 그리고 그의 성격과 연관된다. 노산시조집의 겉표지가 짙푸른 색깔이고 속표지는 우중충한 산과 아슬한 층암절벽으로 꾸며져 있다.

이은상 선생의 고향에는 '노비산(鷺飛山)'이라는 산이 있었다. 고향을 영원히 잊지 말자는 뜻에서, 그리고 일생을 학처럼 청고한 지조를 갖고 살고자 이은상 선생은 호를 '노산(鷺山)'이라 지었다고 한다. 심연수는 시조집의 표지에서 어떤 게시를 받고 노산처럼 고고하고 청결하게 그리고 사시사철 푸른 소나무처럼 꿋꿋하게 살고자 아호를 '청송'이라고 지었을 것이다.

그의 할아버지 심대규의 강직한 성격과도 무관하지 않을 것이다. 심연수가 기쁜 마음으로 만고사를 내려올 때 황혼의 어스름이 땅을 덮기 시작했다.

# 심연수와 만필

만주국의 중학교 교과서에는 수양과(修養科)라는 과목이 있었다. 수양과는 일상생활에서의 예절과 도덕규범을 다루었는데 대부분 유교사상과 명심보감을 주요 내용으로 하였다. 그러나 가장 많은 것이 일본천황과 일본제국에 충성하라는 내용이었다. 수양과의 보충 내용으로 매일 아침 공부하기 전에 마당에 있는 일본천황의 신전에다 참배를 했다. 참배에 빠지면 그날 공부를 시키지 않고 집으로 쫓아버렸다.

심연수의 학급에 이돌석이라는 장난꾸러기가 있었다. 어느 날 제일 먼저 등교한 돌석이는 주위에 아무도 없는 것을 보고 "전지전능하신 위대한 천황폐하님 매일 땡볕에 서 있느라 얼마나 목이 마르시겠나이까? 소인 은혜를 베푸나니 부디 목욕도 하시고 갈증도 푸시기 바라나이다."라고 말하며 신전에 대고 오줌을 갈겼다.

그러나 공교롭게도 그때 마침 학교에서 숙직을 서고 마당가로 나오던 교장이 이 광경을 목격했다. 이날 이돌석은 전교생들 앞에서 매를 맞고 즉시 퇴학당하였다. 며칠 후 이돌석은 타지방으로 떠나갔고 얼마 후에는 학업을 포기하고 항일부대로 갔다. 떠나기 전날 심연수 학급의 학생 전원이 이돌석의 집에 가서 "돌석이, 일제를 반대하는 그 행위에 우리 전체는 감탄하네. 다른데 가서도 얼마든지 공부할 수 있을 거네. 힘을 내게. 우리는 언제나 돌석이의 편이야. 어디 가면 꼭 편지하게."라며 이돌석을 위로했고 이돌석의 행위를 칭찬해 주었다.

　수양과 과목을 가르치는 송윤보 선생은 애국심과 정의감이 아주 강해 학생들의 존경을 받았다. 어느 날 송윤보 선생이 수양과 시간에 '3체'를 강의했다.

> "오늘은 3체에 대해 이야기 하겠습니다. 3체에는 두 가지 종류가 있습니다. 첫째는 나쁜 3체입니다. 수양기(修養期)에 있는 이 세상의 모든 사람들은 반드시 나쁜 3체를 버려야 합니다. 무엇을 나쁜 3체라고 하는가. 그것은 바로 '모르면서 아는 체', '못난 것이 잘난 체', '없는 것이 있는 체' 하는 것을 말합니다. 나쁜 3체는 사람을 그릇된 길로 가게 하므로 반드시 버려야 합니다. 그러므로 수양에서는 나쁜 3체를 극복하거나 버리는 것을 제일의 진수(眞修)라고 합니다. 특히 제군들 같이 성숙기에 들어선 학생들은 진수를 준칙으로 삼아야 합니다. 둘째는 정황에 따라 제창하여야 할 3체입니다. 즉 '있으면서 없는 체', '잘난 것이 못난 체', '알면서 모르는 체' 하는 것을 가리킵니다. 이 시간의 공부내용을 요약하면 사람은 언제나 겸손하라는 것입니다."

　그날 저녁 연수는 선생님의 강의내용을 음미하다가 불현듯 만필을 쓰고 싶은 충동이 치밀어 순식간에 「직업생활만태」를 써 내려갔다. 자신을 농부의 자손이라고 자부하며 언제나 농민의 편에 서고 농민을 사랑했던 심연수는 직업생활만태에서도 농민을 첫 자리에 놓았다.


　　농민 : 좋은 땅 얻어서 많이 부치려는 욕심은 농부의 가장 큰 욕

심이다. 그러나 그것이 마음과 같이 될 수 없는 것은 어쩐 일이냐. 대를 두고 내려오면서 농부는 종래로 자기의 최대 희망을 실현하지 못하였다. 농부는 순박하고 선량한 욕심쟁이다.

공장노동자 : 남과 같이 살려는 욕망에 밤낮 공장의 기계노릇을 하지만 죽을 때까지 편한 생활을 누리지 못하고 기름투성이에 꾸겨진 옷으로 몸을 감고 일생을 걸어가는 사람이다.

회사 사장 : 폭신폭신한 회전의자에 뚱뚱한 몸을 파묻고 담배연기만 실오리처럼 뿜는 사장의 얼굴에는 어두운 한 쌍의 눈이 있고 사원이 애써 일하는데 한적하게 앉은 꼴은 마치 우상 같은 감이 나도록 한가한 인간이다.

선생 : 아는 것은 노루 꼬리만 해도 그래도 안다고 떠들어댄다. 그것도 괜찮은 일이다. 하다못해 밑천이 달아나면 거짓말을 해도 마이동풍보다야 못하겠나. 그러나 꽤 바쁠 것이다. 이마에서는 땀이 나고 분필가루는 제법 사탕가루 날리 듯하고 한참 떠들어대면 입이 뻐근하고 목구멍이 칼칼하고 아침에 먹은 것들이 소장, 대장으로 여행을 가고 나니 배가 출출한 게 바지가 자꾸 배꼽 아래로 흘러내려 죽을 지경이다. 벌써 혁대 눈을 세 개나 더 들여 끼웠는데 또 더 들여 끼워야할 모양이다. 이러다가는 쉬이 죽겠어. 그까짓 선생이고 뭐고 다 집어치우고 말까 싶다.

그래도 할 수 없어. 그것 내놓으면 할 게 없어. 배운 게 그것뿐이고 아무리 싫어도 밑천이 그것뿐이니 죽을 때까지 선생, 선생, 아야 야 사람 살리우, 배워준 놈들이 다 이것을 알아줄까.

사원 : 눈은 문서로 손은 주산판으로 머리는 머리 있는 대로 마음은 월급봉투로 입은 송화구(送話口)로 귀는 수화통(受話桶)으로 발은 테이블 밑으로 엉덩이는 헌바닥 나무의자 위로 아침부터 퇴근까지 부리나케 전신을 놀려야 먹고 산단다. 밉상 궂은 취체역(取締役)

눈치를 보아가며 한 달을 강 엿을 먹어야 돈 봉투를 쥐어보는 월급쟁이 노릇. 그래도 촌에 계신 할배, 할매는 자손이 월급쟁이라고 뽐낸다오.

小使 : 야, 이놈들아 좀 사람 살려라. 그렇게 여럿이 찾으며 부르면 한 몸이 어찌겠니? 정 그렇게 찾겠꺼든 각을 뜯어주마. 한 놈이 하나씩 가지고 실컷 부려 먹어라. 옛다 이건 너 줄게. 저 것은 저놈을 줄게. 다 되었다. 이다음에는 날 찾지 마라. 나도 사람이다. 너와 같은 사람이다.

우편배달부 : 붉은 가죽가방을 엉덩이가 찌그러지도록 무겁게 짊어지고 동령(童齡) 중 모양으로 집 문턱까지 와서 줄 것을 주고 간다. 아무리 반가운 편지를 전하여 주어도 한마디 치하를 받은 적이 없다. 그리다가도 기다리는 편지가 안 오면 배달부를 탓하니 참, 입맛이 써서 못 견디겠어.

국수배달 : 목판에 스무 그릇 국수 어느 놈이 헛배 채움인지. 한 놈이 이렇게 가져간 걸 여러 사람이 먹을 테지. 그만 몽땅 내동이쳐 버릴까보다. 그러나 그것은 못하는 일. 아예 국수는 적게 팔리더라도 이렇게 한꺼번에 많이 청하는 일이 제발 없었으면.

양복점 쟁이 : 헌 양복 입은 사람은 해 입을까 해서 유심히 보고 새 양복 입은 사람은 호기심이 동해서 유심히 본다. 남의 것을 좋은 것으로 해주는 양복쟁이 제 입은 것은 무릎이 구멍이 날 듯한 꼬부랑바지. 조끼 없는 오리에리에 재봉침 틀이 드르르한다.

도화쟁이 : 매일 깎깨질. 빼또칼로 파먹는 놈. 남의 이름이나 새겨 먹는다. 서양 사람들처럼 수표로 도장을 대신한다면 아주 실직하여 밥통이 횡 날려갈 것이다. 그러나 갓난아기부터 있어야 하는 동양에서는 아마 좀스럽기는 하나 큰 사업이며 쬐 먹고 살만한 모양이다. 가고 오는 사람이 잘 보이게 유리창에다 커다란 도장을 그려 붙

이고 손님들을 부른다.

사진쟁이 : 찰칵 하는 고것이 내 밥통인걸. 사실 사진기가 없어도 별일 없이 살겠지만 자꾸만 덤벼드니 나로서도 방법이 없다. 낮이 빼빼한 사내, 계집들이 동무니 짝패니 하고 와서 거울에 달라붙어서 거리낌 없이 맵시를 만드느라고 법석거리는 사람이 많을수록 내게는 좋다. 그러나 제 낯 제 모양 못 생긴 주제에 사진 잘못 됐다고 탈 잡을 때면 딱 질색할 지경이다.

빌어먹을, 어느 년 놈 상판대기나 곱게 만들면서 살아가라는 팔자가 어디에 있는가? 그러나 아주 얌전한 아가씨들이 올 때는 기분이 좋아 오래오래 그 얼굴을 들여다 볼 수 있고 그를 낳아 놓은 어버이 마음 같은 사랑이 머리들 때도 있다. 더구나 누구든지 얼굴을 들라면 들고 숙이라면 숙이고 돌리라면 돌리는 것을 볼 때면 마음이 더 없이 통쾌하다. 어떤 놈이든 내 앞에 와서는 시키는 대로 다 해야 하니까.

구두점쟁이 : 짚신이 없어지고 가죽신이 생기는 통에 이 작자도 가죽신 만드는 재주를 배웠다. 양복만 입으면 구두까지 신으려는 것이 요즈음 사람들의 마음인 것 같다. 한 몸을 담고 다니는 귀중한 것을 만드는 데도 구두쟁이를 천하다고 말하니 참 한심한 노릇이다.

거리를 다니는 사람의 위통은 아니 보고 먼저 발부터 치올려 본다. 왜냐 하면 어쩐지 남의 신발 걱정이 먼저 나기 때문이다. 혹 꿰여신 신을 신은 사람을 보면 좋다. 왜냐하면 한번 구두를 신어본 사람은 또 다음에도 구두를 사 신는 것이니까. 참 답답한 친구들이다. 왜 구두를 못 신는담? 한번 신어보라지. 반짝거리를 구두를 신고 길가를 걸으면 발이 가뿐하고 발바닥도 딱딱해서 돌을 차도 아프지 않고 구두의 좋은 점을 알지어다.

모자점쟁이 : 김이 빠질까봐 덮고 다니는지 멋을 내려고 올려놓

고 다니는지? 추우면 추울까봐 쓰는지, 더우면 뜨거울까봐 덮어씌우고 다니는지? 어쨌든 재미있는 일이다.

약장사 : 미친 놈 지랄하듯 입에 거품을 물고 다니는 것이 참 가관이다. 사람이 모일수록 신이 나서 떠드는 꼴도 꽤 볼만하다. 그러나 약 사는 사람은 몇 명 안 되고, 연설이 끝나도 잘 들었다는 말없이 흐지부지 흩어질 때에는 속이 부글부글 끓고 당장 달려가서 참관료라도 받고 싶지만 그것도 못하는 일이다.

막음말 : 사람이 살아가는 것이 대체로 모두 이와 같도다. 그 살아가는 속에는 캐고 보면 별별 수작이 많을 것이다. 하여튼 세상살이란 재미있는 일이다. 그러면서도 한편 눈물 나는 일이다. 사람이 나서 살아가려면 누구든지 한 가지 내지 몇 가지는 이러한 일을 하여야 한다. 나는 무슨 일에서 이와 같이 재미있고 눈물 나는 일을 하여 보겠는지! 내 일이지만 사뭇 호기심이 나며 흥미를 가지지 않을 수 없다.

—「직업생활만태」

심연수는 직업생활만태를 다 쓰고 나서 자기가 가야할 인생의 길을 사색하면서 시를 썼다. 연수는 상상력이 아주 풍부 했으며 그 상상을 즉시로 시로 옮기는 사람이었다.

들길걸어진흙길
나쁘다마소
궂은길걸음도
걸어야알소이다
　고개길오르기
　바쁘다마소

오름도내림도
같은가하노라
배움의길
마르다마소
가물끝에나리는비는
반갑기도하더이다
渡世의길
쓰리다마소
쓰림없이얻은成功
없다고하더이다

— 「길」

심연수는 또「농인기초」라는 만필도 써서 자신이 진짜로 농업을 숭상하고 농민을 숭배하고 사랑한다는 뜻을 세상에 알렸다.

農人記秒(농인기초) -농민의 아들로서 하고 싶은 몇 마디-

경농하는 사람은 흙을 사랑한다. 지구는 흙으로 된 땅덩어리기에 더욱 사랑한다. 흙에서 났고 흙으로 돌아가는 것이 만물의 이치이다. 삼라만상은 넓은 의미에서 모두 같은 운명에 있다고 보아도 좋다.

봄, 여름, 가을, 겨울 어느 것이나 꼭 같이 만물에게는 피할 수없는 계절이기에 짧은 동안이라도 끊임없는 생명의 숨소리가 율동하고 있다.

생물에게는 신진대사라는 생명작용이 쉴 새 없이 영위되고 있기에 내부의 구요를 외부에서 얻으려 한다. 항시 서로 그것을 이용하려 하기에 강자는 약자를 자기 것으로 만들려 한다.

동물은 식물을 먹는다. 식물은 동물의 모든 것을 양분으로 섭취할 만한 성능이 있지만 難動(난동)이어서 하나는 자유롭고 하나는 고정되어 있기에 피해는 한쪽만이 받기 마련이다. 그러나 식물에게는 동물에 비할 수 없는 위대함이 있어 번식력이 취락(聚落)을 만들어 동에 도전하고 있다.

농민은 비옥한 토지를 가져야 한다. 내 땅이 없으면 남의 것이라도 얻어야 하기에 代作(대작)이라는 것이 있고 아무 것도 없는 사람은 土薄(토박)한 땅이라도 남의 것을 소작하여야 한다.

사람은 동물이기에 먹어야 한다. 동물의 근성이 노골적으로 발로하면 욕심으로써 나타나 남의 것을 요구하며 탈취하기도 한다. 그러나 농부가 가진 욕심은 자기만을 위한 것이 아니다. 뭇 사람을 먹여 살리려는 덕성 높은 公慾(공욕)이 항시적으로 한 사람에게 의지하여 발로되기에 이기적인 사욕이라고 할 수 없다. 그러기에 그들에게는 촌뜨기라는 별명이 생겼다. 이 세상은 너무나 마음이 선하면 白癡(백치)로 취급 받기에 착한 일도 마음 놓고 할 수 없게 돼 먹었다.

인과관계는 식물에서부터 시작 되었기에 농부는 누구보다도 먼저 알고 매사에 인과율을 깨게 되며 어질면서도 순진하고 진실하다. 씨를 뿌리면 쌀이 나오고 꽃이 피고 열매를 맺는다는 대자연의 천리는 언제나 변함없이 계절에 따라 반복하고 있기에 농부는 어려서부터 이런 도리를 잘 알고 있다.

온대에는 계절이 있다. 계절을 따라 식물이 나고 크고 살고 죽고 한다. 그것을 이용하여 농사한다. 곡물은 식물이기에 날 때에 씨를 심고 죽을 때에 거두어들인다. 이것이 원시 조상이 물려준 유일의 대체보존 생존법이다. 살려면 먹어야 하고 먹기 위하여 심어야 하고 일해야 한다.

식량은 곡물이어야 하기에 일정한 것만 가려서 따로 심고 잘 자라도록 보살펴야 한다. 잡초와 해충을 잡아주어야 한다. 한 가지를 살리기 위해 여러 가지를 죽여야 한다. 생물에게 많은 죄악을 저질러야 한다.

농부는 부지런하고 괴로움을 견디어낼 줄 알아야 한다. 지그시 오래 달라붙어서 끝을 보기에 성정이 느긋해야지 조급해서는 안 된다. 벙어리처럼 말이 없어야 한다. 이론을 버리고 실천을 하는 것이 무엇보다 중요하다.

땀을 흘려야 한다. 사치는 영원히 금물이다. 무릎 나간 잠방이를 입는 것을 꺼리지 말아야 하며 팔꿉이 꿰진 토스레옷을 꺼리지 말아야 한다. 발뒤꿈치가 드러난 짚신을 신고 작두를 먹일 줄 알아야 한다. 손톱이 닳도록 벌어야 한다. 눈을 딱 감고 내밀고 들이밀 줄 알아야 한다.

땅을 깊게 갈고 똥거름을 떡 주무르듯 해야 진정한 수확을 기할 수 있고 참다운 농사꾼이라 할 수 있다. 자기가 지은 곡물은 자기에게 소유권이 있다. 그런데 기실 현실은 거꾸로 될 때가 많아 소유권을 가지지 못한다. 누구의 탓일까? 농사짓는 사람은 그것을 받아야 한다. 노력의 가치는 속일 수 없다. 그러나 또 속지 않을 수 없다. 알고도 속는 것은 분하다. 힘이 없으니 분한들 어찌한단 말인가.

아무리 미워도 먹을 것을 주어야 한다. 짐승도 부리려면 우선 잘 먹여야 하고 봄철의 생산을 위해 겨울 나는 벌에게도 먹을 꿀을 남겨두어야 한다. 굶어죽는 한이 있더라도 농사지을 씨앗만은 남겨두어야 한다. 그것은 우리 농민의 신조이며 윤리이며 법칙이다.

농사는 천하지대본이라 하였은즉 농촌을 사랑하여야 하며 농민을 우대해 주어야 한다. 농민에게 偉德(위덕)이 있다는 것을 알아야 한다.

— 「농인기초」

심연수의 만필을 보면 그는 언제나 철저하게 천백만 노고대중의 편에 서서 그들을 동정하고 그들을 대변하는 글을 써왔다. 그런 점에서 우리는 심연수를 민중시인이라고도 말 할 수 있다.

# 푸른 하늘 은하수

어느 봄날 오후 학교를 마치고 집으로 돌아오려는 데 어느 교실에서인가 귀맛 좋은 발풍금 소리가 들려왔다. 은은하고도 정다운 멜로디, 들을수록 감칠맛 나는 그 노래 가락이 집으로 돌아가려는 심연수의 발목을 칭칭 휘감았다. 심연수는 어릴 적부터 여러 가지에 흥치가 있었다. 그는 체육도 잘 하고 미술도 잘하고 음악도 즐겼다.

중학교 3학년 때에 학교에서 심연수 개인 미술전을 열어 온 용정 시내를 놀라게 했다. 당시 그가 그린 그림에 마르크스와 레닌도 있어 한때 말썽이 있기도 하였다. 육상과 축구에도 능하여 동만지구 운동회에서 해마다 육상 허들에서 일등을 하였고 학교축구팀의 주장으로 연경(燕京:오늘의 장춘)에서 열린 제2회, 제3회 중학교 축구경기에서 동흥중학교 팀이 우승을 하였다.

또 심연수는 학교합창단의 멤버이기도 하였다. 어느 한 부분에서 성공하려면 본업을 축으로 하여 변두리 학문에서도 아는 것이 깊고 넓어야 한다. 심연수가 명실상부한 시인으로 될 수 있었던 것은 그가 시를 사랑할 뿐 아니라 다방면에 아는 것이 많은 관계로 결코 무관하지는 않다.

심연수가 노랫소리에 취하여 걸음을 멈추었다. 노랫가락이 점점 그의 가슴에 젖어들었다. 마치 자기가 한 마리 토끼나 계수나무가 되어 쪽배에 앉아 망망한 푸른 하늘을 달리고 있는 듯 했다.

> 푸른 하늘 은하수
> 하얀 쪽배에
> 계수나무 한 그루
> 토끼 한 마리
> 돛대도 아니 달고
> 삿대도 없이
> 가기도 잘도 간다
> 서쪽 나라로

심연수는 이 노래를 들을 적마다 깊은 애수와 그 어떤 말 못할 절절한 감회와 아련함에 깊이 빠져들곤 하였다. 비록 어린이 노래지만 어쩐지 가슴이 뭉클해 나고 어디론가 무엇을 찾아 정처 없이 떠나는 자신을 발견하곤 하였다.

심연수는 생활의 진리를 탐구하고 세상살이 실태를 알고 백의동포들의 현황을 알려고 중학교에 입한 한 후 거의 겨울방학 때마다 북만지구를 한 바퀴씩 돌곤 하였다. 그리고 매일매일 일기로 남겼다. 현재 그런 일기가 250여 편 남아있어 당시의 심연수를 바로 알 아 가는데 많은 도움을 주고 있다.

심연수는 1939년 겨울방학과 1940년 겨울방학에 북만의 많은 촌락들을 방문하면서 동포들의 삶과 특히 교육현황을 자상히 살펴보았다. 그리고 그때 의란현에서 지금 강릉경포대 심연수의 시비에 새겨진 시「눈보라」를 창작하였고 벌리현에서「만주」를 창작하였다. 심연수가 험하고도 먼 길을 끝까지 헤치고 나아갔던 북만일대는 사방 천여 리에 산이라곤 없는 일망무제한 평야이며 겨울이면 온도가 영하 40도까지 내려가 침을 뱉자마자 얼어붙는 곳이다.

바람은 서북풍
해질 무렵 넓은 벌판에
싸르륵 몰려가는 눈가루
칼날보다 날카로운 이빨로
눈덮인 땅바닥을 갉아 간다.

막막한 雪平線
눈물 어린 새파란 雪氣
추위를 뿜는 매서운 하늘에
조그마한 햇덩이가
얼어 넘는다.

—「눈보라」

잘 살려고 고향 떠나
못 사는 게 타향살이
간 곳마다 펼친 心荷
뜰 때마다 허실됐다

흐뭇할 품을 찾아
들뜬 마음잡으려고

들러서 동해를 어선에 실려
대인 곳은 막막한 벌판이었다.

싸늘한 북풍받이 헤넓은 곳
떼장막을 치고 누어
떠돌던 몸 쉬이려던 심사
불쌍한 유랑민의 꿈이었다

서글퍼 가엾던 부모 형제
헐벗고 주림을 참던 일
지금은 뼈아픈 눈물의 기록
잊지 못할 拓史의 血痕이었다.

—「만주」

　심연수는 만주의 허허벌판을 돌아다닐 때마다 즐겨 <반달>을 부르곤
하였다. 그는 자신을 돛대도 삿대도 없는 쪽배라고 생각하였고 이 세상을
밑도 끝도 없는 망망한 푸른 하늘이라고 생각하였다. 심연수는 반달을 작
곡한 유명한 작곡가가 자기 학교의 음악선생님으로 있는 것을 무한한 긍
지와 자랑으로 생각하였다.
　윤극영(尹克榮)은 1903년에 서울에서 출생했다. 윤극영은 다재다능한
사람으로 동요 작곡가이며 동시 작가이며 바이올리니스트이고 테너성악
가이며 지휘자요 아동문학운동가이다. 그는 한국의 아동가요를 최고봉
으로 이끈 사람이다. 특히 동요 <반달>은 오늘까지도 전 세계에서 널리
불리는 불멸의 명곡이다. 이 노래는 비단 어린이들 뿐 아니라 성인들까지
도 애창하고 있다.

윤극영은 만주국 시기에 동북일대를 전전하면서 수많은 동요들을 창작하였다. 한때 연길, 용정, 하얼빈, 목단강 일대에 거주하면서 창작에 전념하였고 용정에 있을 때 동요 <고기잡이>를 만들었다. 심연수는 고기잡이가 윤극영이 용정의 해란강에서 어린이들이 고기잡이하는 것을 소재로 하였기에 이 노래도 즐겨 불렀다.

1926년, 23살 때에 윤극영은 『윤극영100곡집』을 세상에 내놓아 일약 명성을 날렸다. 윤극영은 용정 동흥중학교에서 음악교원으로 있을 때 합창단을 조직하였고 심연수는 그 합창단의 주요 멤버의 한 사람이었다. 합창단은 1938년 3월, 만주국창립 7주년 기념행사에서 <반달>, <고드름> 등을 불러 관중들의 절찬을 받기도 했다. 하지만 일제가 합창단이 부른 노래가 대동아평화에 저촉되는 노래라고 트집을 걸어 합창단을 강제로 해산시켰다.

이유는 반달 가사 중의 '하얀 쪽배'는 백의동포를 상징하고 '가기도 잘도 간다'는 일본제국을 반대하는 길로 나아간다는 것이었다. 또 고드름은 순수하게 자연을 노래한 것이었건만 일본 경찰은 고드름은 흰색이니 이것도 흰옷 입은 무리들을 가송한 노래라고 생트집을 걸었다.

당시 윤극영을 비롯해 수많은 학생들이 일제의 부당한 처사에 항의를 제출했지만 칼날과 맞선 신세라 부득불 합창단을 해산할 수밖에 없었다. 그때 소선인 교원과 학생들은 나라 잃은 민족의 설움을 다시 한 번 피부로 느꼈다. 오늘 또 새롭게 반달을 들으니 처음으로 윤극영 선생님을 만났을 때 음악시간을 마치고 사무실로 돌아갈 때 따라가면서 이것저것 묻던 일이 생각났다.

"선생님, 반달은 우리 겨레 남녀노소가 모두 즐기는 애창곡입니다. 선생님은 어느 때 이 노래를 지으셨습니까?"

"벌써 16년이 되었네. 당시 내가 일본에서 음악공부를 하고 조선에 돌아오니 어린이들이 모두 일본 노래만 부르고 조선노래는 부르지 않고 있어서 알아보니 우리 아이들이 부를 노래가 없다고 하지 않겠나. 거기서 큰 충격을 받고 1924년에 이 노래를 만들어 어린이 합창단도 세워서 가르쳐 주었지."

"선생님, 우리 학교에도 지금 합창단을 꾸려 주십시오. 저도 합창단에 들어가 노래를 부르고 싶습니다."

"나도 그럴 생각이야, 그런데 그게 잘 안 되었네. 흑룡강에 가서도 시도해 보았는데 얼마 안 가서 일본놈들이 제지시켜 그만두고 말았지. 그러나 또 한 번 시도는 해 보겠네."

윤 선생은 그의 말대로 얼마 후에 등흥중학교 합창단을 조직하였다. 그러나 신경에 가서 연출하고 돌아온 후 불온한 노래를 불렀다는 이유로 또다시 해산되고 말았다.

"선생님은 간도 태생입니까?"

"허허, 호적조사를 하는 순사를 만났구만. 아닐세. 난 서울 태생인데 1926년에 『반달동요집』을 출판해 가지고 한 번 크게 해 보려고 간도로 왔다가 지금까지 이러고 있는 거라네. 『예우(藝友)』라는 잡지도 꾸렸다가 강제로 폐간되고 말았지."

윤 선생의 사무실에는 풍금 외에도 바이올린이며 트럼펫, 트럼본 등 악기들이 있었고 음악책들도 많았다. 그 중에는 『윤극영 100곡집』도 있었다. 그때 심연수는 윤극영 선생의 사무실을 나오면서 선생님께서 동요집을 출판하여 어린이들에게 우리 민족의 노래를 만들어 주듯이 나도 언젠가는 우리 민족을 위해 좋은 시집을 출판 하리라고 다짐하였다.

심연수는 혼자서 신나게 '푸른 하늘 은하수'를 부르며 집으로 오다가 강가에서 휴식하였다. 주절거리며 흐르는 해란강의 노랫소리, 새들의 지저

퀴 소리, 나뭇잎을 흔드는 바람소리, 금방 피어오르기 시작한 저녁연기, 그 그림 같은 속으로 어린이들이 노래를 부르며 삼삼오오 걸어가고 있다.

이 모든 것들이 심연수의 시흥을 자극하였다. 연수는 봄날의 이른 저녁 정취와 방금 부르던 노래의 관성에 이끌려 저도 모르게 필기장을 꺼내들고 시를 쓰기 시작했다.

> 호젓한 교외
> 잎 덧는 골길에
> 풀솜 나는
> 아늑한 저녁때
> 언덕 위 기슭을
> 지내는 아이들이
> 어울려 부르는 노래의
> 가늘어지는 멜로디
> 소리만 들리는
> 그 노래 듣고자
> 발 자리 삼갔으나
> 장난꾼 달림에 멀어진 노래
> 점점 가늘어진다
> 소유도 멎어 가는 연기 낀 거리에
> 斜光에 번적이는 캐라스 윈도우
>
> —「교외」

이윽고 별이 뜨고 달도 떴다. 푸른 하늘 은하수로 돛대도 삿대도 없이 예쁜 쪽배 한 척이 조용히 조용히 헤엄쳐 간다. 심연수의 생각도 조용히 조용히 헤엄쳐 갔다.

# 강치선 선생에게 편지를

심연수가 평소에 가장 존경한 사람들로는 가정의 어른들과 어릴 때 계몽스승인 김수산과 소설가 강경애, 강경애의 남편이며 동흥중학교 교무주임인 장하일 그리고 강치선 선생이었다. 강치선과는 만난 적도 없었지만 반장인 현근을 통해 안 사람이다. 현근은 소학시절에 강치선 선생에게서 공부했기에 강치선 선생을 잘 알고 있었다.

강치선은 서울 연희전문학교에서 철학을 전공한 사람으로 화룡현 삼도구의 자그마한 벽촌마을에서 교편을 잡고 있었다. 원래 삼도구에는 학교가 없었다. 강치선이 그곳에 간 다음부터 학교가 생기게 되었다. 화룡현 정부에서 그를 변호사로 청하였으나 그는 단연히 거절하고 조선인 아이들을 가르치는 고생스런 길을 택하였다.

하늘아래 첫 동네라고 불리는 삼도구에는 두만강을 건너와 화전농사를 하는 조선인 농민들이 40여 호 살고 있었는데 생활이 너무나 빈궁하여 학교를 세울 생각도, 아이들을 학교에 보낼 생각도 못하였고, 아이들은 7~8세부터 부모님들과 함께 농사일을 하였다.

우연한 기회에 이러한 가슴 아픈 사정을 알게 된 강치선은 그곳에다 학교를 세울 결심을 내리게 되었던 것이다. 그는 그곳에 가서 농민들과 함께 농사를 지으면서 농민들을 동원하여 마침내 자그마한 학교를 세웠다. 학교를 세우기까지 그는 농민들과 함께 나무를 베고 돌을 나르고 톱질을 하고 진흙을 발랐다. 개학 초기에 학생이 15명이었고 1년 후에는 30명으로 늘어났다.

강치선은 낮에는 학생들에게 글을 가르치고 밤에는 야학을 꾸려 농민들에게 글을 가르치며 민족의식도 고양하였다. 후에 심연수가 신안진과 영안에 가서 학생들에게 글을 가르치고 야학을 꾸려 농민들에게도 글을 가르쳤는데 여기에는 강치선 선생으로부터 받은 영향이 컸다.

심연수는 이 모든 것을 반장인 현근을 통해 알게 된 후 강치선 선생을 무척 존경하게 되었다. 언젠가는 한번 찾아가서 인사도 드리고 지도도 받으려고 생각했지만 끝내는 실현하지 못하였다. 아래의 편지는 심연수가 일본으로 유학 가기 전에 강치선에게 보낸 절절한 사연이다. 이 편지를 받은 후 강치선이 심연수에게 답신을 보냈는지는 알려지지 않았다.

존경하는 강 선생님 尊前 拜啓

외람히 올리는 글월이오나 용서하시옵고 받아주심을 바라나이다. 저는 선생님을 뵈온 적이 없나이다. 벗을 통하여 알았나이다. 얼마나 수고하십니까? 물론 不備한 촌 학교일 것이오매 여러 선생님들이 하는 일 더 어렵겠지요. 추위와 어둠에 떨고 있는 어린이들 머릿속에 따뜻하고 명랑한 생활의 진리를 넣어주십시오. 다만 그것이 저희들의 가장 큰 바람이나이다.

거칠고 바람 세찬 이향 땅에다 꽃을 심어주시는 그 勞苦를 어떻게 갚아야 할지 모르겠나이다. 충실, 그것은 언제나 아름다운 것이

오매 시대와 환경을 초월할 수 있는 진리를 가지고 있는 줄로 알고 있나이다. 저는 비록 일개의 서생을 벗어나지 못한 몸이오나 쓰라린 世波를 겪었고 또 현재도 그렇고 앞으로도 그러하기에 신의를 갖고 있는 벗을 찾았나이다. 참으로 그 바람에 충만한 환희를 현해탄을 사이 둔 저쪽에서 만나게 되었나이다.

사막은 언제나 사막이 아니외다. 우리들의 인생을 쉬어가게 하며 살려줄 수 있는 대자연이라는 큰 시설이 있나이다. 낯선 타향에도 벗은 있을 수 있나이다. 사랑도 있을 수 있나이다. 진리도 있을 수 있나이다. 저는 환희, 그것만을 위한 환희만을 바라지 않나이다. 청춘으로서 인간으로서 가져야 할 참다운 무엇을 위한 환희를 탐구를 하려 하나이다.

저는 신의를 중시합니다. 참다운 동지 사이에는 이해가 필요 없으며 진정의 복종 그것만으로도 무조건 사랑하고 따를 수 있는 줄로 아나이다. 이것이 재래의 풍속을 무시하자는 것이 아니옵니다. 전통을 부인하는 것도 아니외다. 우리는 그 속에서 신생활을 할 만한 파격적인 결단성을 가져야 할 줄로 아나이다.

저는 이러한 현실과의 마찰을 적게 하기 위하여 무한히 애쓰고 있으니 결국은 그 속에서 여러 부분을 잃어버리지 않으면 아니 될 만한 과거를 가지게 되었나이다. 의지적 말초신경을 많이 잃어버린 이 몸에 오직 남아 있는 것이란 최후의 결전을 대망하는 열정뿐이외다. 싹트는 정열의 맨 몸뚱이를 굴러다니는 동안에 무엇이 생길지 모르지요.

그때에 고이 함께 걸어줄 동지를 찾고자 하나이다. 우리는 성별을 초월한 입장에서 힘 있는 벗을 찾아야만 만사를 무난히 넘길 줄로 아나이다. 여가 계시오면 下教 던져주시면 고맙겠나이다. 오늘 실례 많이 하였나이다.

시월 스무 나흗날 草堂에서  심연수 上書
  附 : 존경하는 강선생님 : 渡東 하기 전 사이 있으면 한 번 찾아 뵈올지도 모르겠나이다.

# 친일파 김호연을 강물에 처넣다

동흥중학교로 들어가는 대문과 용정제1경찰서가 거리를 사이에 두고 있다. 심연수, 이봉춘, 현근, 홍복을 비롯한 항일사상이 농후한 학생들은 매일 학교에 갈 적마다 파출소 앞에 게양한 일장기를 보아야 하니 늘 기분이 좋지 않았다. 어느 날 교문으로 들어가다 말고 이봉춘이 심연수를 불렀다.

"연수야, 저놈의 일장기를 볼 때마다 난 십 년 전에 먹은 팥죽이 막 올라오는 것 같아. 넌 안 그래?"

"나도 그래. 저놈의 일장기를 당장 태워버리고 싶어."

"저 꼴사나운 일장기를 보지 않게 하는 방법이 없을까?"

"방법이야 없는 것도 아니지."

연수가 히죽이 웃었다.

"무슨 방법이야 어서 말해봐."

"간단해, 대문을 이사 시키면 되지. 토성을 4m쯤 허물어 내고 그 벽돌로 지금의 대문을 막아버리고 원래의 나무대문을 남쪽에 달아놓으면 되지 않을까?"

"옳거니, 우리가 왜 진작 이런 쉬운 방법을 생각지 못했을까? 그렇게 하면 남쪽에는 아무 집도 없으니 경찰서가 유명무실하게 된다 이거지? 그리고 남쪽에다 대문을 만들면 우리가 학교와 시내 사이로 오고 가기가 편리하고 그렇지 바로 용문교로 통하는구나. 이건 정말 좋은 생각이야. 우리학교 수재가 다르긴 달라. 당장 해치우자."

"하지만 우리끼리만 해선 안 돼, 교장선생님도 알아야 돼. 또 일본놈들이 참배하는 시간에 번개같이 해치워야 하거든. 다 한 다음에는 모두가 시치미를 뚝 떼는 거야."

"그럼 그렇게 하도록 하자."

그날 저녁, 방과후 4학년 3반 학생들이 현근 반장의 주도하에 비밀모임을 가졌다는 것은 새삼스레 설명할 필요가 없다. 이튿날 '교문이주'가 계획대로 재빨리 진척되었다. 현근, 봉춘, 연수, 홍복 등이 40여명 학생들과 함께 경찰서 놈들이 아침 참배를 하는 사이에 벼락같이 대문을 바꿨던 것이다.

"드디어 해냈구나!"

여럿이 환성을 질렀다.

이때 길 맞은편에 있는 경찰서에서 순사 몇 놈이 달려와 고래고래 소리를 질렀다.

"이놈들아, 당장 그만 두지 못할까?"

현근과 봉춘이 가로막고 나서며 침착하게 말하였다.

"우리는 단지 다니기가 불편하여 교문을 바꿔달았을 뿐입니다. 이것도 치안위반입니까?"

"이놈들 헛소리 하지 말고 당장 원상복구 시켜라!"

이때 김호연이 헐떡거리며 달려와서 야단을 쳤다.

"너희들 하라는 공부는 안하고 이게 무슨 짓들이야? 법이 무섭지 않아?

그런데 대문은 왜 옮겼어?"

심연수가 김호연을 냉랭한 눈초리로 쳐다보며 또박또박 말하였다.

"존경하는 호연 선생님, 목적이야 뻔하지요. 시내에서 학교로 들어오자
면 이 토성을 돌아야 하니깐, 길을 좀 가까이 하려고 용문교 쪽으로 교문
을 옮긴 거지요. 이것도 치안위법입니까?"

"당장 뜯어서 원래대로 해놓아라!"

순사들과 김호연이 미친개처럼 날뛰며 소리를 쳤으나 모두들 히죽히죽
웃으며 못들은 체 했다. 이때 떠들썩하는 소리를 듣고 임계학(林桂鶴)교
장과 장하일 교무주임이 나타났다. 임 교장과 장 주임은 민족심과 애국심
이 대단하여 학생들로부터 무척 존경을 받고 있는 분들이시다.

"내가 시켰으니 그리 알고 물러들 가게. 이것은 학교의 일이지 경찰이
관계할 일이 아니오. 학교 문을 바꾸는 게 치안법을 위반한 거야 아니겠
지? 교장이 비준한 것이니 잘못 되었다면 다른 사람들 하고는 아무런 상
관이 없소. 잡아 가겠으면 나를 잡아 가시오."

임계학 교장의 말에 경찰들은 아무 말도 하지 못하였고 더구나 김호연
은 닭 쫓던 개 지붕 쳐다보는 신세가 되어 씩씩거리며 할 말을 잃었다. 난
처한 경찰들과 김호연이 눈치를 흘끔흘끔 보다가 슬슬 피해 달아났다. 모
두들 속이 시원하고 승리한 기분이었다.

"야, 우리 교장선생님 정말 대단하시다."

심연수가 봉춘에게 물었다.

"봉춘아, 이 일을 교장선생님께 알려드렸어?"

"아니, 미처 알려드리지 못했어. 아마 멀리서 보고 우리의 뜻을 아신 것
같아."

"왜놈은 왜놈이니 그렇다 치고 그런데 저 호연 선생은 왜 일본놈들과 단짝
인 거지? 앞잡이 노릇을 하다가 한 번 혼나 봐야 정신을 차릴 모양이구나."

현근도 무슨 생각에서인지 한마디 던졌다. 곁에 있던 신흥복(申興福)이 동을 달았다. 그는 아주 튼튼하고 건장한데 집이 바로 영사관 부근에 있었다.

"내가 김호연이 영사관에 자주 들락거리는 것을 보았어. 학교 선생이 무슨 이유로 영사관에 드나들겠나? 필경 무슨 꿍꿍이가 있을 거야."

연수도 어딘가 집히는 데가 있는 듯 한마디 했다.

"혹시 영사관에서 파견한 밀정일 수도 있어. 부교장 시지마가 소개한 사람이니깐."

"그래, 우리 모두 저놈을 주의하여 살펴보도록 하자."

새로 만든 교문 밖으로 용문교 다리가 보이고 그 아래로 유유히 흐르는 해란강이 보인다. 춤을 추며 흐르는 강물도 동학들의 마음을 알아주기라도 하듯 출렁이며 흐른다. 연수는 봉춘이와 현근이 그리고 흥복을 생각했다. 구슬땀을 흘리며 대문을 옮기고 벽돌을 나르고 진흙을 바르던 동학들을 생각하면서 용문교 다리에 앉아 시를 썼다.

이마에서 쪼르르 흘러내리는
뜨거운 땀방울은
그 얼마나 소중한 소산이냐

땀은 충실한 노력을 상징한다.
용감한 투지를 표현한다.
땀!땀! 얼마나 믿음성 있는 액체냐

부지런하고 성실하고 튼튼한 일꾼은
땀을 소중히 여기면서도 아끼지 않는다.
그들은 그 것으로 고생하면서도

낙으로 여긴다.

워싱톤이 땀이 미시시피강이 되고
나폴레옹의 땀이 노수하가 되었다
보라!
영웅의 땀은 문명의 윤활유가 되고
혁신의 연료가 되었다
자, 그러면 우리들의 땀은
무엇에 쓸고

늦게까지 공부하고 집으로 돌아가던 연수, 홍복, 현근 그리고 봉춘이 공
원까지 갔을 때 일본인들과 함께 국수집으로 들어가는 김호연을 보았다.
"내 보기엔 김호연이 틀림없이 영사관에서 파견한 밀정이야. 강의도 잘
못하면서 전문 문학생들의 뒤만 따라다닌단 말이야. 오늘 저 자식을 한
번 끌탕 먹여줄까?"
홍복의 말에 봉춘이며 현근이며 연수 모두가 찬성했다.
"좋아, 우리 여기서 기다리다가 날씨가 어두워지면 가만히 저놈의 뒤를
따르자. 그러다가 기회를 보아 행동하자."
홍복이가 한 가지 제안을 내 놓았다.
"나에게 가까운 친구가 있는데 가정이 가난하여 학교를 다니다가 그만
두었어. 그는 왜놈과 친일파라 하면 이를 부득부득 가는 친구야. 우리 말
소리를 김호연이가 알아들을 수 있으니 그 친구를 데려올 게. 올 때 헌
마대를 하나 가져오라 하여 그놈의 대가리를 마대에 씌워 강에 쳐 넣자."
"그게 좋겠어."
이렇게 일단 밀모가 결정이 되었다. 날이 어두워지고 거리에는 행인들
도 뜸해졌다. 약 반 시간이 지나자 홍복이가 친구를 데리고 왔다. 가슴이

쩍 벌어지고 어깨가 넓고 콧마루가 우뚝 선 건장한 젊은이로서 힘 꽤나 쓸 것 같아 보였다. 때를 맞추어 김호연이 트림을 하면서 국수집을 나섰다. 일본인들이 김호연을 향해 작별인사를 했다.

"어이, 친구 오늘 잘 먹었어, 당신은 인정이 있는 조센징이야. 앞으로 일 이 잘될 거네, 안심하게."

김호연이 연신 허리 굽히며 뭐라고 지껄였다. 세 일본인은 영사관 쪽으로 향하고 김호연만이 홀로 희미한 가로등 아래로 걸어가고 있었다. 가로등이 비추지 못하는 굽이돌이 길에 들어서자 네 사람이 눈치를 맞추어 바싹 다가붙었다. 이때 힘이 무진장하고 건장한 홍복이가 달려들어 김호연에게 마대를 씌워놓고 홀짝 어깨에 둘러메었다.

"누구냐! 무슨 짓들이야?"

김호연이 놀란 목소리로 소리치며 발버둥을 치자 홍복이의 친구가 얼굴에 한주먹 강타를 안기니 그 놈은 찍소리 못하고 부들부들 떨기만 했다.

"네 이놈, 우리는 상해에서 온 독립애국단 특별 행동대이다. 듣자 하니 네놈이 학교에 밀정으로 들어와 조선인 학생들을 암암리에 조사한다니 특히 네놈을 잡아서 해란강의 물귀신으로 만들라는 상부의 지시를 받고 네놈을 처단하러 왔다."

"제발 목숨만 살려주십시오. 먹고 살자니 할 수 없었습니다. 다시는 나쁜 짓을 하지 않겠습니다."

"개소리 집어 치워! 자기 힘으로 벌어 살아야지. 하필이면 우리 동포들을 해치면서 밥벌이를 한단 말이냐? 너 이놈 왜놈의 앞잡이야. 어서 말해, 언제부터 가다리 노릇을 한 것이냐?"

"작년부터입니다. 그러나 아직까지는 피를 흘리게 하지 않았습니다. 불온 학생들은 조사하고 반일을 고취하는 선생들의 명단을 영사관 문교실에 바쳤을 뿐입니다. 제발 한 번만 용서해 주십시오."

"닥쳐라! 동포를 해치는 네놈이야말로 민족의 불온분자이다. 네 같은 놈은 단단히 혼쭐이 나야 돼."

홍복의 친구가 또 주먹을 날리자 김호연이 돼지 멱따는 소리를 질렀다.

"이 놈! 조용하지 못할까? 소리 지르면 칼날이 배때기에 들어간다."

그 말을 듣더니만 김호연이 찍소리 못한다. 넷은 웃음을 참느라고 입을 손으로 막는다. 그 사이 벌써 해란강 철교 아래까지 왔다. 조용한 밤이라 세차게 흐르는 물소리가 사납게 들려온다.

"이 놈아! 강물 소릴 들었지? 오늘 네 놈을 여기에 처넣어 물고기 밥이 되게 할 터이다."

홍복이가 메었던 마대자루를 땅에 던지자 쿵 하는 소리와 함께 비명소리가 들린다.

"아이구! 제발 살려 주십시오. 다시는 나쁜 짓을 하지 않겠습니다."

홍복이가 아예 마대를 들어 물속에 처넣었다. 실은 깊은 물은 아니었다. 한번 골탕을 먹이느라고 기슭으로 흐르는 옅은 물속에 던진 것이다. 마대 안에서 아무 것도 모르는 그 놈은 제가 정말로 죽는 줄로 알고 연신 고함을 질렀다.

"사람 살리세요! 사람 살리세요!"

"이 놈아, 아무리 소릴 쳐도 소용없어. 다신 일본 놈의 앞잡이질 하지 않겠다고 맹세하면 한 번만 목숨은 살려주마."

"예, 예, 다시는 절대로 하지 않겠습니다. 진심입니다. 살려 주십시오. 목숨만 살려 주십시오."

홍복이는 마대를 다시 들어 올리고 친구에게 눈짓을 하자 홍복의 친구는 얼른 알아차렸다.

"이놈아! 우리가 두고 볼 테다. 네 놈이 이후 어떻게 하는가. 두 번 다시 못된 짓을 하면 그 때에는 용서가 없다. 그리고 너의 가족까지 없애치울 거다."

"예, 알았습니다. 잘 알았습니다. 절대로 다시는 일본놈들이 시키는 대로 하지 않을 것입니다."

"좋아! 그럼 이제부터 다시는 나쁜 짓을 안 한다고 엎드려서 백번을 불러!"

"예, 예, 다시는 안 합니다. 다시는 안 합니다."

그 사이 홍복과 현근, 연수, 홍복의 친구는 김호연의 맹세소리를 뒤로 남기고 홀연히 사라졌다. 그 후부터 김호연은 나쁜 일을 하지 않았다. 김호연은 봉춘과 현근, 연수, 홍복이 짜고 들어 한 일을 진짜로 애국단이 한 일로 생각하고 겁에 질려 오랫동안 두문불출했다.

# 돌아가신 할아버지가

　심연수의 할아버지 심대규는 보기 드문 강직한 사나이며 의리를 중히 여기는 사나이였으며 정의를 주창하는 뜨거운 사나이였다. 그는 강릉에 있을 때 가난한 사람들 편에 서서 그들을 두둔하다가 몇 번이나 봉변을 당했고 원산의 소금장수 김두원이 곤란에 처했을 때 피땀으로 번 돈 백원을 선뜻 내놓은 적이 있다. 속담에 강산이개 인심난개 (江山易改 人心難改)라 했듯이 사람의 타고나 성정은 고치기 어렵다.

　심연수가 중학 3학년 때에 심대규가 사망했다. 병사가 아니라 액사(厄死)였다. 가난한 거지들을 위해 순사들과 싸우다가 길가에서 변을 당한 것이다. 심대규는 큰 손자 연수를 특별히 애지중지하여 장중보옥처럼 여겼다. 하여 연수는 할아버지가 세상을 뜨자 식음을 전폐하다시피 하면서 연 며칠 울었다.

　심대규의 사망은 해란강가에 있는 거지 촌에서부터 연유한다. 심연수의 소설「비누」에 거지마을 정경이 생동하게 적혀 있다. 심연수네 집에서 얼마 되지 않은 곳에 해란강이 흐르고 강가에는 방둑이 있다. 그 방둑 밑에서 갈 곳 없는 거지들이 풍막을 치고 살았다.

시가지 쪽 둑 밑에서 와자지껄한 사람들의 소리가 들려온다. 소리 나는 쪽으로 달려가 보니 거기에는 묵은 몇 개의 양철조각을 이어 가마니 떼기로 옆을 가린 서 너 채의 헌 집이 있었다. 집 앞에는 흰 양철통과 철사 같은 것들이 마구 뒹굴고 있었고 그 옆에는 누더기 옷들이 이리저리 널려 있었으며 쉬파리들이 왱왱거리며 날아다니고 있었다. 어느 곳의 움막이나 다 이렇게 쓰레기 버리는 곳에 자리 잡고 있기에 그들 거지들에게는 여러 방면으로 경기가 좋을 때가 많았으나 이 근년에 와서 전반 사회가 불경기여서 그들 살림에도 큰 영향을 주었다.

움막 양지쪽에서 저녁 해를 마지막으로 받으며 한 사람이 꼬부리고 누워 있는 것이 보인다. 아편쟁이가 아니면 학질을 앓는 사람이고 아니면 불구자 같기도 하였다. 그 곁에서 건장한 사내가 웃통을 벗어젖히고 이를 잡고 있다. 여인들도 헌 치마 자락을 너펄거리며 드나들었고 아이들의 째지는 듯한 울음소리도 들려온다, 여기에도 분명 인간의 숨결이 있고 인간의 삶이 영위되고 있는 것이다. 저들한테도 꿈이 있을지 모른다, 백만장자가 될 꿈을 꾸고 있을지도 모른다.

그 무렵, 시가지 쪽에서 오던 두 거지가 이미 움집 앞까지 왔다. 그들은 메고 온 가마니를 땅에다 내려놓고 그 속에서 무엇인가 꺼내려 하는데 앉아 있던 거지도 일어나서 구경하고 아이들도 몰려 와서 구경하였다. 구경꾼들의 얼굴에는 부러워하는 기색이 완연하다. 아마 거리에서 무슨 좋은 것을 주어온 모양이다. 혹시 훔쳐온 것일지도 모른다, 그러나 가령 훔쳤다 해도 큰 죄가 될 수는 없다, 거지에게는 거지로서의 도덕이 따로 있고 그들의 특권이 있기 때문이다.

거지촌은 분명히 그들에게만 있는, 그들이 소유하고 있는 행복한 보금

자리인 것만은 틀림없다. 그런데 만척회사에서 이 거지촌에 눈독을 들였다. 코앞에 해란강이 있어 비료공장을 앉히기에는 적격이었던 것이다.

어느 날 이른 새벽, 순사 서너 명이 와서 거지들을 내 쫓으려 하였다.

"들거라. 오늘부터 여기다 공장을 지어야 하니 다들 당장 이 곳을 떠나거라."

오늘의 말로 하면 강제철거인 셈이다. 아니 강제철거보다는 무조건 내 쫓는 것이다. 강제철거는 그래도 집값에 해당하는 값을 주지 않는가. 거지촌의 철거는 한 푼의 보상도 없는 강제 추방이었다. 거지촌의 남녀노소 20여 명이 죄수들처럼 옹기종기 모였다. 그 중에서 건장하게 생긴 사내가 시비를 걸었다.

"여보게, 순사 나으리. 여기는 대부분 병자와 아녀자들뿐이오. 세월이 험악해서 가산을 탕진하고 오갈 데 없어 이 쓰레기더미에서 목숨을 부지하고 있소. 모두가 불쌍한 사람들이오. 사정을 봐 주시오. 한 때는 제 땅에서 농사지으며 살아가는 착한 사람들이었으나 지주놈들에게 억울하게 땅을 빼앗기고 여기 와서 짐승만도 못한 생활을 하고 있소. 그래도 여기는 세금이 없어 그럭저럭 사는 것이오. 그런데 갑자기 떠나라고 하니 이게 무슨 날벼락이오?"

키가 큰 순사 한 놈이 건장한 사내의 멱살을 틀어쥐었다.

"이 놈이 무슨 잔말이냐? 이것은 법이다. 거지놈이 웬 대답질이냐? 보아하니 네놈이 이 거지무리의 우두머리 같은데 큰 변을 당하기 전에 이 놈들을 몽땅 데리고 냉큼 떠나거라."

그 말을 듣고 20여 명의 남녀노소가 울고불고 한다.

"도대체 어디로 가란 말이요? 이대로 쫓는 건 죽으라는 것과 같소."

"어디로 가든 죽든 말든 이 어른과는 상관이 없다. 우린 다만 명령을 집행할 뿐이다. 군소리 말고 오늘 내로 냉큼 떠나거라."

그러자 건장한 사내가 다시 대들었다.

"순사 나으리. 정 떠나라면 떠나겠소. 그럼 노자나 주시우. 빈손에 어디로 떠난단 말이오?"

"하! 이놈이 담도 크구나. 자꾸 범의 수염을 건드리네. 뭐 노자를 달라구? 네 놈에게 노자 줄 돈이 있으면 이 나으리가 얼궈토(二鍋斗, 당시 만주에서 유명한 소주)를 사 마시겠다."

이렇게 말하며 키 큰 순사가 총탁으로 건장한 사내의 가슴을 들이쳤다. 바로 이때, 아침 산책을 나왔던 심대규가 이곳을 지나다가 이 광경을 보게 되었다. 다른 사람이라면 모르쇠를 치고 그냥 지나칠 수도 있었으련만 심대규가 어찌 이 광경을 보고 그저 지나칠 수 있겠는가.

"여보시우, 순사 어른, 들어 보니 너무하시는구만. 이 불쌍한 사람들을 지금 내쫓으면 당장 어떻게 산단 말이유? 개도 나갈 구멍을 보고 내쫓으라고 했소. 이곳에서 떠나라고 하면 살 곳을 마련해 주어야 하지 않겠소?"

"야, 어디서 튀어나온 늙다리냐? 네 놈이야말로 약국의 감초로구나. 네가 이놈들의 할배나 되냐? 이 거지 놈들이 살든 말든 너하고 무슨 상관이냐? 살고 싶거든 썩 물러나지 못할까?"

심대규가 그 말을 듣고 성이 상투밑까지 치밀었다.

"야, 이놈아, 머리 뒤통수에 피도 채 안 마른 녀석이 감히 어디다 대구 반말이냐? 네 놈은 그래 에미 애비도 없느냐? 말을 들어보니 상놈이라두 한심한 상놈이구나."

"뭐? 상놈이라구?"

키가 큰 순사놈이 분이 치밀어 심대규의 뺨을 후려쳤다.

"이 늙다리야, 사는 게 원수 같으냐?"

심대규가 어찌 이런 모욕을 참을 수 있단 말인가. 심대규가 더는 참지 못하고 넉가래 같은 손으로 놈의 면상을 후려쳤다. 놈이 어찌 심대규의 상대가 되겠는가. 강타를 맞은 놈이 저만치 나가 뒹굴어졌다. 놈이 벌떡 일어나더니 심대규의 가슴에다 총을 쏘았다. 이리하여 강직한 사나이 심대규는 억울하게도 쓰레기 같은 한 순사 나부랭이의 총에 맞아 생을 마감하였다.

두 시간 만에야 심연수 일가는 할아버지를 찾았다. 이 뜻밖의 참상에 온 가족이 대성통곡하였다. 경찰서에 찾아가서 살인 흉수를 내놓으라고 항의했으나 경찰서에서는 문제를 회피하기 위해 범인을 다른 데로 빼돌렸다. 말로는 꼭 범인을 잡아내어 엄하게 처리하겠다고 말했지만 그것은 임시 발뺌에 지나지 않았다.

결국 심연수 가족은 살인자 순사를 찾지 못했다. 이때로부터 심연수를 비롯하여 그 가족은 일제와 세상에 대한 원한이 더욱 깊어가게 되었다. 심연수는 언제나 할아버지를 잊지 못했다. 할아버지가 사망한 이듬해 겨울, 연수는 혼자서 할아버지 산소를 찾아보고 일기 한편을 썼다.

2월 18일 맑음

할아버지여, 우리 할아버지여 하고 나는 속으로 부르짖으며 할아버지 산소를 찾아갔다. 추운 겨울 홀로 계시는 할아버지, 죽지 않고 영생하는 일이 있으면 좋겠다. 그러나 우리 할아버지는 그런 소원을 가질 수 없다. 사람이 세상에 나서 그 몸 그대로 가지고 안도(安堵)하여 살다가 수명을 다 하는 것은 참으로 어려운 일이다. 사람은 나서 고(苦)와 병마와 싸우며 불의와 참사와 만나게 되는데 혹 그것을 면하면 행이요 면하지 못하고 당해서 이 세상을 떠난 이가 몇 억이었던고. 그러고 보니 인생이란 믿지 못할 것. 내일을 알지 못하는 우리. 그날만의 그때 그 현상에 속아 사는 것이구나. 주린 놈, 배부른

놈 함께 사는 세상, 천벌은 왜 없는가. 나는 그렇다면 어디에 서야
한단 말인가. 그러나 결코 순종치 않으리라.

그리고 할아버지의 억울한 사망을 두고 한에 맺힌 시를 썼다.

苦에서 고생으로 돌아가신
가엾은 우리 할아버지
할아버지의 할아버지 적부터
물려주신 가난에 쌓여 지내시며
자손에게까지 끼칠까 봐 애쓰신 일
나는 차마 눈 뜨고는
보기 어려운 때가 많았나니
돌아가시던 그날 식전까지
수고를 모르시고 도우시다가
자손을 위하여 길바닥에서
객사하신 나의 할아버지시여
왜 그만 이 세상을 그렇게
오셨다 가시는가요
자손된 봉양을 못한 저희들을
용서하여나 주서요.
마지막 돌아가시는 그 운명도
헐벗고 굶주렸으나 수둑한 자손을 두시고
외로이 부탁의 유언도 못하시고
단 한 분이서 운명을 하시다니
돌아가시다니 돌아가시다니
그 현대가 낳은 *魔物* 때문에

몸이 떨리고 치가 갈리우는 그 악마
그러나 원수의 그 놈을 차 던지지 못하고
도리어 그 혜택을 받으려는
넋 없고 맥 빠진 자손이오니
훗날의 할아버지 자손들에게
볼 면목이 없는가 하외다
할아버지! 할아버지는
그래도 저희들을 크게 믿고 바랐으리라
사랑했으리라
그러나 그 공 그 바람을 알지 못하고 저버린
말 못할 이 놈들이 되었으니
하늘이 무섭고 땅이 두렵습니다.
아하! 잊을 수 없는 그날
미친 바람이 아수라 같이 휩쓸던
몸서리치는 스산한 가을 아침 날
길 둑에 엎어지신…!
아하! 나는 지금도 아니 영원히
슬픔의 심정을 잊지 못 하겠소
너무나 원통하고 애통하여
괜해진 눈물도 나지 않던 충혈된 눈으로
할아버지를 보던 일을
그 일 때 묻은 두 손을
북두갈구리처럼 굵어진 손매도
괭이와 호미와 낫자루에
구리 못처럼 박혀진 손바닥에 못
일감에 달아 이지러진 손톱

찬 얼음 섞인 흙물과 서리바람에
터어 벌어진 손등과 팔목
닳아 터진 열 손가락에
헌 옷을 찢어 감자풀로 배접한
진흙투성이 된 헌 버선과 꾸겨진 짝 고무신
아하! 이 손이 이 팔이 이 버선과 이 옷이
누가 늙으신 분이라 할까
어느 나라 늙은이가 뉘 집 늙은이가
이렇게 참혹하게 일을 할까
할아버지시여! 할아버지시여!……
모든 것은 저희들이 불찰이오니
이제 와서 울며 슬퍼하고 후회한들
돌아가신 할아버지께
무슨 한 푼어치의 소용이 있을까요!
아! 그뿐인가
한 분이 피우시는 몇 줌의 담배
하나이면 몇 해 쓰실 대도 못 사 드려
서리 맞은 순초와
물줄 없는 깨어진 대가 아니었던가
그 성냥이 넉넉지 못해 아끼시어
기음매시던 눈물과 땀에 젖은 손으로
젖은 부쇠를 어두우신 눈으로
논두렁에서 치시다가
왼쪽 엄지가락이 터져 피까지 나신 일
아하! 그때는 응으로 웃으며 나무랐다.
그뿐인가 생각하면 한이 없으리만치

내가 철 알아서는 게서 더 나은 때가
거푸 삼 년도 못되리라
자손-자손-부끄러운 이 자손
늙으신 할아버지를 그처럼 보내신
무능하고 불효한 미욱한 자손들
그래도 눈물은 있어서 생각은 있어서
하늘을 원망하고 땅을 야속타 하며
세상을 저주하였다 앞으로도 영영...
잊을 수 없는 우리 가문의 생명의 상처를
낫게 할 도리도 방책도 없는 잘못이여
그러나 지금 더욱
쓸쓸한 가둑나무 밭 외로운 북향 야산에
잊지 못할 우리들을 두시고
묻히신 불행한 어른이시다
석비 하나도 못해 세우는
무력한 저희들은
생전에 보시던 그 놈들이 그 놈이외다.
이제 먹을 것을 찾아
떠지고 이곳을 떠난다면
벌초도 못해 올릴 불효들을
저승에서 웃으시며
이 세상을 용서하여 주소서 저희들까지
할아버지! 할아버지! 이 불효들을

—「돌아가신 할아버지」

# 심연수와 『기록집』

심연수는 학문적으로 다재다능하여 시를 위주로 소설도 쓰고 만필도 쓰고 수필도 쓰고 평론도 썼을 뿐 아니라 또 인간적으로는 뜨겁고 창의력이 강하고 의리와 정의를 주장하고 호소력과 응집력도 강하여 주변에 사람들이 많았다. 심연수의 인생이 너무나 짧은데다가 심연수의 생을 기록한 자료가 별로 없어 27년간의 심연수의 생애를 알아보는 데 어려움이 많다.

그의 삶을 알만한 자료라고는 단지 편지와 일기와 동생 심호수 씨의 극히 적은 분량의 아리송한 단편적인 작은 이야기들뿐이다. 유일한 증인인 호수씨는 당시에 나이가 너무 어려 강릉에 있을 때와 블라디보스토크에 있을 때의 정황은 전혀 모르고 신안진의 역사도 잘 모르고 있으며 일본에서의 구체적인 유학생활에 대해서도 아는 것이 극히 적다.

그 중 다행히도 용정에서의 생활에 대한 이야기가 가장 많았지만 그것조차 대개는 동생들을 보고 농사일을 잘 하라는 부탁과 집이 구차하여 김장로한테서 돈을 여러 번 빌렸고 돈을 부쳐 달라는 편지와 전보가 많았다는 것과 같은 이야기가 대부분이었다.

심연수의 육필유고가 세상에 알려진 후 이제 이십여 년이 되어가고 그간 심연수 학술세미나도 18차례나 거행되었지만 오늘까지 심연수 평전이 탄생하지 못한 원인은 바로 자료의 불충분에 있다. 2000년 7월에『20세기중국조선족문학사료전집』제1권으로『심연수문학편』이 출간된 3년 후에 심연수의 생과 연관되는 어릴 적의 필기장, 강덕 6년(1939년)의 일기와 강덕 8년의 일기(1941년), 1940년 3월에 심연수가 용정서점에서 사 보았던『노산시조집』, 그리고 이 글에서 언급되게 되는『기묵집(奇墨集)』이 발견되었다.

심연수의 기발한 아이디어로 묶어진『기묵집(奇墨集)』은 문학사적 의의는 별로 없지만 한 인물의 삶을 알아보는 데서는 퍽 유용하리하고 생각되어 평전의 한 내용으로 기술한다.『기묵집(奇墨集)』에는 50여 명 학생들의 인적사항과 취미, 성격, 원, 희망 등이 간단명료하게 적혀 있어 1940년데 초 만주에서 공부하던 학생들의 상황을 충분히 알 수 있고 당시 시대상도 간접적으로 나마 알 수 있으며 한편으로는 이 부분의 소개를 통해 심연수의 동창들이나 그 동창들의 후대들을 찾는 데에 실오라기만한 도움이라도 줄 수 있을 듯하다. 졸업할 때 나누었던 사인지와 유사한 성격이다.

심연수의 기발한 아이디어로 묶어진『기묵집』에는 50여 명 학생들의 인적사항이 적혀 있다. 심연수가『기묵집』의 서언을 썼다. 심연수는 서언에서『기묵집』을 묶는 의의에 대하여 다음과 같이 명확하게 밝히고 있다.

서언

길면은 백년, 고마운 삶! 따뜻한 人情, 아름다운 友情……짧기는 하나 잊혀 지지 않을 期節…엉키어 살며 엇갈려 지내는 것이 人類의 美點이라면 만났을 때 끊이지 못할 사람다운 사랑을 하여 봅시다.
우리들은 北으로는 黑龍江, 南으로는 濟州島 ,그 넓은 坊坊曲曲

에서 자라 이와 같이 四年 동안을 한집 한 마당에서 같이 배움의 길을 닦게 된 것은 奇因이라 하지 않을 수 없는 일이오매 앞으로도 이 世上에서 살 때까지는 될 수 있는 대로 知己가 되어 지면은 더 바랄 바가 없노라. 우리들은 오래지 않아 이곳에서 흩어져서 各自의 삶을 쫓아 東으로 西으로 奔走할터이니 또다시 이와 같이 모일 機會가 언제 있으리오.

이제 이 穢紙로나마 諸君이 尊志와 筆跡을 받아 두어 못 만나는 後日에 이것으로나 追顧하여 보려고 慈에 本札을 諸君 앞에 내어 놓게 되는 바니 어려울지나마 마음껏 人生行路에 益한 標語와 및 金言을 남겨주기를 바라는 바이며 부끄럽다는 것을 감추지 말기를 바랍니다. (별명을 발함) 記況 할 바는 다음과 같습니다.

1. 本名(童名), 本貫을 記할 事
2. 顯名(只今 부르는 것)
3. 別名
4. 生年月日
5. 出生地
6. 現住所
7. 探逢所(현 주소가 변하여서 거주지를 모를 때 찾을 곳)
8. 家業
9. 目的
10. 簡單한 經歷
11. 崇拜하는 名人
12. 自己의 標語 及 信吟하는 金言
13. 趣味, 娛樂
14. 嫌嗜物(短文으로 써도 좋다)

심연수의 간곡한 호소에 호응하여 전반 50여 명의 동학들이 거의 다
『기묵집』활동에 참가하였다. 아래에 몇 사람의 것만 적는다.


本名 : 朴重實, 本貫 밀양

現名 : 박중실

別名 : 平凡하게 나서 平凡하게 자라났으므로 별명이 無함

出生年月日 : 대정7년 12월 14일[2]

現住所 : 간도성 용정가 先興區 龍和路 제3패 11호

探逢所 : 역경과 싸우는 놈이니 未定함.

家業 : 일정한 업이 無함.

목적 : 實業家

간단한 經歷 : 昭和7년 향리 普校 졸업, 졸업 후 액 3년간 우편소 사무원
생활을 함.[3]

숭배인물 : 孔子

自己의 標語, 金言 : 努力은 秀才의 母이다.

취미, 오락 : 여행, 독서, 영화 감상

嫌物 : 의리 人情을 모르는 사람.

嗜物 : 과실, 육류,떡


本名 : 李逢春

本貫 : 農西

現名 : 李逢春

出生年月日 : 大正7년 9월 4일

出生地 : 全北 錦山郡 南一面,馬壯里

---

2) 대정천황(1879년-1926)일본 제123대 천황, 오늘의 일본천황의 조부, 昭和천황의 아
버지 임. 1879년을 대정 1년이라고 함
3) 昭和는 일본 昭和천황 재위시기의 年號(1926-1989) 1926년이 소화 1년임.

現住所 : 북안성 慶城縣 大生堂

탐봉소 : 경성현 대생당

가업 : 농업

簡單한 經歷 : 鄕里의 소학교 졸업, 4,5년간 가내의 농업 조력.

숭배인물 : 와싱톤

自己의 標語 及 金言 : 천재는 99%의 努力과 1%의 靈의 결과이다.

취미오락 : 영화, 음악 운동

嫌物 : 巧言令色

嗜物 : 과실, 채소


本名 : 김진항

본관 : 전주

現名 : 謙虛

本籍 : 평양 한구석

현주소 : 간도성 용정가 용산구 新元胡桐 제 2패 27호

탐봉소 : 僻村

가업 : 알아 뭣 하겠소. 변변한 것이 아니니!

목적 : 오래도록 사랑하자. 믿음이 무너지게 되거들랑 미쳐 버리거나 죽어 버리거나……

간단한 경력 : 소학 졸업

崇拜人物 : 세상의 아무나 자기를 아는 사람, 알려 하는 사람.

자기의 標語 : 언제나 조심하고 희망을 기다리라.

취미오락 : 독서, 아무도 걷지 않은 鋪道 위를 거니는 것.

혐물 : 질투

기물 : 김치

사람이 비밀이 없다는 것은 재산이 없는 것처럼 허전한 것이다.

本名 : 徐承烈

본관 : 利川

現名 : 서승렬

생년월일 : 대정 0년 3월 15일

본적 : 咸鏡南道 端川郡 이해면

현주소 : 간도성 용정가 용문구 신원호동 제2패 22호

탐봉소 : 미정이나 도시에서 떨어진 농촌

가업 : 별로 없음.

목적 : 알려는 것.

간단한 경력 : 그저 때때로 바라 다닌 것 뿐.

숭배인물 : 별로 없음. 그저 나 자신으로……

자기의 표어 : 거짓을 버리고 노력하자는 것 뿐.

취미, 오락 : 음악 영화, 운동, 독서

혐물 : 성질이 급하여 잘 쏘는 사람.

기물 : 과자, 과실, 떡국, 소갈비.

아! 때는 사월이구나. 사월은 강남 갔던 제비가 다시 돌아오고 봄의 花郎
인 진달래가 막 피는 달이외다. 힘 있게 살고 값있게 살기 위하야 이봄부터
한층 더 노력하기로 맹세합시다.


본명 : 金應律

본관 : 김해

현명 : 김을률

별명 : 하나님의 아들, 비렁뱅이

出生年月日 : 대정 7년 9월 8일

본적 : 함북 성진군 원평

현주소 : 용정가 용문구 신우너호동 2패 22호

탐봉소 : 미정

목적 : 다시 알아야겠다는 사람을 되는 것.

간단한 경력 : 사방으로 분주히 돌아다니다가 겨우 初等을 거쳐 지금 요 모양.

숭배인물 : 바로 그 사람.

자기의 표어 : 우리는 거짓을 버리고 배움에 굶주린 벗을 동무로 삼자는 것.

취미오락 : 영화, 독서, 운동, 오입.

혐물 : 급성이자 우뚝 밸

기물 : 두 가지를 못 먹고 다 먹는다. 없어 못 먹고 주지 않아서 못 먹는 것이다.


本名 : 金東元

本貫 : 金海

현명 : 김동원

出生年月日 : 대정9년 6월 13일

본적 : 조선 함남 혜산진 6구리

현주소 : 龍井街 吉大路

탐봉소 : 백마고원

목적 : 목적은 참 말고 가리가리 함. 잘 알 수 없다고 여쭈어라.

가업 : 갑산벽지에서 농업.

간단한 경력 : 고향 소학교를 대강 졸업하고 만주에 처음 와 장백현 농업학교에서 끔 꾸다 이북으로 왔소.

숭배인물 : 바람쟁이 처녀

자기표어 : 우리는 인간 사회를 바르게 만들기 위해 노력하자.

취미 : 제1연애, 다음 음악, 좌담회.

혐물 : 못 나고 잘 난체 하는 놈

기물 : 이밥, 백주, 쇠고기, 궐련, 많이 주면 다 먹습니다. 워나 참 잘 먹지요.

本命 : 金天乙
본관 : 충주
현명 : 김천을
出生年月日 : 대정8년 5월 13일
본적 : 함경북도 길주군 동해면 용천동
현주소 : 동상
탐봉지 : 아버지 계신 곳으로
목적 : 호미와 싸우면서
가업 :농업
간단한 경력 : 공립보통학교를 졸업, 이후 자위단에서 고생하다가 좋은 바람 불어서 갈 잎 타고 이곳에 왔다오.
숭배인 : 바로 그 사람.
自己標語 : 理想을 實現하는 武器는 오직 나의 체적 건실이다. 정신적 수양에 있다.
취미 : 계집들과 노는 것
기물 : 일반이 잘 알다시피 호주를 반가워하오. 참 좋지. 두만강이 술이라면 조그마한 배를 무어 술이며 안주며 많이 싣고 기생 갈보며 친한 동무들과 노세-노세 젊어 노세를 부르면서 한잔 마시면 얼마나 좋으리.
혐물 : 나쁜 사람.

본명 : 許日孫
본관 : 양주
현명 : 허일손
생년월일 : 다정8년 12월 2일

본적 : 함경북도 길주군 독산면 대동

현주소 : 함경북도 갑산군 운암면 오산리

탐봉지 : 미래의 향토, 만주의 한구석

목적 : 1.호미전문학교 약 5년 예정 2. 5년 후면 독신 방랑객이 될 작정.

가업 : 농업

간단한 경력 : 1. 향리 사립학교 졸업. 2. 사회다학 예과 3년간 3. 다시 遲進하여 이곳 동흥중학 입학. 只今 재학중(龍高)

숭배인 : 필자와 의지 같은 사람

자기표어 : 1. 일생을 인내로 2.박식은 처녀의 정조처럼 중요하다. 3 .시간이라는 생물은 운명을 촉진한다.

취미 : 연극감상, 음악, 영화,

기호물 : 1. 참 좋지-어여쁜 색시. 2. 만주명산품 白酒인가 胡酒인가. 3. 궁둥이춤 추는 판, 얼씨구 좋지- 한잔 붓게, 한잔 먹겠네, 하는 판,

혐물 : 못난 놈이 잘난 체 하는 건달 신사 놈. 강덕 7년 3월 9일 記 以上


本名 : 許筠

顯名 : 許光培

본관 : 김해

별명 : 大饅頭

出生年月日 : 대정 11년 2월 22일

현주소 : 만주국 용정 용문가 하숙집 12호

出生地 : 중동선 철도연선의 한 오막살이

本籍 : 경상북도 善山郡 下龜面 林穩里

탐봉처 : 몰라요 알 때까지는……

목적 : 가 봐야 알지요. 改造를 아십니까?

家業 : 천하지대본이 무엇일가요?

간단한 異歷 : 험한 세파에 부딪치며 亞嶺 고개를 네 번이나 넘었다우. 馬
蟻河를 건너 넓은 뜰 河東에서 잔뼈가 굳었다우.

숭배인물 : 레닌, 손문. 그리고 눈물 있고 피 있는 사람.

標語 : 괴로움에서 위안을 얻자.

金言 : 克己(극기),네게도 때가 있나니 낙담치 말라.

취미 : 묵상, 독서

혐물 : 담배, 술

기호 : 눈물 나게 맛있는 것, 찰떡이나 김치.

늘 마음에 원망되는 바는 아직까지 내 나라 땅을 밟아보지 못하고 내 꽃을
보지 못한 것.


本名 : 金澤龍

顯名 : 金瑞龍

본관 : 대구

별명 : 眞瑞龍

출생월일 : 대정 9년 1월 17일

출생지 : 조선 함북 길주군 동해면 西溪洞 洞河村

현주소 : 간도성 용정가 천도읍 무안로 제8패 16호

탐봉처 : 대구로

목적 : 정처 없이 떠나는 그들을 구조하고자 함.

가업 : 농업

간단한 경력 : 향리 보통학교 4학년에서 정학처분을 당하고 4년간 농업에
종사함.

숭배자 : 의지가 강한 사람

표어 : 근면, 노력

취미 : 독서, 운동, 음악

혐물 : 신용 無한자, 약속 無한자, 인정 無한자

嗜物 : 콩밥, 김치


본명 : 崔基勳

현명 : 崔一

출생년월일 : 대정9년 1월 23일

본적 : 함남 단천군 중하면 은흥리

현주소 : 간도성 연길현 투도구 남성툰

탐봉처 : 투도톤 李振宇

목적 : 장래 희망을 기다리는 중이나 지금까지 별로 定한 處가 無함.

가업 : 농업

간단한 경력 : 소학교를 졸업하고 다년간 家事에 助力함.

숭배인물 : 무함

자기표어 : 立志가 強하게 성공의 길로

취미 : 글자를 쓰고 종종 친한 벗과 노는 것이요.

혐물 : 남의 인격을 무시하는 사람.

기물 : 조선장국, 豚肉, 쇠고기 등을 좋아함. 강덕 7년 3월 11일에 기재함.


본명 : 兪新德

현명 : 兪之炫

별명 : 아주머니

생년월일 : 대정9년 3월 7일

출생지 : 조선 함북 부녕군 관해면 서리귀

현주소 : 간도성 연길현 용정가 천도구 무안로 8패 16호

탐봉처 : 아시아

목적 : 장래 북지에 가서 활동하는 것

가업 : 농업

간단한 경력 : 향리에서 보교졸업하고 니진 경찰서에서 보이로 3년 종사함. 후에 용정에 와서 용정전업국에서 일년 일하고 동흥중학에 입학

숭배자 : 나폴레옹

표어 : 근면하면 성공한다.

취미 : 기타, 독서, 영화

혐물 : 아무 것도 모르면서 까부는 사람.

기물 : 주게, 조선된장덩이

『기묵집』은 우리에게 다음과 같은 정보를 제공해 주고 있다.

첫째, 용정은 당시 민족교육의 중심지였고 요람이었다. 동흥중학교 4학년 3반 심연수 학급만 보더라도 남으로는 제주도 북으로는 흑룡강성까지 방대한 지역에서 용정에 와서 공부하였다. 동흥중학교 외에도 대성중학교, 광명중학교, 은진중학교 등 5개의 중학교가 있었으니 당시 조선과 기타 만주 지역에서 용정에 와서 공부한 학생이 수천 명에 달할 것으로 추정된다.

둘째, 학생 대다수가 농민의 자녀들이었고 기아에 시달렸음을 알 수 있다. 일례로 무엇을 좋아하는가라는 기호란을 보면 거의 모두가 고기, 떡, 과자, 과일 등 먹는 것을 썼다.

셋째, 당시 학생들이 퍽 용감하고 유머와 기지가 있었음을 알 수 있다. 오입, 기생과 노는 것 등을 서슴없이 쓴 학생들이 적지 않았다.

넷째, 당시 학생들의 출생 연월일을 보면 대정 7년, 대정 8년에 태어난 사람이 대다수로 그때 학생들이 보편적으로 나이가 많았음을 알 수 있다. 그들은 소학교를 졸업한 후 대부분이 농업에 종사하거나 아니면 다른 업종에서 일을 하다가 중학교에 입학하였다. 심연수도 중학을 졸업할 때 나

이가 22세였다. 지금으로서는 대학 졸업 나이이다.

다섯째, 그때 학생들이 보편적으로 영화관람, 운동, 독서를 즐겼다.

심연수의 기발한 아이디어로 묶어진 『기묵집』은 1940년대 만주에서 공부했던 조선인 학생들의 실태를 알아보는 중요한 사료로 여겨진다.

# 윤동주를 찾아가다

어느 날 보배가 『카톨릭소년』이라는 잡지를 사들고 심연수에게 왔다. 그 책은 책값이 30전이었다. 당시 5전이면 고급 국수 한 그릇을 살 때라 30전이 결코 적은 돈은 아니었다. 심연수는 무서운 책벌레였다. 하지만 가정형편이 어려워 책을 사는 일이 드물었다. 보배가 이러한 사정을 낱낱이 알고 있기에 종종 서점에 새로운 책이 나오면 심연수에게 사오곤 하였다.

"고맙다 보배야, 항상 너의 신세를 지는구나. 이걸 어떻게 갚지?"

보배가 곱게 눈을 흘겼다.

"이런 걸 다 신세라고 해? 그리고 갚지 않아도 돼. 난 오빠가 내 마음을 알아주면 그 것으로 만족이야."

연수가 잡지를 펼쳐보니 앞면에 동시 두 수가 실려 있었고 작자는 용정 은진중학교 학생 윤동주였다. 연수는 자기와 같은 학생신분에 시를 써 잡지에 발표하는 문학도가 있다는데 기쁘기도 하고 부럽기도 했고 용정에 이와 같은 학생이 있다는데 놀라기도 했다. 연수는 윤동주의 시를 깐깐히 훑어보았다.

**오줌싸개 지도**

빨래 줄에 걸어놓는
요에다 그린 지도
지난밤에 내 동생
오줌 싸 그린 지도

꿈에 가 본 엄마 계신
별나라 지돈가?
돈벌러간 아빠 계신
만주 땅 지돈가?

참으로 훌륭하게 쓴 동시였다. 오줌을 싼 '요'를 지도에 비기는 기발한
상상, 더욱이 담요에 새겨진 오줌자리가 엄마 계신 별나라 지도로, 아빠
계신 만주국 지도로 형상화 되다니… 윤동주의 시적재능에 감탄한 나머
지 질투가 날 지경이었다.

**애기의 새벽**

우리 집에는
닭도 없단다.
다만
애기가 젖 달라 울어서
새벽이 된다.

우리 집에는

시계도 없단다.
다만
애기가 젖 달라 보채서
새벽이 된다.


　새벽은 짧은 동시에다 우리 동포의 눈물겨운 삶을 집약시킨 아름다운 시편이었다. 왜놈과 친일파, 부잣집에는 번듯한 벽시계나 회중시계, 손목시계 같은 것들이 시간을 알리지만 구차한 집들에서는 닭도 없고 시계도 없어 다만 애기가 배고파 울어야만 새벽을 알 뿐이다. 애기에게조차 배불리 먹일 수 없는 처참한 현실, 윤동주는 시에서 수많은 최하층 민중들의 삶을 한 수의 동시로 폭로하고 있다. 얼마나 훌륭한가.
　심연수는 당시 신문에다 「대지의 봄」, 「旅窓의 밤」, 「異域의 晩鐘」 등 5수의 시를 발표하여 시적재능을 과시하였다. 하지만 심연수는 윤동주가 시재가 많은 사람이라고 생각했다. 심연수는 윤동주의 시에 매료된 나머지 꼭 한번 윤동주를 찾아 감정을 나누고 문학을 담론하리라고 생각하였다. 심연수가 보배의 손을 꼭 잡아주었다.

　"고마워, 보배, 넌 오늘 나에게 훌륭한 선물을 주었어. 오늘 보배가 더 예뻐 보이는 걸. 보배 때문에 윤동주라는 선배 시인을 알았어. 우리 보배는 정말 진짜 보배야. 잡지에 소개한 걸 보니 윤동주는 나보다 한살 위인 1917년생이야. 한번 꼭 만나 보아야겠어. 보배 넌 윤동주 선배가 어디에 살고 있는지 아니?"
　"몰라요. 그러나 그 집 사람들이 기독교 신자라는 건 알아요. 우리 아버지도 교회에 다니니 아버지에게 물으면 아실 거예요. 제가 아버질 통해 그 댁의 주소를 알아 올게요."
　"좋아, 그렇게 하자. 주소를 안 다음 나와 함께 그 집을 찾아가 윤 선배를 뵈옵도록 하자꾸나."

갈라질 때 보배가 책을 사라면서 십 원을 주었다. 심연수가 사절하자 보
배가 짐짓 눈을 곱게 흘겼다.

"그럼 난 이후부터 오빠라고 부르지 않을래. 이 돈은 오빠가 책을 많이
사 보고 나한테 더 많은 글을 가르쳐 달라는 부탁이야. 이 여동생에게 가
르쳐주지 않을래요?"

심연수가 웃었다.

"아이구, 우리 보배가 참 무섭구나. 그래 받는 걸로 하자꾸나."

그로부터 며칠 후 보배가 윤동주가 어디에서 살고 있는지 알아냈다고
알렸다. 그 이튿날 심연수는 보배를 앞세우고 윤동주네 집을 찾아갔다.
문을 두드리니 우아하고 얌전한 차림의 한 여인이 나왔다.

"누굴 찾으세요?"

"전 동흥중학교 4학년 3반에 다니는 심연수라고 합니다. 일전에 『카톨
릭소년』에서 윤동주 선배님의 시를 보았습니다. 하도 시를 잘 쓰시기에
한번 지도를 받자고 찾아왔습니다."

"참 반갑군요. 나는 동주의 어머니예요. 알고 보니 『만선일보』에, 「旅
窓의 밤」과 「異域의 晩鍾」을 쓴 학생이로군요. 우리 동주가 그 시들을
보고 우리 용정에 인재가 나왔고 용정의 자랑이라면서 몇 번이나 외웠다
오. 그런데 어쩐담, 문익환(文益煥)과 송몽규(宋夢圭)랑 함께 도서관에
책 빌리러 갔는데."

"예, 잘 알았습니다. 어머님, 후일 다시 찾아뵙겠습니다. 안녕히 계십시오."

문익환은 1918년 만주 북간도(현재의 연변자치구 룡정시 지산진 명동
촌)에서 문재린의 맏아들로 태어났다 어릴 때는 용정에서 학교를 다녔으
며 윤동주, 장준하와 절친한 친구였다. 부친의 권유로 동경신학교에 입학
했다. 후에는 성서비평학을 전공하였다.

한편 1925년 4월 여덟 살인 송몽규는 윤동주, 김정우, 문익환 등과 함께 명동소학교에 입학하였다. 어렸을 때부터 남달리 총명하고 활동력이 강한 그는 공부를 잘 하고 매사에 적극적이어서 친구들 중에서 언제나 으뜸이었다. 윤동주 등과의 적극적인 문학 활동으로 그의 학급은 문학소년반으로 불렸다. 소학교 4학년 시절, 그는『어린이』잡지를 서울에서 주문하여 읽고 그것을 친구들에게 빌려주어 돌려보게 하였다.

5학년 때 그의 주도로 교내문예지를 만들려고 했으나, 문예지 이름을 무엇이라고 짓기가 신통치 않아 담임인 한준명 선생님을 찾았다. 아이들의 장한 모습에 감동된 선생님은 기특한 나머지『새명동』이라 하면 어떻냐 하자 그들은 이구동성으로 찬성하고『새명동』잡지를 몇 차례나 꾸려나갔다.

소학교 시절의 송몽규는 이처럼 독서에 취미가 깊고 문학에 흥미를 가졌을 뿐만 아니라 성탄절이나 학기말에 이르면 선생님의 지도를 받아가면서 연극을 연출하는 등 무서운 활동가의 재질을 보이기도 하는 야무진 소년이었다.

1931년 3월 우수한 성적으로 명동소학교를 졸업한 송몽규는 윤동주와 함께 명동촌에서 10리 떨어진 달라즈에 있는 당시 화룡현립 제1소학교 6학년에 편입하여 1년 동안 한족학교에 다니고 1934년 4월에는 룡정에 있는 은진중학교에 입학하였나. 소학교 시설부터 문학을 각별히 즐기던 송몽규는 중학교에 가서도 더욱 문학을 열심히 하였다. 그리하여 조선일보, 동아일보 신춘문예에 콩트「숟가락」이 당선되어 송한범이라는 이명(異名)으로 발표하기에 이르렀다.

1934년 은진중학교 3학년 시절 송몽규는 자기의 문호를 문해(文海)라 지었다. 그러나 문학적 염원을 드러냈던 송몽규는 당시 은진중학교에서 동양사와 국사 그리고 한문을 가르치시던 민족주의자 명희조 선생의 영향 하에 결연히 직접 민족독립운동에 투신하는 길로 나아갔다.

1937년 4월, 송몽규는 용정대성중학 4학년으로 편입하여 2년간 중단했던 학업을 다시 계속하였다. 그때 심연수는 동흥중학교에서 공부했다. 송몽규는 문학에 대한 뜻을 버리지 않았다. 그는 졸업 서명에다 영어로 '일체는 문학을 위하여' 라는 글을 남겼다. 1938년 2월 대성중학을 졸업한 송몽규는 아버지의 승낙을 받고 당시 은진중학을 졸업한 윤동주와 함께 경성 연희전문학교 문과에 입학하였다.

1943년 3월, 윤동주와 함께 일본으로 유학을 간 송몽규는 경도제국대학 서양사학과에 입학하였다. 윤동주와 송몽규가 일본으로 간 지 얼마 안 되어 심연수가 일본으로 떠났다. 송몽규는 늘 윤동주 등의 벗들과 함께 일경이 그를 감시하는 줄도 모르고 민족의 장래와 민족의 독립에 관한 이야기들만 나누었다.

문익환은 심연수와 동갑이고 송몽규는 한 살 위이다. 심연수는 풍문을 통해 송몽규와 문익환이 어떤 사람이란 걸 대충 알고 있었다. 그는 윤동주를 만나보고 문익환과 송몽규도 만나 보려 했지만 하나님은 심연수의 소원을 받아들이지 않았다.

며칠 후 심연수가 또 보배와 함께 윤동주의 집을 찾아갔으나 그때는 이미 윤동주, 문익환, 송몽규 등이 용정을 떠나 서울로 갔을 때였다. 그때 심연수가 윤동주를 만났더라면 그리고 문익환과 송몽규도 만났더라면 우리의 문학사에는 새로운 이야기 거리가 하나 더 늘었을지도 모르지만 유감스럽게도 역사는 매정하게도 그들의 곁을 스쳐지나 가면서 그들이 만나지 못하게 하였다.

서운한 마음으로 돌아선 심연수는 보배가 자기 집에 가서 저녁 식사를 하자고 졸라 그날 저녁밥은 백 사장 댁에서 먹었다. 집에 돌아온 심연수는 윤동주며 문익환, 송몽규 등을 생각하며 시 한 수를 썼다. 그는 시에서 홀륭한 문학작품과 뜻이 맞는 사람들, 그리고 사랑하는 사람들을 '샘물'에 비유 하였다. 물론 여기에는 백보배도 들어 있고 윤동주며 문익환, 송몽규도 들어 있다.

　　　　보아도 싫지 않고
　　　　들어도 듣고 싶은 샘물
　　　　쉼 없이 솟아나는
　　　　유리색 찬물
　　　　나는 찾으리라
　　　　내 생활에서도
　　　　그와 같은 샘을
　　　　그와 같은 모든 것을
　　　　어두운 밤 길섶에서
　　　　한줄기 샘물을 얻었을 때
　　　　그 얼마나 반갑던가
　　　　그 얼마나 즐겁던가.

# 심연수와 부석덕

심연수는 1940년 12월 26일에 동흥중학교를 졸업한 후 이듬해 4월에야 일본대학 예술학원에 합격했다는 통지서를 받았다. 다른 동창들은 모두 연수보다 일찍 통지서를 받고 각자가 자기 갈 곳으로 갔다. 그 사이 심연수는 낙방의 고민을 하다가 문학공부와 한어공부에 전념하기로 결심 하였다. 문학공부로는 주로 강경애와 최서해, 이광수의 소설을 많이 보았고 중국인에게서 중국어를 공부하였다. 당시는 만주국이었기에 심연수의 일기에는 중국어를 만어라고 쓰고 있다. 심연수의 일기이다.

소화 15년 1월 1일 맑음 (1941년 1월 2일)

新年이다. 그러나 우리들의 관념으로 설 기분이 나지 않는다.[4] 아무리 하여도 아직까지는 음력설보다 못한 것 같다. 같은 것이 아니라 그렇다. 설이라면 잘 먹고 잘 놀아야 한다. 그러나 오늘은 평상일과 다를 바 없다.

시작되었다. 금년에 하여야 할 일, 앞 동네 부석덕(傅錫德)이라

---

4) 당시 일본은 양력 설을 강요하였다.

는 만인에게서 만어(滿語)를 배우기로 했다. 그는 길림의 어느 중학교에서 교편을 잡고 있다가 무슨 영문인지 교직을 버리고 이곳에서 살고 있다. 그분은 학문이 매우 깊다. 저녁에 이광수의 『無情』을 보았다.

1월 2일 맑음

집에 있었다. 『無情』을 반이나 보았다. 참으로 이런 실재가 있을는지. 부 선생에게 갔었다. 집은 퍽 추웠다. 만인은 원래 이렇게 추운데 있어도 추운 줄 모르는 모양이다. 모든 것이 만주인의 特色을 보여주었다. 그 衣籠부터 그러하다. 옷궤가 대단히 괴상하다. 부 선생은 학문이 아주 깊다. 저녁때부터 날씨가 몹시 사나운 것 같다.

심연수는 부석덕을 사부(師傅)라고 깍듯이 존대했고 부석덕은 심연수를 제자로 삼고 참답게 배워주었다. 첫날에는 『손자병법』에 나오는 『작전편』을 베껴 주고 그 중에 나오는 어려운 문언들을 해석해 주었다. 사실 연수는 신안진에서 김수산 선생한테서 공부할 때 천자문을 배워 적지 않은 한자를 알고 있기에 부석덕의 강의를 아주 잘 이해할 수 있었다.

"여보게 연수, 지금 시국이 어지럽소. 전란이 계속되오. 전 세계가 싸움에 휩싸이고 있소. 서로 이기려고 하지만 누가 지고 누가 이기는가를 두고 모두들 궁금해 하고 있소. 손자는 속전속결이 바람직하고 지구전은 실패한다고 했소. 연수, 손자병법을 읽으면서 나름대로 전쟁의 승패를 판단해 보오. 전쟁은 나쁜 것이요. 전쟁을 막기 위해 전쟁이란 어떤 것인가를 막아야 하오."

연수가 베낀 『작전편』은 이러하다.

손자는 말하였다. 용병작전의 일반 법칙은 다음과 같다.

(전략) 이러한 군대로써 작전할 때에는 속전속결해야 한다. 전쟁을 하는데 있어서 장기전을 벌리면 무기와 장비가 소모되고 군대의 사기는 저하된다. 따라서 적의 성(城)을 공략해도 전투력이 약화될 것이다. 군대가 장기간 적지에서 작전하게 되면 나라의 재정상황이 어려워지고 무기와 장비가 소모되고 군대의 사기가 저하되고 군사실력이 다 소모되고 국고가 고갈될 것이다.(중략) 전쟁을 오래 끌수록 군사력이 약해지고 재부가 고갈되고 백성들이 생활 도탄 속에 빠지게 되고 백성들의 재산의 10의 7이 소모된다.(후략)

심연수는 손자병법을 읽고 현실을 생각하였다. 손자의 말이 정말 귀신과 같다. 일본이 지금 중국과 동남에서 지구전을 하고 있기에 재부가 고갈되어 백성들이 도탄에 빠지고 온 세상이 아수라장이 되었다. 이러고서야 어찌 망하지 않겠는가. 심연수는 손자병법을 읽으면서 현실을 직시하게 되었고 적지 않은 도리를 배웠다. 그러나 심연수는 필경 문학에 더 흥취가 있었다. 연수가 부석덕을 보고 속뜻을 내 비치니 부석덕이 그에게 중국고대의 철학과 문학을 가르쳤다.

뜻 밖에도 부석덕한테는 『시경』, 『논어』, 『맹자』, 『장자』, 『순자』, 『묵자』, 『한비자』, 『문심조룡』, 『사기』등 수많은 귀중한 책들이 있었다. 연수는 마치 물 만난 고기처럼 책에서 손을 뗄 수 없었고 사부가 짜증날 정도로 이것저것 끊임없이 물었다. 부 사부는 강의할 때 먼저 본문을 베끼게 한 다음 어려운 한자를 알려주고 다음 해석을 했다. 심연수가 사용했던 필기장에 당시 베껴두었던 문장들이 있다.

저 강둑길 따라 나뭇가지 꺾는다.
기다리던 님은 오시지 않고
그립기가 아침을 굶은 듯 간절하구나.

저 강둑길 따라 나뭇가지 꺾는다.

저기 기다리던 님 오시는구나.

나를 멀리 하여 버리지 않으셨구나.

방어 꼬리 붉고 정치는 불타는 듯 가혹하다.

비록 불타는 듯 가혹하더라도 부모가 바로 가까이에 계시는 구려

―『시경』중의 「강둑에서」


배우고 때때로 익히니 어찌 기쁘지 않으랴. 먼 곳에서 벗이 찾아오니 어찌 즐겁지 않으랴. 사람들이 알아주지 않아도 노여워하지 않으니 어찌 군자가 아니랴.

―『논어』, 「학이편」


심연수는 공자와 함께 맹자의 글도 좋아했다. 특히 "바다를 본 사람은 물을 이야기하기가 어려워한다."는 내용으로 엮어진『진심상(盡心上)』을 즐겼다. 성찰적이면서도 엄정한 사상에 매료된 듯 싶다.『진심상』의 내용을 아래와 같이 적었다.


맹자가 말하기를 공자께서 동산에 오르시어 노(魯)나라를 작다고 하시고 태산에 오르시어 천하가 작다고 하셨다. 바다를 본 적이 있는 사람은 물을 말하기 어려워하고 성인(聖人)의 문하에서 공부한 사람은 언(言)에 대하여 말하기 어려워하는 법이다. 물을 관찰할 때는 반드시 그 물결을 바라보아야 한다.(깊은 물결은 높은 물결을, 얕은 물결은 낮은 물결을 일으키는 법이다) 日月의 밝은 빛은 작은 틈새도 남김없이 비추는 법이며 흐르는 물은 웅덩이를 채우지 않고는 앞으로 나아가지 않는 법이다. 군자는 도에 뜻을 둔 이상 경지에 이르지 않는 한 벼슬에 나아가지 않는 법이다.

심연수는 바다의 참뜻을 알고, 물은 웅덩이를 채우지 않고는 앞으로 나아가지 않는다는 법을 알았기에 그토록 목마른 사람이 물 마시 듯 부지런히 공부했을 것이다. 심연수는 중국의 고대문호들의 작품 중에서 유협(劉勰)의『文心彫龍』을 각별히 좋아하였다.

1.1 문(文)의 속성은 지극히 보편적인 것으로서 그것은 하늘, 땅과 함께 생겨났다. 무슨 까닭인가. 하늘과 땅이 생겨나고 이어서 푸른색과 누른색의 구별이 생겨났고, 둥근 모양과 모난 모양의 구별이 생겨났기 때문이다. 해와 달은 벽옥을 겹쳐 놓은 것과 같아서 하늘에 붙어있는 형상을 나타내고 산과 하천은 비단에 수를 놓은 것과 같아서 땅에 펼쳐져 있는 형상을 나타낸다.

이러한 모든 것들은 대자연의 무늬(文)이다. 위를 쳐다보면 해와 달이 빛을 발하고 아래를 내려다보면 산과 하천이 아름다운 무늬처럼 펼쳐져 있으니 이에 위와 아래의 위치가 확정된 것으로 이로써 하늘과 땅이 생겨난 것이다. 오로지 사람만이 하늘과 땅 사이에서 같이 어울릴 수 있으며 영혼을 지니고 있기에 하늘, 땅, 사람 이 셋을 삼재(三才) 라고 부른다.

오행을 수련함은 실은 하늘과 땅의 마음에서 비롯된 것이다. 인간은 만물의 영혼이요, 하늘과 땅의 마음이다. 마음과 영혼이 생겨나면서 그와 함께 언어가 확립되고, 언어가 확립되면서 문장은 따라서 분명해진다. 이것이 바로 자연의 이치이다.

1.2 그러한 이치를 이 세상 만물에게 널리 소급해 보면, 동물과 식물은 모두 나름대로의 아름다운 색채와 무늬를 지니고 있다. 용(龍)과 봉황(鳳凰)은 아름다운 무늬와 색채로 상서로움을 나타내고, 호랑이와 표범은 그 얼룩덜룩한 무늬와 색채로 위엄스러운 풍채를 드러낸다. 구름과 노을의 화려한 색채는 화공의 교모한 단청보다 더 뛰어나고, 초목의 꽃들은

군이 수놓이를 하는 장인바치들의 신비한 솜씨를 빌리지 않아도 그 자체가 아름답기 그지없다. 이러한 모든 것들은 외부에서 가해진 장식에 의한 것이 아니라 모두 자연스럽게 이루어진 것들이다. 나무와 숲을 스쳐가는 바람 소리는 그 조화로움이 마치 피리 소리나 거문고 소리와 같고 샘물이 바위에 부딪치며 흐르는 소리는 구슬을 굴리거나 종을 두드리는 소리처럼 조화롭다. 그러므로 형체가 확립되거나 소리가 울려나오게 되면 문장(文章)이 생겨나게 되는 법이다. 하물며 무지한 사물들에도 풍부한 문채(文彩)가 있는데, 마음과 영혼을 지닌 인간에게 어찌 문장이 없을 수 있겠는가.

이 문장은 자연 속에 진리가 있고 자연 속에 미가 있다는 사상을 반영하면서 글이 자연미처럼 아름다워야 한다는 사상을 말해주고 있는데 훗날 심연수가 일본 유학 시절에 쓴 평론「裸의 美」에 유협의 사상이 많이 흐르고 있다.

심연수가 중국의 고대성인들 중에서 가장 존중한 것이 장자(莊子)이고 그 중에서도 장자의 소요사상(逍遙思想)을 제일 선호하였다. 장자철학의 기본 바탕은 자유주의이고 초월이며 그 철학의 핵심은 소요(逍遙)이다. 소요는 일체 억압을 반대하고 개인의 절대적인 자유와 행복을 주장하는 사상이며 물아일체(物我一體)의 사상이기도 하다.

심연수는 장자의 소요유를 반영한 글에서 아래의 두 편을 특히 즐겼다. 하나는「병무(騈拇)-학의 다리가 길다고 자르지 말라」이고 하나는「호접몽-나비의 꿈」이다.

심연수는 장자의 사상을 숭배하였기에 후기에 쓴 시들이 거창하고 유유자적하고 자유분방했는지도 모른다. 심연수는 입학통지서를 기다리는 4개월 동인 부석덕을 사부로 모시고 많은 것들을 학습하였다.

# 만리답파의 길에서

동흥중학교에서는 졸업을 앞두고 수학여행을 다녀왔다. 코스는 원산-금강산-서울, 개성-평양, 봉천-대련-신경-하얼빈-목단강이었다. 담임인 송 선생님이 이 기쁜 소식을 선포하자 학생들이 어린애마냥 환성을 울렸다. 송 선생이 들떠 있는 학생들을 보고 조용하라고 이르고는 수학여행 목적을 이야기했다.

"학생 제군들, 이번 여행은 단순이 구경하거나 놀러 가는 것이 아닙니다. 4년간 배운 지식을 확인하고 실천에 옮기는 것을 목적으로 하며 조국의 아름다운 강산을 직접 보고 애국심을 키우며 이 세상이 돌아가는 모습을 똑똑히 알고 거기에 적응 하려는 데 있습니다. 춘추시기의 공자는 세상을 요해하고 전란을 막고자 몇 년 동안 세상을 주유(周遊)하면서 후세에 길이 남을 명언들을 남겼습니다. 구슬이 서 말이라도 꿰어야 보배라고 했습니다. 지식도 활용해야 가치가 빛날 것입니다. 이번 수학여행은 두 패로 나누어 떠납니다. 먼저 30명이 떠나고 잇달아 30명이 떠납니다. 경비는 한 사람 당 일백오십 원입니다. 경비 부담이 매우 크지만 이것은 좀처럼 만나기 어려운 기회이니 부모님들을 잘 설득하여 여러모로 경비를 마련해야 합니다. 지금부터 보름 후에 떠나게 되니 그리들 아십시오."

연수는 수학여행을 간다니 귀가 번쩍 뜨였다. 연수는 누구보다 여행을 즐기고 답사를 좋아했기 때문이다. 1939년 겨울과 1940년 겨울 심연수는 북만주 지방인 의란, 벌리, 왜궁, 림구, 탕원, 해림, 산시, 주화 등지를 돌며 조선인들의 생활실태를 이해하는 중에서 많은 경험을 했다.

경비가 모자라면 그림을 그려 팔기도 했고 한번은 옥편까지 팔기도 했다. 많은 것을 보고 많은 것을 듣는 중에 심연수는 수많은 시적 영감과 소재를 얻었다. 시 「눈보라」, 「만주」 등 허다한 시들이 여행과 답사 중에 쓴 것이다. 이번 수학여행은 아름다운 조국 산천과 만주의 최대 도시들을 돌아보는 것이라고 하니 이보다 더 기쁜 일이 또 어디 있겠는가. 그야말로 너무 좋아서 막 미칠 지경이다.

그러나 그것도 한 순간, 경비가 일백오십 원, 마음이 금시 무겁고 침침해진다. 이 엄청난 돈을 어떻게 마련한단 말인가. 연수는 기쁨과 걱정이 뒤엉킨 심정을 안고 집으로 돌아왔다. 연수는 큰 결심을 내리고, 체면을 무릅쓰고 아버지에게 말했다.

"아버지, 또 어려운 일이 생겼습니다. 우리 학교에서 돌아오는 5월 5일에 원산, 금강산, 서울, 평양과 만주의 봉천, 신경, 대련, 하얼빈 등 여러 곳을 돌며 수학여행을 하게 됩니다. 그런데 경비가 엄청나 일백오십 원이나 됩니다. 참 미안하고 죄송스러워 말을 떼기가 어렵습니다."

"자식두 원, 미안할 게 없다. 사내자식이 그렇게 마음이 약해 빠져서야 되겠느냐? 모르긴 해도 수학여행도 필경은 세상을 공부하는 것일 게다. 공부를 하는데 무엇을 아끼겠느냐. 그러지 않아도 졸업 학년이 되면 이것저것 돈 쓰는 일이 많을 것 같아 조금씩 모아둔 것이 있단다. 그만한 것은 있으니 걱정하지 말거라. 그리고 사람은 많이 돌아다녀야 한다. 옛

말에도 돌아다니는 머저리가 앉은 영웅보다 낫다고 했느니라."

연수는 아버지의 말씀이 너무나 고마워 눈물이 왈칵 쏟아질 뻔하였다.

아버지는 얼마나 사리가 밝고 얼마나 통이 크신 분인가. 그 어려운 환경 속에서도 저축까지 하시다니, 아버지가 얼굴에 미소를 띠신다.

"연수야, 그 대신 조국 땅에 가서 보고 들은 것, 세상에서 느낀 것들을 잘 써서 사람들에게 알리도록 해라."

"아버지, 여부 있겠습니까? 저도 그렇게 생각하고 있습니다. 선생님께서 말씀하셨지만 이번의 수학여행은 단지 구경하는 것이 목적이 아닙니다. 세상에 대해 더 학습할 것이고 우리의 금수강산을 사람들에게 알리기 위해 많은 글들을 쓰겠습니다."

아버지가 듣고 흡족해 하신다. 연수는 수학여행을 앞두고 부푼 가슴을 억누를 수 없어 가기 전날 밤에 시 한 수를 썼다.


해란아 갔다 오마 반만 리 먼 길을
4년간 먹은 정도 적다곤 못하겠다
갈 길이 멀고 머니 쉬어 쉬어 가련다.

모아뫼 꼭대기에 푸른 빛 엷었으니
돌아올 그때에는 녹음아 깊어져라
산과 물 다 구경하고 돌아와 비겨 볼게

—「떠나는 길」


조선으로 떠나는 기차는 밤 여덟시에 있었다. 역에 나가 보니 30여명 동학들이 다 모였고 두 번째로 떠나는 동학들도 아직 시간이 이르건만 덩달아서 짐들을 메고 역전으로 나오고 있었다. 그날 밤 용정의 달은 유난히도 밝고 둥글었다. 기차가 서서히 움직이니 동학들은 벌써 그리운 조국 땅에 와 닿기라도 하듯 애들처럼 기뻐서 환성을 올렸다.

"떠난다! 기차가 떠난다!"

한 시간 만에 기차가 도문역에 도착하였다. 기차가 두만강을 건널 때 연수는 문득 남이 장군의 시가 떠올랐다.

두만강의 물은 말이 마셔 없어지고(豆滿江水飮馬無)
백두산의 돌은 칼을 갈아 다 없어졌도다(白頭山石磨刀盡)
남자로 태어나 18세에 세상을 평정 못하면(男兒十八未平世)
후세에 누가 영웅이라고 하겠는가(後世誰稱大丈夫)

남이 장군은 18세에 외적을 몰아내고 나라를 안정시키려는 크나큰 웅지를 품었는데 나는 스무 살이 넘도록 무엇을 했던가. 연수는 스스로 부끄러웠고 자신이 초라하게 생각되었다. 안 된다 노력하자 나도 분발하여 진정한 사나이가 되어야 한다. 검푸른 강물이 물결치며 흐른다. 한 많은 강, 설음의 강, 눈물의 강, 얼마나 많은 백의동포들이 일제의 등살에 못 이겨 살길을 찾아 이 강을 건넜던가! 연수는 불현 듯 15년 전에 부모님들과 함께 두만강을 건너던 일이 새삼스레 떠올랐다.

봉춘이와 연수가 나란히 앉았고 맞은편에 현근이와 홍복이가 앉았다. 봉춘이가 생각에 잠긴 연수를 툭 쳤다.

"뭘 생각하고 있는 거냐? 또 시 쏠 궁리냐?"

"아니, 옛일을 생각하고 있어. 바로 15년 전에 우리 집은 남부여대하고 이 두만강을 건넜다. 그때 내가 여섯 살이었지."

연수는 이어 어릴 적 이 강을 건널 때 마음씨 고운 뱃사공을 만나 신세를 지던 일이며 오랑캐령에서 김기숙 장로님을 만나 은혜를 입던 이야기를 했다. 봉춘이가 말했다.

"어디 너희 집 뿐이겠느냐, 우리 집도 포함해서 간도에 와 있는 우리 동포 모두에게 이 두만강은 원한의 강이요, 잊지 못할 강일 게다."

현근이도 한마디 한다.

"그러니 우리 민족은 강해져야 해. 모든 불행이 약하기 때문에 생긴 거야. 임진왜란도 우리나라가 약했기 때문에 일어난 비극이고 북방민족이 두만강 압록강을 건너 우리나라를 근 40년간 괴롭힌 것도 역시 우리나라가 힘이 약했기 때문이야. 오늘의 식민지 현실은 더 말할 것도 없고. 허니 우리는 침략자들을 마땅히 저주하고 증오하여야 할뿐더러 힘이 약한 것을 치욕으로 받아들이고 강해지기 위해 노력하여야 한다. 그래서 우리도 배우는 것이 아니냐?"

봉춘이도 연수도 현근의 말에 고개를 끄덕였다.

"그래, 천만 지당한 말이다. 지금 우리가 찾아가는 곳은 식민지가 된 처량한 땅이다. 하루 빨리 우리의 금수강산을 되찾아야 한다."

그들 셋은 일본 경찰이 들을까봐 낮은 소리로 말하였다. 대여섯 시간 달리니 기차가 청진을 지나 성진역에 이르렀다.(현재의 김책시이다) 차창 밖으로 내다보니 푸르른 바다가 펼쳐졌다. 싱그러운 바다 냄새가 차창 틈새로 흘러들어 왔다. 철도연선에는 무성한 소나무 숲이 잎새를 한껏 벌리고 싱싱한 자연미를 자랑한다. 연수는 비록 어릴 때도 바다를 보았지만 지금 다시 끝없는 바다를 바라보니 저도 모르게 싱그러운 자연미 속에 빨려 들어가는 듯했다.

학생들 중에는 난생 처음 바다를 보는 사람들도 있었다. 그들은 차창에 달라붙어 넋을 잃고 바다를 보면서 연신 탄성을 내 질렀다. 장하도다! 바다의 얼굴이여! 흰 물거품을 물고 내달리는 큰 물결, 장쾌한 음악을 연주한다. 아, 저 먼 끝에는 무엇이 있을까?

조선 땅에도 이러한 장관이 있고 드넓은 바다가 있다. 그런데 왜 사람들은 넓은 마음을 못 가졌나. 장한 위엄을 못 지녔나 바다여, 너는 왜 좁게 자라고 옹졸하게 크는 사람들을 그대로 놔두고 못 본체 한단 말이냐? 흰 모래 위에는 소나무들이 바다 바람 때문에 모두 음지를 향하여 비스듬히 자라고 있었다.

두 시간 후에 기차가 원산에 이르렀다. 원산부터 금강산까지는 동해업 무선을 타야 한다. 그 동안 연수 일행은 부두를 구경하였다. 바다 일을 마치고 돌아오는 고깃배, 고기 잡는 저들이야말로 얼마나 기쁘랴. 집에서는 아들, 딸, 아내가 기다리고 있을 것이다. 그러나 가령 집 없고 아들딸 없는 고기잡이꾼이 저 배에 탔다면 오늘밤도 내일 밤도 바다에서 지내야 될 것이고 까딱하면 바다 귀신이 될지도 모른다.

그런 사람이야말로 얼마나 불행하고 가련한 사람일까. 지금 저기 보이는 저 배에 혹시 그런 운명을 타고난 사람이 있다면 나는 이 행복한 여행을 당장 집어 치우고서라도 그 배를 따라 그를 좇아 영원한 벗이 되리라. 갈매기들은 돌아오는 배 위를 기웃거리며 돌아친다. 물소리는 점점 높아가고 물결은 은모래를 훔쳐 씻고 또 씻는다.

높아가는 물소리를 들으면서 연수의 생각도 깊어만 갔다. 우리가 서 있는 이 자리에서 눈물에 젖은 손수건을 흔들며 잘 가라고 부르짖던 이 자리로 우리는 과연 무엇을 보러 왔는가. 얼마 후 부두가 텅 비자 부두는 한결 더 쓸쓸해 보였다. 연수는 부두에서 받은 감회를 즉시 시조로 써 내려 갔다.

부두에 남긴 설음 쌓여 또 쌓여서
황파(荒波)가 밀려드는 이방축 되었는가
너무나 애통하여 돌과 같이 굳었는가

뱃소리 듣기만 해도 마음이 설레는데
못 잊을 님을 보내는 사람은 오죽이나 하리
갈매기 기웃거리며 또 우는가 엿보더라.

—「원산 부두에서」1940년 5월 7일

동해업무선을 타고 금강역에 이른 심연수 일행은 온정리에 도착했다. 여기서 여관에 들었다. 여관집 주인과 일꾼들이 아주 인정이 있고 마음씨가 고왔다. 마치 자기 집에 찾아온 친척을 대접하듯 해서 모든 학생들의 마음이 따뜻해졌다.

특히 연수가 그러했다. 심연수는 1939년 겨울 방학과 1940년 겨울방학에 북만 일대를 유람할 때 여러 여관에서 냉대를 받았는데 온정리 여관에서 친척 같이 따스한 대접을 받으니 기분이 너무나 좋았다. 하여 천릿길을 왔지만 조금도 피곤하지 않고 마치도 푸근한 어머니 품에 안긴 듯한 기분이었다. 심연수는 그날 저녁에 시조 한 수를 썼다.

이상향 찾는 사람 이리 오 온정리로
이 아니 극락이냐 이곳이 에덴이라
사람도 집도 너무도 다 같은 어짐이여

악을 볼 수 없는 이곳의 사람 사람
나는야 마음대로 된다면 이곳 사람되련다
그래서 그들과 같이 선한 일 하고 살련다.

—「온정리」

온정리에서 육화대(六花臺)를 거쳐 만물상에 올랐다. 만 가지 모양을 갖고 있다는 만물상, 과연 그 이름에 걸맞게 각양각색의 모양들이 다 있었다. 코끼리 같은 모양, 날아가는 봉황새 같은 모양, 범이 웅크리고 있는 것 같은 모양, 여인의 얼굴 모양, 부처 같은 모양, 학이 날아가는 모양, 물고기 같은 모양, 고래 같은 모양, 이러한 천하절경을 두고 연수가 손이 근질거려 어찌 가만있겠는가.

> 육화대 아래 두고 돌층계 밟고 올라
> 만물상 이르르니 날은 이미 저물어
> 三仙峰 윗머리에는 석양이 붉게 든다.
>
> 어둠에 쌓이려는 鬼面峰 그 얼굴은
> 세상에 알려진 몸 싫은 듯 그 모양이
> 보고 간 나만은 다시 오진 않겠소다.
>
> ─「구만물상」

금강산의 명승고적은 거의 모두 불교와 인연이 있다. 그만큼 옛날에 불교가 중요한 위치에 있었음을 말해준다. 이를 테면 금강문, 신계사, 묘길상, 곤사문, 장안사, 사명당, 삼불암 등이 그렇다. 5월 7일 저녁 수학여행단은 구룡각(九龍閣)에서 저녁식사를 하고 숙박을 했다.

저녁은 순 금강산의 나물채로 반찬을 했는데 그릇과 수저가 몽땅 우리의 재래종인 놋수저와 놋그릇이고 외래품은 하나도 보이지 않았다. 마치도 그릇에서 민족의 정기를 느끼듯 봉춘이며 홍북이 연수, 현근이 등이 기분이 아주 좋았다.

"아, 진짜 고려나 조선시대에 온 듯싶구나."

언제나 말을 먼저 하는 봉춘이가 입을 열었다.

"왜 우리 것이라면 이렇듯 좋을까."

홍북이가 그 말을 받았다.

**"그게 바로 민족심이라는 게야."**

연수도 한마디 했다.

**"우리에게 중요한 것은 바로 민족심을 잃지 않는 거야."**

나라가 처참하게 식민지 꼴이어도 여기 금강산에서 전통을 고이 보존한 놋수저와 놋그릇을 보니 감회가 무궁했다. 이튿날 아침을 먹고 곤로봉으로 오르기 시작했다. 작은 고개 하나를 넘으니 큰 사찰이 있었고 인가도 여남은 호가 있었다. 그 사찰을 신계사(神溪寺)라고 하였다.

계곡을 따라 올라 가며 금강문도 지났다. 수많은 승려들이 이 문을 넘나들며 수련을 했다. 금강문은 수천 년의 풍화작용에 의해 신통히도 문과 같이 만들어진 대자연의 걸작이었다.

> 조물주 묘한 솜씨 예서 또 보게 되다.
> 이 길을 가는 사람 여기 말곤 못 가리니
> 예 지낸 그들은 모두 신선이 되었으리라
>
> 금강문 지내오며 나미타불 불렀더니
> 아프던 다리 되레 시원하기 그지없소
> 이 뒤에 지내는 이는 나미타불 부르고 지고,
> ―「금강문」 1940년 5월 8일

그날 하늘은 유난히 청청하고 산마다 신비로워 연수는 마치 신선이 된 듯한 기분이었다. 옥류동에 이르렀다. 옥류동의 물은 구슬이었다.

> 물이 구슬 같고 바위 빛 비단 같애
> 물이 흐르는 것 구슬로 보여진다

천 번 온 이 몸이지만 설어선 안 보인다.

옥류동 맑은 물에 두 손을 잠그고서
마음껏 양껏 마셔 물배라도 채웠노라
이후에 오는 사람도 이렇게 마시소서.
—「옥류동」1940년 5월 8일

옥류동 바위면에는 몇 천 명의 이름이 새겨져 있었다. 절승경개를 구경하고 그저 돌아가기가 참으로 아쉬워 손수 정과 망치로 새겨 놓은 것들이었다. 연수와 봉춘이 현근이도 글을 새겨 볼 생각이 불현듯 일었으나 수중에 정과 망치가 없는지라 할 수 없이 바위만 어루만지다가 걸음을 떼고 말았다.

다음에 본 것은 구룡연이었다. 아, 구룡연 얼마나 아름답고 신성하고 멋진 이름이냐. 구룡연에서 떨어지는 것은 물이 아니라 은구슬이 쏟아지는 것 같았다. 연수는 폭포가 쏟아지는 가까이에 가서 위를 올려 보았다. 순식간에 온 몸이 물참봉이 되었다. 연수는 물러나 멀리에서 떨어지는 폭포수를 바라보았다.

바라볼수록 감개무량하다. 연수는 속으로 이렇게 말하였다. 만약 누가 나 보고 이 세상에서 가장 맑고 깨끗한 것이 무엇인가 묻는다면 나는 서슴없이 대답하리라. 그것은 구룡연 폭포에서 떨어지는 물이라고. 어떤 경치나 사물이든지 사진보다 못한 것이 상례인데 구룡연만은 사진이나 그림 이상의 아름다움과 숭엄함을 간직하고 있었다.

그 어떤 사진도 구룡연의 경색 앞에선 무색하리라. 솔직히 말해서 연수는 이런 곳에서 이런 물을 마시며 이 산의 풀뿌리를 캐어 먹으며 살고 싶었다. 그러나 이미 이 세상의 다른 곳에서 진세의 쌀을 먹고 혼탁한 물을 마시며 살았거니 이 성스러운 구룡연이 어찌 더러운 몸을 용납 하겠는가.

세상에 맑고서도 흰것이 무엇인가
나는 구룡연에 나리는 물이제일이오
물떨어 무지개서니 이아니 곱은가

사진이 생긴것도 이승경 때문이고
그림 보다낳은것도 구룡연 뿐이로다
내어찌 이만보고서 구룡연을 떠난담.

—「구룡연」1940년 5월 8일

　점심을 먹고 물을 양껏 마시니 선주(仙酒)를 마신 듯 시원하고 가뿐하였다. 다시 눈이 허옇게 쌓인 곳을 지나서 올라가노라니 마의태자릉(麻衣太子陵)이 있었다. 연수는 뜨거운 애국심과 도고한 지조를 가지고 끝까지 지조를 굽히지 않았던 마의태자에게 경의를 드렸다.

　마의태자는 신라의 국세가 날로 쇠약해져 서남방에는 후백제의 견훤(甄萱)이 침략해 오고 북방에서는 고려의 왕건(王建)이 대군을 휘동하여 승승장구로 신라의 영토를 잠식하게 되자 936년 10월에 경순왕은 군신회의를 개최하고 고려에 투항하려고 하였다. 태자는 이를 극력 반대하고 저항을 주장하였지만 뜻을 이루지 못하고 아버지와 작별하고 금강산에 들어가 베옷을 입고 풀을 먹으며 고생스럽게 살다가 일생을 마감하였다.

　포식을 하고 마의를 입었다고 하여 역사에서는 마의태자라고 부르며 길이길이 추모하였다. 나라의 굴욕을 한탄하며 부귀영화를 저버리고 여기 깊숙한 운지(雲地)에 온 마의태자는 맑고 높은 하늘이 지켜보는 이곳에서 시름 놓고 안식하리라.

　신라가 그저께요 고려가 어저께요

많은 한 품고오서 그 뜻을 못 이루니
뉘 아니 설워하랴 맘 더욱 설레인다

동해의 가장자리 맑고 푸른 하늘 아래
눈 막고 귀 막고서 누운 이 그 누구요
베옷 입으시고 돌아가신 거석한의 아들

금강산 유람을 마치고 서울 길에 올랐다. 철원역에서 기차를 타고 오후 두 시경에 서울에 도착하였다. 어디를 가나 흰옷을 입은 사람들, 들려오는 목소리는 모두 정다운 우리 말, 이역의 풍경이라고는 조금도 없는 이곳에서 연수는 민족의 소중함과 나라의 귀중함을 다시 한 번 피부로 느꼈다.

연수 일행은 한강을 구경하였다. 5백년의 조선역사를 한 몸에 안고 유유히 흐르는 한강, 너의 가슴에 품고 있는 비희고락의 이야기 얼마나 많으랴. 오늘 우리가 널 찾아 왔거늘 모든 한과 울분을 남김없이 들려주렴.

임진왜란 때 왜놈들에게 짓밟히던 이야기, 몽골 침략시 몽골인들에게 불에 타고 약탈당하던 이야기, 조선 말에 나라의 부패와 무능으로 왜놈들에게 무릎을 꿇고 치욕의 <한일합병>조약에 도장을 찍던 이야기 나라를 찾고자 2천만이 외치던 3. 1 혁명의 비장한 이야기 그러나 한강은 말이 없다. 아니, 할 말이 너무나 많아 침묵으로 대답한다.

한양의 남쪽을 안고서 흘렀으니
오백 년 그 동안에 생긴 일 다 알리니
참상을 보고서도 동정에 울었느냐

돛 내린 나룻배는 임자가 그 누구요

그 배에 싣는 짐은 무엇이 제일 많소
나룻배 그나마 많아 이 강에 다녀 주소
—「한강」1940년 5월 10일

  연수 일행은 한강 외에도 북악산이며 경복궁, 남대문도 구경하였다. 경복궁을 돌아볼 때 감개가 무량하고 서글프기 그지없었다. 한때 이 나라의 존재를 과시하며 국책을 논의하고 기강을 자랑하던 경복궁, 행복을 경축한다는 뜻에서 그 이름도 듣기 좋은 경복궁이 아니었더냐?
  아침이면 신하들이 늘어서서 조회를 하던 궁정 마당, 오늘은 잡풀이 무성하다. 경복궁의 모습이야말로 이 나라의 초라하고 부끄러운 모습이 아닌가. 연수며 봉춘이며 현근이며 홍복의 가슴이 쓰리고 아팠다. 그리고 나라를 지켜내지 못한 조상들이 원망스러웠다.
  조선 말기, 당파싸움과 권력다툼, 그리고 쇄국정책으로 나라가 쇠약해져 마침내 왜놈들에게 먹히고 말았다. 경복궁아, 넌 영원히 우뚝 솟아 이 나라 역사를 천고에 길이 전해 후대들이 귀감으로 삼게 하여야 할 것이다. 치욕의 역사를 천추만대 잊지 말게 하여야 할 것이다.

경복궁 지은 지가 몇 해나 되었소
문창지 갈아댄 지 언젠가 묻소이다
구멍 난 문창지에는 먼지가 새까맣다

조회 하시옵던 궁정엔 풀이 수두룩
단청한 추녀 밑엔 쇠 그물 치어졌다
쇠 그물 없다 한들 汚鳥야 길들일쏘냐.
—「경복궁」1940년 5월 11일

연수는 시에서 나라가 비록 망했지만 조선의 존엄을 되찾을 때가 있음을 예언한다. '오조' 즉 더러운 새는 침략자를 뜻하고 '쇠그물'은 식민지 현실을 뜻한다.

5월 2일에 일행은 서울을 떠나 개성으로 향하였다. 서울부터 구질구질 내리기 시작한 비가 개성에 와서도 끊이지 않았다. 만월대(滿月臺)와 선죽교(善竹橋)로 가는 길에서도 그냥 그칠 줄 몰랐다. 만월대로 가는 길에 연수는 머리가 축축하게 젖어 있는 봉춘에게 자기의 모자를 씌워 주었다. 봉춘이 싱긋 웃으며 모자를 눌러쓴다.

**"우리 시인님, 마음도 착하셔라. 감사합니다."**

비 내리는 만월대가 처량하기만 하다. 오백년의 찬란했던 고려의 역사가 세월의 저편으로 사라지고 지금은 다만 몇 개의 돌각담과 주춧돌만이 덩그러니 남아 빛났던 어제의 역사를 말해주고 있다. 너무나 처량하다. 하늘도 슬퍼하여 비를 내린다. 연수의 가슴에서도 서러운 비가 내리는 듯했다. 연수는 추녀 밑에 가서 연필을 꺼내 들었다.

옛날의 그 영화가 한낱의 꿈인듯이
주추돌 몇개만이 잔디속에 남어있다
사람만 간다더니만 모든 게 다갓고나

지금은 달만은 예같이 빛외겠지
그러나 그달아래 옛것이 간곧없어
달님도 여기와서는 처량을 뵈옵겠지.

— 「만월대」 1940년 5월 12일

선죽교를 보니 슬픔이 한결 더해졌다. 비를 맞으며 선죽교에 서 있노라니 천고의 충신 정몽주가 흡사 말을 타고 선죽교를 건너오는 듯했다. 고려 말기 공민왕 때 이성계가 정권을 찬탈하려고 수많은 조정대신들을 회유하였으나 정몽주만은 일편단심이 변하지 않았다. 연수는 천고의 충신 정몽주를 기리며 시 한수를 썼다.

충신의 남긴 뜻이 돌에 스며 붉었으니
천추에 질쏘냐 그 흔적 그의 피가
생돌이 깎기인들 그곳이야 풀릴쏘냐

사람아 충신이야 못 된다 치더라도
그이와 같은 뜻이야 못 가질 것 무엇이냐
마음에 느낀 바 있거든 실행해 보소이다.

—「선죽교」

개성에서의 답사가 끝나자 평양으로 향하였다. 평양도 그야말로 경치가 가관이었다. 모란봉이며 을밀대며 모란대며 부벽루, 대동강 모두가 빼어난 경치를 자랑하고 있었다. 연수는 속으로 평양이 이렇듯 아름다운 곳이기에 5백 년 동안 고려의 수도로 영광을 누렸을 것이라고 생각하였다. 연수는 평양에서도 여러 수의 시를 썼다.

을밀대 바람받이 시원키 한량없소
선녀의 놀이터가 예 아닌가 찾았더니
때늦은 이때에는 뵈일 일이 없었쇠다.

고운 산 맑은 물이 다 내 것 오르니
빈 몸에 오더래도 자주 와 주웁기를

그 어찌 싫어할까 마음껏 오소이다

—「을밀대」1940년 5월 13일

평양을 떠나 신의주로 향할 때 도중에 청천강을 건넜다. 백의혼을 지니고 누리천년 맑게 흐르는 청천강, 연수는 불현듯 을지문덕 장군과 살수대첩을 떠 올렸다. "그대의 신묘한 재주는 천문을 구하고 묘한 계책은 지리에 통하매 전승 공은 이미 높았으니 만족함을 알고 그치기를 바라노라." 을지문덕 장군은 살수에서 적을 거의 전멸시켜버렸다. 연수는 당시의 통쾌함과 을지문덕 장군을 기리며 당장에 시 한 수를 지었다.

청천강 부디부디 몸조심 하였다가
새 장수 나거들랑 모으신 그 솜씨를
망음껏 다 하여서 도와나 주옵소서

—「청천강」1940년 5월 14일

수학 견학단은 신의주를 건너 봉천에 이르렀고 소가툰(蘇家屯)에서 대련에 도착하여 하루를 구경한 후 이튿날에 여순(旅順)을 돌아보았다. 이곳은 러일전쟁 때 러시아군이 일본에 패한 곳이다. 그보다 이곳은 위대한 애국투사 안중근 의사가 일제에게 교살당한 곳이다.

그래서 심인수와 여러 동학들에게는 여순 견학이 그 어느 곳보다도 중요하였고 의의가 심원하였다. 여순에 오니 어릴 적 삼촌 심우택이 들려주던 안중근에 대한 이야기가 새록새록 되살아났다. 이토 히로부미를 격살한 후 일제는 안중근을 여순 감옥에 가두고 일본 법률에 따라 사형으로 판결하려고 하였다.

그러나 안중근은 일제의 음모에 대항하여 자기가 이토 히로부미를 저격

한 것은 개인의 테러가 아니라 나라와 나라, 군대와 군대 사이에서 발생한 전투행위라고 주장하였다. 안중근은 심판석상에서 재판장을 향해 이렇게 떳떳이 말했다.

> "이등에 대한 저격은 3년 전부터 생각했던 것을 실행한데 불과하다. 나는 한국의 의병 참모장의 자격으로 하얼빈에서 독립전쟁을 시작하고 이등박문을 습격하여 그의 머리를 우리 군사들에게 바치려 하였다. 결코 개인의 자격으로 행한 것은 아니다. 나는 4천년 역사를 가진 우리 조국과 2천만 우리 동포를 위해서 우리 대한의 주권을 유린하고 동양의 평화를 교란한 강적을 일거에 처치했다."

안중근은 하루라도 글을 읽지 않으면 입안에 가시가 돋는다는 말을 써놓고 옥중 생활 반년 사이에 부지런히 독서하면서 자서전과 『동양평화론』을 저술했다. 심연수 일행은 5월 17일에 봉천에 도착하여 북릉을 견학하고 19일에 신경에 내렸다.

연수와 봉춘, 홍복이, 현근 등이 만주의 유일한 조선인 언론지인 『만선일보』를 찾아갔으나 유감스럽게도 일요일이어서 헛걸음을 치고 말았다. 제일 섭섭해 한 것이 연수였다. 『만선일보』로 데뷔했고 『만선일보』에 5수의 시를 발표한 심연수였으니 왜 그렇지 않으랴. 편집부 선생님들을 만나 인사를 드리고 가르침도 받으려 했건만 계획이 틀어지고 말았다.

5월 20일에 하얼빈에 도착하였다. 국제도시 하얼빈에 도착하니 눈이 번쩍 뜨였다. 동방의 모스크바라더니 과연 명불허전이었다. 즐비하게 늘어선 고층 건물들, 가로 세로 쭉쭉 뻗은 넓고도 곧은 거리들, 러시아식으로 지은 아치식 건물들, 뾰족뾰족한 성당들 거리에는 러시아인들도 많았다.

러시아들을 보니 어릴 적 블라디보스토크에서 보던 러시아인들의 모습이 연상되면서 친숙감이 들었다. 연수는 하얼빈에 머무르는 하루 사이에 「할빈역두에서」, 「로인공원묘지(露人共園墓地)」, 「끼다야쓰카의 밤」, 「송

화강」등 시편들을 썼다.

> 나렷다 하르빈에 번화한 국제도시
> 로시아 사원에선 성종이 울여온다.
> 서양아닌 성양풍이 거리에 나붓낀다
>
> — 「할빈역두에서」 일부

심연수는 5월 22일에 용정에 도착하였다. 그날 밤에 「용정의 역두에서」, 「수학여행을 마치고」라는 두 수의 시를 썼고 5월 30일에는 기행문 「일만리 여정을 답파하고」를 썼다. 연수는 이번 수학여행 17일 동안에 무려 64수의 시와 한 편의 기행문을 써 큰 수확을 거두었다. 심연수는 기행문 마지막에 "우리는 만 리 길을 답파하면서 많은 것을 보고 많은 것을 느꼈다. 17일간의 수학여행(修學旅行)은 끝났지만 정신수련은 금후 계속 하여야 할 것이다."라고 썼다.

# 강경애 선생을 만나다

　심연수는 동흥중학 시절 일본유학을 앞두고 소설가 강경애를 두 번 만
났는데 그것이 그 후의 심연수의 문학창작에 커다란 영향을 미쳤다. 강경
애 선생을 알게 된 것은 장하일 선생 때문이다. 장하일 선생은 동흥중학
교의 교무주임으로서 사람이 인자하고 박식하고 민족심이 강하였다.

　장하일 선생은 1931년 황해도 장연에서 강경애와 결혼 한 후 곧장 간도
용정에 와서 동흥중학교 교무주임으로 있었고 1942년에 용정을 떠나 장
연으로 돌아가기 전까지 줄곧 동흥중학교에서 교무주임으로 있었다. 당
시 강경애 선생은 병든 몸으로 문학창작에 정진했었다. 하루는 장하일 선
생이 연수를 불렀다.

　**"연수, 내가 너의 자랑을 했더니 우리 집사람이 너를 한번 보자는구나."**

　이리하여 연수는 강경애와의 첫 만남이 이루어졌다. 심연수는 장하일
선생의 말을 듣고 날 듯이 기뻤다. 그도 그럴 것이 항상 마음 속으로 존경
하고 우러러 보던 작가가 자기와 같은 풋내기 문학도를 만나 보겠다니 어
찌 행운이 아니며 어찌 기쁘지 않으랴. 심연수는 강경애의 열렬한 팬으로

서 강경애의 작품이라면 밤을 새며 읽었다.

1934년 8월 12일부터 119회에 걸쳐『동아일보』에 연재된 강경애의 장편소설「인간문제」를 심연수는 거의 빼 놓지 않고 읽었다. 심연수가 1년 후에 단편소설「비누」,「석마」,「서류」등을 쓴 것은 강경애의 영향이 컸다.

심연수가 장하일 선생과 함께 집에 들어섰을 때 강경애 선생이 책상에서 일어서며 반가이 맞아주었다. 한복을 단정히 차려 입은 강경애 선생의 얼굴은 인자하고 퍽이나 예뻤으며 눈에서는 예지가 빛나고 온 몸에서는 한국여성의 부드러움이 풍겼다. 그러나 얼굴에는 또 병색이 완연하였다. 심연수는 순간, 이처럼 온화하고 얌전한 여인의 손에서 어쩜 그처럼 신랄하고 가슴 섬뜩한 글이 쓰여 질 수 있을까 생각하였다.

강경애는 1930년대 식민지시대 문학사에서 개성적인 리얼리즘 소설로써 문학 활동의 한 시범을 보여준 작가이다. 1930년대의 식민지문학은 개항 이래 계속 되어 온 외래문화 수용의 결과가 자체 내의 문화와 상호 충돌하면서 빚어낸 많은 문제점들이 그 원형적 모습을 드러내기 시작한 때이다. 다양한 목소리를 가지고 나름의 현실적인 태도와 대응방식을 보여준 많은 작가들 가운데 강경애는 식민지시대의 여러 궁핍한 현상을 탁월한 솜씨로 그려낸 작가이다.

1940년대를 전후하여 조선과 일본에서 이른바 황도문학과 일어문학이 창궐할 때 간도를 중심으로 망명문학에 활기를 띠기 시작했다. 그만큼 간도는 조선에 비해 상대적으로 문학창작이 좀 자유로웠던 것이다. 신경 (新京)의『만선일보』와『간도일보』가 구심점이 되어 망명문학이 굳게 자리 잡게 되었으며 그 진두에 강경애, 안수길, 현경준 등이 서 있었다. 물론 윤동주와 심연수도 시로써 망명문학에 커다란 기여를 하였다.

1941년 2월, 심연수가 강경애를 찾아갔을 당시 강경애는 심한 폐병으로 앓고 있었다. 1942년에 강경애는 병이 위독해지자 조선으로 돌아갔고 1943년에 고향 장연에서 사망했다. 강경애는 병든 몸임에도 불구하고 심연수를 아주 친절하게 맞아주었다.

"연수 학생, 장 선생님이 시재가 대단한 젊은이라고 늘 칭찬하시더니 정말 시를 보니 훌륭하데요. 용정은 인재가 많이 나는 곳이군요. 일전에 윤동주와 송몽규, 문익환 학생을 만났었는데 모두들 문재가 뛰어나더군요."

"강 선생님, 전 아직 햇병아리입니다. 이광수 선생이나 강 선생님 같은 분들에 비하면 천양지차입니다. 그저 문학을 사랑할 뿐입니다. 전『동아일보』에 연재된「인간문제」를 거의 다 읽었습니다. 저는 큰 충격과 감동을 받았습니다. 어쩌면 오늘의 식민지 현실을 그토록 투철하게 꿰뚫어 보실 수 있으며 그 눈물 나는 비참한 모습을 그토록 생동하게 묘사할 수 있단 말입니까? 놀랐습니다."

"연수 학생, 지난해에 고학증을 탄 것을 내가 알아요. 장 선생님이 그러시던데, 가정이 구차하다구. 나 역시 아주 험악한 환경에서 별의별 고생을 다 겪으며 자랐어요. 어릴 때에 아버지를 잃고 이복동생들 속에서 수많은 갈등을 겪었고 잘 사는 사람들의 학대를 밥 먹듯 하면서 자랐어요. 평양에 가서 학교 다닐 때 일제총독정치와 식민지교육을 거부하여 동맹휴학을 한 죄로 퇴학까지 당했어요. 궁핍한 경제생활 체험과 비인간적인 시대상, 일제의 폭압 그러한 것들이 나로 하여금 항쟁의 붓을 들게 하였지요. 이 시대가 저를 핍박한 것이지요. 우리 작가들은 천대 받고 압박받는 천백만 민중들의 대변인이 되어 그들을 위해 필을 들어야 해요."

강경애 선생의 얼굴은 흥분으로 하여 약간 상기되었다.

"강 선생님, 잘 알았습니다. 저도 선생님을 본받아 민중을 위해 민족을 위해, 글을 쓰겠습니다."

"그래, 참 기특한 생각이구만. 나는 지금 기력이 점점 쇠해가요. 연수나 윤동주 같은 젊은이들이 앞으로 불행한 우리 민족을 구하기 위해 좋은 글들을 써야 할 것이에요."

"선생님, 명심하겠습니다. 한 가지 더 여쭐 말씀이 있습니다. 이번에 전 일본대학 예술학부에 입학하여 곧 일본으로 떠나게 됩니다."

"일본에 간다고 하여 나쁠 것이 없죠. 오히려 좋은 일이죠. 단지 민족심과 애국심만은 영원히 간직하여야 합니다. 일본은 필경 일찍이 문호를 개방하고 자본주의에 진입하였기에 경제적으로 문화적으로 우리보다 앞섰습니다. 이를 우리는 부정하여서는 안 됩니다. 일본에 가서 현대문명과 현대문학이론을 많이 배워 금후 우리 민족의 후대들을 교육하고 인도하여야 합니다. 그것도 애국이고 애족입니다. 원수의 나라라고 하여 일본의 일체를 부정하는 것은 바람직하지 않아요. 우리에게 유용한 것은 다 섭취하여 우리의 것으로 만드는 것이야말로 현명한 처사지요."

강경애 선생과 이야기 하는 사이에 어느새 점심때가 되어 장하일 선생이 소박한 점심식사를 준비하였다. 그때 강경애 선생이 중병 중이라 크고 작은 집안일을 모두 장하일 선생이 하고 있었다. 심연수는 송구하기 그지 없었다. 강 선생이 병중인 것을 알면서도 빈털터리라 그대로 왔는데 도리어 점심까지 얻어먹다니 하지만 장하일 선생이 정성껏 준비한 음식이고 강경애 선생님 또한 너무나 각근히 권하는지라 수저를 들지 않을 수 없었다. 심연수는 밥을 먹으면서도 다른 궁리를 했다.

"내가 참 행운아구나. 강경애와 같은 대작가한테서 가르침을 받는 것만 해도 행운인데 밥까지 대접 받다니…."

점심식사가 끝나자 강경애 선생이 책상 위의 원고지를 뒤적였다. 벽면을 꽉 채운 책장에 수없이 많은 책들이 꽂혀 있었고 책상 위에는 원고지들이 수북이 쌓여 있었다.

"연수 학생, 전번에 가져온 시들을 다 보았어요. 참 잘 썼어요. 다른 시들은 손댈 게 없는데 「편지」라는 시만은 몇 글자만 고치면 더 좋을 것 같아서 손을 댔어요."

강 선생이 원고를 쥐고 다가앉으시며 말했다.

"〈새로 뜯은 봉투에서/떨어지는 편지〉, 이 시구 중간의 '편지'란 단어 앞에 '글자 없는'이라는 네 글자를 써 넣으면 더 좋을 것 같아요. 그러면 전편 시가 순통하고 뜻이 함축될 것 같아요. 시는 무엇보다도 함축이 중요하니까요."

그리고는 시를 읊었다.

새로 뜯은 봉투에서
떨어지는
글자 없는 편지
아아 그것은
간절한 사연
설음에 반죽된
눈물의 지문(指紋)
떨리던 그쪽 마음
여기에 씌여졌구나

연수가 어린애처럼 손벽을 쳤다.

"선생님, 정말 멋집니다. 몇 글자 고쳐놓으니 시가 다른 모습이 되었군요. '글자 없는 편지'라 대단한 발견입니다."

강경애 선생이 그러한 심연수를 바라보다가 다시 다른 원고를 집어 들었다.

"전번에 가져온 15수의 시들 중에서 가장 마음에 드는 시가 「빨래」와 「눈보라」였어요. 두 수의 시는 특히 마지막 처리가 좋았어요. 〈그들의 마음 가운데/때가 묻거든/사정없는 빨래방망이로/ 두드려 씻어 주소서〉와

〈추위를 뿜는 매서운 하늘에/조그마한 햇덩이가/얼어 넘는다〉가 얼마나 좋아요. 우리 민족 모두가 민족을 위하는 한 마음으로 영원히 깨끗하게 살아간다면 그 어느 날엔가는 그 조그마한 햇덩이가 커다란 햇덩이가 되어 삼천리강산을 따스하게 환하게 비칠 것이에요."

"선생님, 저의 풋내기 작품을 어여삐 보시고 과찬해 주시니 너무나 감사합니다. 선생님의 기대에 어긋나지 않고 꼭 민족을 위해 시를 쓰는 민족시인이 되겠습니다."

심연수가 장하일 선생과 강경애 선생 앞에 넙죽 엎드려 절을 올렸다. 그것은 고마움과 함께 꼭 훌륭한 민족시인이 되겠다는 맹세이기도 하였다. 그날 집으로 돌아오는 심연수의 발걸음은 가볍기만 하였다. 그날은 마침 서북풍이 불고 눈보라까지 일었다. 연수는 강 선생님이 좋다고 하던「눈보라」를 신이 나서 읊었다.


바람은 서북풍
해질 무렵 넓은 벌판에
싸르륵 몰려가는 눈가루
칼날보다 날카로운 이빨로
눈 덮인 땅바닥을 갉아 간다.

막막한 설평선
눈물 어는 새파란 설기
추위를 뿜는 매서운 하늘에
조그마한 햇덩이가
얼어 넘는다

# 개천에서 용이 나다

1940년 12월 6일에 심연수는 4년 동안 다니던 동흥중학교를 졸업하였다. 이날 50여명 학생들이 졸업하였다. 졸업식이 끝나자 시내 한복판에 있는 만족식당에서 송별연회를 열었다. 임 교장선생님이며 장하일 주임이며 송 선생 등은 학생들끼리 속마음을 나누라고 일찌감치 자리를 떠주었다. 50여명 동학들이 지난날을 돌이키며 즐거워하기도 하고 서러워하기도 하였다.

술판이 벌어졌다. 당시의 학생들은 대개 스물 살을 넘은 청년들이라 술을 못 마시는 학생이 별로 없었다. 그리고 그 날이 마지막 중학교 시절이라는 데서 평소에 술을 마시지 못하는 학생들도 그날만은 술을 마셨다. 아니 마시지 않고는 배기지 못했다. 동학들은 권하고 마시면서 4년 동안 간직해 두었던 추억의 보따리들을 헤쳐 놓았다.

술이 얼큰해지자 적지 않은 학생들이 눈물을 흘렸다. 심연수도 예외가 아니었다. 이제 이곳을 영영 떠나야 하고 오늘이 마지막 중학시절이라고 생각하니 감회가 무궁하고 지나간 모든 것들이 소중하게만 느껴졌다. 대부분이 국내와 만주의 먼 곳에 있는 학생들이었다. 개중에는 평소에 티격태격하던 사람들도 있었으나 이날만은 언제 그런 일이 있었더냐 싶게 모든 것을 잊고 서로 얼싸 안고 4년간의 소중한 추억들을 이야기 하고 앞날을 기약했다. 이튿날 새벽 심연수는 전날 만족식당에서 있었던 송별연회를 떠올리며 시를 지었다.

> 기쁘냐 즐거우냐 섭섭하냐
> 4년 전 입학을 즐겨하던 그날
> 오늘 있음을 무엇보다 바랐노니
> 쓰라린 세상에서 부드러움을 찾고자
> 아침이면 새 힘 저녁이면 쌓인 힘
> 잘도 하였다 끝까지 참았다는 표를
> 오늘이 마지막 모이는 날
> 깃을 여미고 모이는 용사
> 이 마당 이 집에서 길러진 투사
> 마음에 어리던 오늘이건만
> 맞고서 보나니 섭섭한 것
> 내일에 그려질 새 희망에
> 흩어질 졸업생이 마지막 모임
> 성대를 울려 나오는 졸업식가도
> 작년의 재학 시와는 다른 감정의 음률
> 있거라 모교야 흩어질 무리
> 오늘 있음을 잊지 마세
>
> ―「졸업」1940년 12월 6일

심연수는 대학입시를 치른 후 집에서 지루한 나날들을 보냈다. 시간이란 괴상한 물체다. 급할수록, 기다릴수록 지루해가고 여유자적 할수록, 기다림이 필요 없을수록 총망히 흘러간다. 연수는 지망서에 연경법률대학과 일본대학예술학원, 두 대학을 썼다. 벌써 몇몇은 입학통지서를 받고 떠나가기도 했다.

봉춘이는 하얼빈의과대학에 붙었고 현근이는 연경사범대학에 갔고 홍복이는 봉천건축대학에 입학하였다. 헌데 그때까지도 연수한테는 두 곳에서 다 입학통지서가 오지 않았다. 이리하여 집에서도 걱정에 잠겼고 심연수도 수심에 쌓여 한동안 시내에도 나가지 않고 두문불출했다. 그도 그럴 것이 학교에서 수재로 소문난 연수가 대학에 못 붙었으니 어찌 속상하지 않으랴. 아버지가 연수를 위로했다.

"입학통지서가 어찌 한 날 한 시에 오겠느냐? 늦은 것도 있고 빠른 것도 있겠지. 하물며 너는 일본대학에 지망했으니 다른 애들보다 더 늦을 수도 있을 게다."

어머니도 한술 떴다.

"너는 꼭 붙을 게다. 이제 집을 떠나면 언제 떡이며 고기를 먹어 보겠느냐? 늦은 게 차라리 좋구나. 집에서 몸보신하고 떠나거라."

연수는 부모님들의 사랑에 콧등이 시큰해졌다.

"아버지, 어머니 너무 속상해 하지 말아요. 만약 대학에 붙지 못하면 부모님들과 동생들을 위해 농사를 짓겠습니다. 후에 학수나 호수, 근수가 제 대신 대학에 가면 되지요."

아버지가 크게 나무랐다.

"그게 무슨 소리냐? 내가 널 농사꾼 시키려고 공부시켰더냐? 넌 반드시 대학에 갈 거다. 설사 금년에 못 간다 해도 명년에 다시 치면 되지 않느냐? 마음 푹 놓고 기다리거라."

그러나 심연수와 그의 부모들은 괜히들 걱정했다. 그로부터 3일 후 심연수 집으로 대학입학통지서가 날아들었다. 그것도 하나가 아니고 두 곳에서 날아들었다. 가난한 농사꾼의 집안에 경사가 났다. 심연수네 집에서는 두 대학 중에서 일본대학을 택하였다. 비록 구차하지만 심운택은 통이 컸다.

고생하더라도 큰 대학에 보내 큰 인재를 만든다는 것이 심운택의 생각이었다. 심연수의 생각도 역시 그러하였다. 심운택은 경사를 축하하고자 돼지고기와 술을 사오고 두부를 만들어 이웃들과 친척들을 초대하였다. 동네에서는 보잘 것 없는 시골마을에 유학생이 나오니 개천에서 용이 났다면서 제일처럼 기뻐하였다. 심운택이 김기숙 장로와 백인덕사장네를 초청한 것은 더 말할 필요가 없다. 김기숙 장로가 진심으로 축하하였다.

"연수 저 아이가 두만강을 건너 오랑캐령을 넘을 때부터 야무지고 영리하게 생긴 아이구나. 장차 큰일을 할 아이라고 생각했었는데 끝내 그놈이 해냈구만요. 우리 민족에게 인재가 있어야만 나라를 되찾을 수 있습니다."

김 장로가 이렇게 말하며 백 원을 내 놓았다. 심운택이 너무나 감사하고 황공하여 허리 굽혀 답례했다.

"이렇게 번번이 신세를 져서 감사하다는 말 한마디로는 부족한데 이 신세를 어떻게 다 갚아야 할까요?"

"아닙니다. 신세라고 생각지 말아주세요. 이건 내가 독립군에게 군자금을 지원하는 셈치고 드리는 것이오니 아무 부담도 가지지 말고 받으세요."

그리고는 연수를 불렀다.

"연수야, 우리 민족의 인재를 배양하는 것도 독립이니라. 이후 졸업하거들랑 우리 아이들과 동포들에게 귀중한 교육을 해 다오. 그래서 내 오늘 얼마 안 되는 금액이나마 학자금으로 주는 것이다."

연수가 김 장로에게 절을 올렸다.

"고맙습니다. 어르신, 부탁을 명심하고 공부를 잘해 이후 우리 민족에게 유용한 인재로 자라나 어르신의 은혜에 보답하겠나이다."

백인덕 사장도 보배를 데리고 축하하러 왔다. 그는 이전부터 심연수네를 관심 갖고 도와왔지만 심연수가 나중에 자기의 사위가 될 것이라는 것을 알고는 더욱 관심을 가졌다. 두 집에서는 심연수가 대학을 졸업한 후에 결혼식을 올리자고 합의를 보았던 것이다. 집식구들이 모두 모인 자리에서 백 사장이 심연수를 보고 말했다.

"이제 우리들은 아무리 마음이 있어도 무엇을 어떻게 해 볼 기력이 없어. 자네도 알다시피 나라를 잃은 우리가 산 설고 물 설은 이 북간도 땅까지 와서 많은 세월을 살았지. 그러는 가운데서도 나나 자네 부모들도 살림을 위해 많은 애를 쓰고 고생도 무척 했지. 하지만 날이 갈수록 일본놈들의 기세만 더해가고 우리 민족은 점점 깊은 고난 속에서 허덕이고 있네. 이런 때 과연 우리 젊은이들이 할 수 있는 일이 무엇이겠어, 사라져가는 민족의 일에 새로운 불씨를 심어주고 문학을 통하여, 시를 통하여 붓이 칼보다 힘 있다는 것을 보여 주어야 하네. 그것이 바로 애국이고 자네가 가야 할 길이네."

연수를 바라보면서 말하는 백 사장의 말소리는 비록 낮으나 아주 엄숙하였다. 심연수는 숙연한 표정으로 백 사장의 말을 들으면서 7년 전의 일을 떠올렸다. 신안진에서 방금 용정에 왔을 때 김수산 선생의 소개로 백사장의 집 창고를 수리하여 함께 살던 시절이었다. 신인진에서 소학교 4학년을 마치고 용정소학교 5학년에 입학하던 날, 방금 1학년에 입학한 보배의 손을 잡고 학교 문 앞에서 연수를 보고 백 사장이 이런 말을 하였다.

"연수야, 네가 어린 나이에 글쓰기 좋아한다는 걸, 네 아버지한테서 들었다. 앞으로 우리 보배 글도 가르쳐 주고 친동생처럼 관심을 가져줘라. 너희들 모두가 공부를 잘 하여 민족의 인재로 되는 것이 부모들의 마음이다."

그 말씀을 지금도 잊을 수 없고 이 땅의 불행한 2세들에게 무엇을 바랐던 가를 연수는 지금 새삼스럽게 생각하고 있다. 백 사장이 계속 말을 이었다.

"지금 우리민족이 맥을 놓고 그저 앉아서 신세타령만 하고 가난만 탓하는 것이 얼마나 한심스러우냐. 현실을 알지 못하는 것은 바로 우리가 우매하기 때문이란 말이야. 연수는 그걸 깨우쳐 주어야 하네. 한결 같은 마음으로 똘똘 뭉쳐 모든 사람들의 힘을 모은다면 어느 때인가는 왜놈들을 몰아 낼 수 있어."

연수는 회사를 차려 돈만 버는 사장으로만 생각했던 보배의 아버지가 오늘은 민중의 선각자로 보이면서 더더욱 존경하게 되었다.

"사실 조선인으로서 일본놈 자식들도 마음대로 가지 못하는 일본대학에 합격하였으니 과연 대단하오. 자네는 현실을 똑똑히 알고 앞으로 개인의 명의만을 추구하지 말고 민족을 위해 힘을 다 하기를 진심으로 바라네."

백 사장의 진심어린 부탁이다.

"예, 꼭 그렇게 할 겁니다."

백 사장을 바라보는 연수의 부리부리한 두 눈은 불길이라도 타오르듯 열기가 올랐으며 엄숙하고도 무겁게 분명한 대답을 주었다. 심연수의 아버지와 어머니, 백 사장의 얼굴에도 잔잔한 미소가 흘렀다.

"참으로 기쁩니다. 나도 이런 바르고 깨끗한 아들이 있으면 얼마나 좋겠습니까? 자! 이것은 한 울타리 안에서 살아온 정도 있고, 민족 인재를 배양하는 것으로 생각하고 기부하는 헌납금입니다."

백 사장이 가방 속에서 두툼한 봉투를 꺼내 연수에게 내밀었다. 연수와 부모들이 극구 사양했지만 막무가내였다. 이때 연길과 용정에 시집간 면수와 진수 두 누나가 신랑들과 함께 왔다. 거기다 동네사람들까지 모이다 보니 집안이 터질 지경이고 웃음소리 이야기소리 축하소리가 온 집안에 차고 넘쳤다.

아닌 게 아니라 20호가 될까 말까 하는 길흥촌에 일본유학생이 나타났으니 과시 개천에서 용이 난 격이라 집안의 경사이고 마을의 경사이고 용정의 경사였다. 그때가 4월이었다. 산과 들에는 어느새 진달래가 만발하고 마을의 과수원에 배꽃이 새하얀 치마를 두른 듯 온 산비탈을 물들였고 뒷마당의 살구꽃, 강변의 할미꽃, 노란 개나리꽃, 방울꽃들이 어울려 꽃동산을 이루고 있었다.

연수가 일본으로 떠나기 전날 밤 아버지가 연수를 불러놓고 이야기를 했다.

"네가 이제 집을 떠나면 여기 있을 때와는 완전히 다르다는 것을 알아야 한다. 친구를 사귀어도 조심하고 다른 지방의 학생들과도 어울릴 줄도 알아야 하느니라. 그리고 여기에 있는 가족과 여러 사람들이 지켜본다는 것을 잊으면 안 돼. 너를 지켜보고 희망을 걸고 있단 말이다."

"아버지! 명심하겠습니다."

"거기에서 공부만을 열심히 하고 일본놈들과 휩쓸리지 말아라."

일본은 그놈들의 세상이라 연수가 혹시 나쁜 물을 먹을까봐 아버지는 무척이나 근심하였다.

"아버지, 전 어린애가 아닙니다. 아버지께는 언제나 아들이지만 사회에 나가면 세상 도리도 알고 글께나 쓰는 문학도입니다. 어떤 일을 어떻게 해야 하는가가 다 정리되어 있으니 부디 안심하십시오."

"그래?"

아버지가 빙그레 웃었다.

"여보, 연수도 이젠 스물 둘이나 먹은 청년이라구요. 별걸 다 걱정하시네요. 내일 새벽에 떠나는 데 일찍 자게 해요."

"그래, 알았어. 일찍 들어가 자거라."

"예!"

연수는 아버지, 어머니 앞에 큰 절을 올리고 일어섰다. 어머니는 아까부터 울음을 참았는데 이번에는 치마꼬리를 눈가로 가져간다. 연수는 와락 어머니를 끌어안고 한 손으로는 아버지의 큼직한 손을 잡았다. 어떤 일이 있어도 눈물을 보이지 않고 떠나려 했는데 어머니의 눈물을 보니 연수도 자꾸만 눈시울이 뜨거워지는 것을 어쩔 수가 없다. 어머니의 작은 가슴과 아버지의 큰 손이 어쩌면 이처럼 따스할 수 있을까.

"가서 몸조심하고 먹고 싶은 것이 있으면 돈 아끼지 말고 먹어라."

어머니는 마치 갓난 아이를 품에 안으시고 타이르는 듯했다. 연수의 가슴 속에서는 뜨거운 강물이 흘러내리고 얼굴에서는 눈물이 비 오듯이 흐른다. 아들의 건강과 성공을 기원하는 어머니의 여린 가슴과 아버지의 마음이 저 드넓은 하늘처럼, 아득히 펼쳐진 저 대지처럼 한없이 크고 넓어 보였다. 연수는 가슴이 터지도록 부르고 싶었다. 어머니, 아버지, 불러도 또 불러도 부르고 싶은 그 이름, 정녕 가슴속에서 따스한 봄비가 잔잔히 내린다.

"할아버지, 할머니가 계셨다면 얼마나 기뻐하시겠어. 맨날 큰 손자 밖에 없다더니 이렇게 대학가는 걸 보시면 정말로 즐거워하실 텐데."

어머니가 이렇게 말씀하시니 연수도 할아버지의 인자한 모습과 함께 항상 입버릇처럼 하시던 말씀이 떠올랐다.

"우리 삼척심씨 가문에는 옛날에 글 읽는 사람과 출세한 사람이 많았는데 그 일본놈들 때문에 지금은 이렇게 살아가고 있지만 앞으로 큰일을 할 사람은 그래도 우리 연수야. 이제 봐라, 내가 사람 보는 눈은 세상 사람들이 다 알아주거든."

"그처럼 손자 자랑을 하며 예뻐하시던 할아버지도 저 세상에서 우리 연수를 축복해 줄게다."

어머니께서는 자신의 축복도 모자라서 할아버지와 할머니의 축복도 불러 오시는 모양이다.

"밤이 깊었는데 이젠 정말로 자거라. 젊어 고생은 천금 주고도 못 산다
했거늘 사내대장부 한 번 결심했으면 꼭 성공해야 한다."

아버지의 마지막 부탁이다. 하늘에서는 총총한 뭇별들이 깊어가는 밤을
재촉하고 있다. 아침이 되었다. 떠날 시간이 되었다. 아버지가 제일 먼저
서두른다.

"빨리 빨리 움직여라. 차 시간 늦을라."

"이건 내가 이고 가마."

큰 누이 면수가 연수의 트렁크를 빼앗아 머리에 인다.

"아니요. 제가 들게요."

학수가 막무가내로 트렁크를 빼앗아 들고 누나의 손을 뿌리친다. 연수
가 살고 있는 길홍촌은 용정역과 아주 가까워 4리 거리밖에 되지 않는다.

"시간에 늦을라 빨리들 와."

저만치 아버지가 큰 소리로 외친다.

"웬 성질도 저리 급한지. 갈 사람은 급해 하지도 않는데 가지도 않는 사
람이 저렇게 급해 하다니."

어머니가 조급해 하는 남편을 나무란다. 역에는 김기숙 장로와 백인덕
사장 내외분 그리고 마을 사람들이 먼저 나와 있다. 그 사람들 속에 보배
의 예쁜 얼굴도 보인다.

"오빠, 이거 받아."

보배가 그 사이 연수에게 주려고 정성들여 한코 한코 뜬 검은색 목도리이
다. 연수의 목에 걸어주면서 얼굴이 빨갛게 상기된다. 목으로부터 보배의
따뜻한 마음이 온몸으로 전해진다. 연수가 보배의 손을 힘 있게 잡았다가
여러 사람들 앞이라 얼른 놓았다. 말보다 더 뜻있는 대답이다. 보배도 알았
다는 듯이 고운 눈을 깜빡인다. 이윽고 기차가 서서히 역에 들어섰다.

**"자! 어서 타거라."**

발차 신호 소리를 들으며 모두들 연수의 손을 잡았다.

**"자주 소식이나 전해라."**

어머니가 떠나는 기차를 바라보며 소리친다. 기차가 천천히 움직이자 보배가 따라오면서 손을 흔든다.

**"잘 가요. 꼭 편지하세요."**

연수도 힘 있게 손을 흔들었다. 쏟아지려는 눈물을 애써 감추면서. 사랑하는 얼굴들이 점점 작아지다가 마침내는 시야에서 사라진다. 후에 심연수는 그 날의 애틋한 이별의 사연을 시로 썼다.

> 떠나는 기차에 몸을 실었다
> 보내는 오지랖을 눈물로 적시고
> 끝없는 두 줄기 길손이 되어
> 낯모를 님의 품을 찾아간다
>
> 사랑보다 참다운 사랑을 찾으러
> 정처 없이 떠나는 나그네 설움
> 찢어진 손수건이 다 젖도록
> 뜨거운 눈물을 흘렸노라
>
> 귀를 가리우고 눈을 막았노라
> 뼈와 뼈를 갈고 이와 이를 가는 소리
> 듣기만 해도 악착한 소리
> 안 들으려고 무한히 애를 썼다
>
> 두 주먹이 부서지도록 마주쳤으나

아프지 않은 아픔을
멀어질수록 똑똑해지는 그 일을
거귀거귀 꿍쳐 보는 죄와 악
모든 것 다 버리고 싶은 회한을 품고
가리라 언제든지 끝이 날 그날까지.

　　　　　　　　　　　　　　　—「떠나는 설움」

## 외로운 새

내 가슴에 깃들인 한 마리의 새
오늘도 이른 새벽 먼동이 틀 제
어디론가 외로이 날아 갔기에
무엇인가 잃은 듯 섭섭하여라.

한 마리 적은 새 날으는 앞길
구름 깊어 지리한 자욱한 하늘
마음 죄여 못 놓는 안타까움에
너를 품을 가슴이 무한 뛰노라.

어둡는 저녁 바다 적은 섬에서
앉았다 쉬어 오는 젖은 몸뚱이
낯설은 해협의 비포에 배여
무거워 지친 모습 애처로워라.

# 제2부
# 현해탄을 건너며

# 고학의 나날에

일본에서의 생활이 시작되었다. 유학이란 생각처럼 행복한 것이 아니었다. 공부는 재미있었지만 몸과 마음은 고달프고 지쳐가고 있었다. 그리고 비록 새로 사귄 이기형이며 최현이며 최미란이며 동기들이 생겨났으나 그래도 외로울 때가 많았다.

  내 가슴에 깃들인 한 마리의 새
  오늘도 이른 새벽 먼동이 틀 제
  어디론가 외로이 날아 갔기에
  무엇인가 잃은 듯 섭섭하여라.

  한 마리 적은 새 날으는 앞길
  구름 깊어 지리한 자욱한 하늘
  마음 죄여 못 놓는 안타까움에
  너를 품을 가슴이 무한 뛰노라.

어둡는 저녁 바다 적은 섬에서
앉았다 쉬어 오는 젖은 몸뚱이
낯설은 해협의 비포에 배여
무거워 지친 모습 애처로워라.

　　　　　　　　　　—「외로운 새」1942년 7월 27일

이 시는 심연수가 1942년에 쓴 시이다. '한 마리 깃들인 새', '젖은 몸뚱이의 새'는 심연수 본인일 게고 '어두운 저녁', '작은 섬'은 일본사회를 뜻할 것이다. 이 시에서 당시 심연수가 어떻게 살아 왔다는 것을 간접적으로 알수 있다.

그 중에서도 제일 어려운 것이 생활고였다. 집에서 올 때 얼마 안 되는 집 밑천을 박박 긁어 오다시피 했고 김기숙 장로와 백인덕 사장으로부터 부조도 적지 않게 받았지만 일본이 워낙 물가가 비싸고 학비가 의외로 많이 들어 이것저것 내고 나니 돈이 얼마 남지 않았다.

연수는 일본에 온 후 한 달 만에 집에다 편지를 썼다. 심연수가 집에다 쓴 편지 중에는 경제상의 어려움, 돈과 유관되는 내용이 대부분이어서 당시 곤궁에서 헤매던 심연수의 사정을 잘 알 수 있다.


父主前 上書


아버지, 어머니 안녕하십니까?

누님들과 여러 동생들도 다 잘 있겠지요? 저는 4월 10일 저녁에 무사히 동경에 도착하였습니다. 길에서 친구를 만나고 학교에서는 용정 출신의 선배도 만나 어렵지 않게 자리를 잡았으니 아무 근심도 하지 마십시오. 제가 동경에 공부하러 온 것은 모두 집안의 성력(誠力)입니다. 저는 12일에 입학식을 하고 근심 없이 공부하고 있습니다.

　가지고 온 돈은 물것을 물고 쓸 것을 쓰고 나니 한 30원이 없어졌습니다. 나머지는 꼭 아껴 쓰겠습니다. 오늘부터는 일자리도 알아보고 적당히 일을 하여 쓸 돈을 벌어야 하겠습니다. 미숫가루는 부치지 말고 집에서 잡수십시오.

　집안이 내내 안녕하기를 바랍니다.

자식 연수 拜上


父主前 上書

　할머니 강녕하옵시고 부모님들 안녕하시온지요? 죄만 지어서 정말 부끄럽습니다. 집사정이 그토록 바쁘신 줄 번연히 알면서도 사실 어쩔 수 없어 여러 번 급전을 쳤나이다. 오늘 아침 돈을 받자마자 빚을 물어 주었습니다. 우리 집 가정의 피눈물로 얽힌 돈을 절대 허투루 쓰지 않을 것입니다. 1전 돈을 남이 쓰는 1원처럼 쓰려고 합니다.

　부모님, 이 은혜 꼭 갚겠나이다.

4월 18일 不肖息 연수 拜上


　심연수의 현존하는 유고 중에서 편지가 근 2백여 통이 되는데 돈과 얽힌 내용의 편지가 상당수를 차지한다. 일기에도 돈과 관계되는, 심연수의 궁색한 형편을 말해주는 것들이 적지 않다.


### 5월 18일 맑음 수요일

　오늘 호수로부터 돈을 받았다. 손이 떨리고 가슴이 떨린다. 집에서 꾼 것일까. 쌀을 판 것일까. 편지에는 번번이 아무 걱정 하지 말라고 하나 내 어찌 걱정하지 않을 수 있으랴. 몸이 고달프지만 내일 저녁엔 또 공장에 가서 구루마를 밀어야겠다.

심연수는 하학 후에나 휴일이 되면 사람들이 많이 모인 곳에 가서 일자리를 탐문하였다. 대부분은 시간당이나 하루 일을 하는 값싼 용역이었다. 당시 사람들이 많이 모이는 곳에 가면 모두 전쟁에 관한 어수선한 뉴스들뿐이었다. 이제 더 큰 전쟁이 일어난다는 둥, 미국과 전쟁이 벌어진다는 둥, 일본이 곧 세계를 재패한다는 둥, 중학교 학생들도 이제 징병에 나간다는 둥, 이러다간 일본이 망한다는 둥 별의별 이야기들이 난무하였다.

이야기를 하는 사람들은 대부분 늙은이가 아니면 아이들이거나 아녀자들뿐이었다. 남자들은 50살 이하가 전쟁에 나가다 보니 어디를 가나 청장년을 보기가 힘들었다. 정작 일자리를 구하기도 힘들었지만 설사 얻었다 해도 일이 아주 고되었다. 쉬운 일은 일본인들이 차지하였고 부두에서 짐을 나르거나 공사장에 가서 시멘트를 나르는 중노동만이 조센징들에게 차려졌다. 아예 조선인이라 하면 무조건 안 된다는 곳도 있었다.

심연수는 일본에 와서 식민지 백성의 고통과 설움을 더욱 실감하였다. 전쟁은 일본 민중들에게도 커다란 재앙을 가져다주어 거리에서 가끔씩 반전시위도 일어났다. 거리에서는 전쟁에서 부상당한 군인들이 절룩거리며 돌아다녔고 거지들이 뭉쳐 다녔으며 빈민굴에서는 매일 죽은 시체들이 가마니에 싸여 실려 나가곤 하였다.

학교에서는 이런 참상을 보기 어려웠지만 일단 학교를 벗어나 곳곳을 돌아다니다 보면 굶어죽고 병들어 죽은 시체들을 보는 일이 비일비재하였다. 하기야 학교당국은 일본의 비참하고 더러운 사회상이 알려지는 것이 두려워 학생들이 교외로 외출하는 것을 극력 제한시켰다. 심연수는 일본의 처참하고 썩어가는 사회상을 보면서 일본이라는 사회야말로 인간

을 죽음과 절망에로 몰아넣는 지옥 같은 길다란 '죄악의 턴넬'이라고 생
각하였다.

    기다란 터널
    캄캄한 굴속
    자연이 가진 신비를
    뚫어 놓은 미약한 힘
    눈을 감고 걸어도
    눈을 뜨고 찾아도
    걸키우는 물건
    밟히우는 송장
    바닥 가득 늘어 자빠진 꼴
    아, 빛이 없어 죽었나
    빛이 싫어 죽었나
    그러나
    또 무수한 생명이
    네루를 베고 누워 침목에 누워
    지나갈 바퀴를 기다림을...
    싸느란 송장의 입김에서
    울부짖는 소리
    위를 우러러도
    아래를 굽어도
    선해 보이는 그 캄캄한 굴속

                                            ─「터널」


심연수는 일자리를 찾으려고 곳곳으로 돌아다니다 보니 여러 가지 현상

들을 볼 기회가 많았던 것이다. 심연수는 일본 제국주의의 부패상을 폭로하고 비참한 삶의 현장을 해부하고 전쟁의 참담함을 질타하려고 1943년 2월 14일 시「환마(幻魔)」를 썼다. 이 시는 일제에 대한 분노와 저주의 탄환이다.

거리에는 온통 울음소리뿐
덧문은 언제부터 닫기었는지
빈지 틈으로 새어 흐르는 비운의 호소를,
영구차는 달린다.
화장터로...
굴뚝에 연기 끊을까 봐
악, 터지는 소리
또 하나 죽는구나
새파란 목숨이
斬死다.
죽엄으로 죽엄을
불르고! 보내고!
오고! 가고!
또 한 대의 영구차가
모퉁이에서 커브를 꺾는다
헤드라이트
한쪽만 켠 헤드라이트
毒光을 뿜으면서
대낮에 거리를 질주한다
늘어진 시체를 무겁게 싣고
유령이 핸들을 모으로 돌리며
달린다 달린다

또 웃으면서
핸들에다 또 포를 어이고저
참사의 죄악사는 누가 쓰는지.
또 터져 나오는 울음에 섞여
한 줄기 고함이 고막을 찌르더라

—「환마(幻魔)」1943년 2월 19일

　묻노니, 그 당시 그 살벌한 일본치하의 무시무시한 세월에 그 누가 감히 이런 예리한 시를 쓸 수 있었겠는가. 심연수는 감히 일본 군국주의를 독광(毒光)을 뿜는 자동차 헤드라이트라고 질책하고 참사의 죄악사를 빚어 낸 장본인이라고 질타한다. 이 시만 보더라도 심연수는 진리를 수호하는 정의의 시인이며 모든 인류를 생각하는 범우주적 시인이 되기에 손색이 없다는 것을 알 수 있다.

　어느 일요일 날, 심연수는 관동 대지진 때 조선인들이 참살을 당한 곳에서 얼마 떨어지지 않은 건설공사장에 가서 구루마로 벽돌을 나르게 되었다. 그 바로 부근에는 조선인이 집단적으로 묻힌 공동묘지가 있었다. 쉴 틈에 심연수는 공동묘지를 돌아보았다.

　1923년 9월에 도쿄근처의 관동지구에 진도 7.9에 달하는 대지진이 일어나 10만 명이 사망하고 4만 3천명이 실종되는 대참사가 발생했다. 일본정부는 정부를 향하는 일본국민들의 분노를 다른 데로 전이시키려고 일본인들이 많이 죽은 것은 지진 때문이 아니고 조센징들이 우물에다 독약을 풀어 넣었기 때문이라고 날조하였다.

　이리하여 일본의 우익세력들과 내막을 모르는 일본인들이 수만 명의 조선인들을 학살하였다. 이것이 이른바 관동대지진의 실상이다. 당시 일본정부의 악랄한 추행을 폭로하려고 젊은 조선인 대학생들이 일본영사관 앞에 가서 항의를 하다가 무참히 살해되었다. 공동묘지에는 바로 이와 같은 식민지 백성의 한과 분노가 묻혀 있는 곳이다.

그날 저녁 집에 돌아온 연수는 비분을 달랠 길 없어「碑銘에 찾는 이름」이라는 시를 썼다.

온종일, 쉴 새 없이
헤매며 찾았노라
아무도 없는 곳
비석만 충충 서 있는 공동묘지
이역의 쓸쓸한 어느 겨울날
하루해는 소리 없이 저물더라
손바닥이 부르트도록
비석을 붙잡고 돌았으나
한 사람도 기억엔 안 남는 비명
모두가 낯설은 이름이더라
끝내 너도 성을 이름을······
추도할 벗이여!
저주할 벗이여!
이역에 외로이 묻혔다기에 찾았노니
왜! 무덤조차 안 뵈이는고
비명에 변할 이름의 몸이면
죽기는 왜 죽는단 말이냐
세속이 그처럼 싫고 밉더냐(차고 맵더냐)
오! 불쌍한 벗아!
아까운 젊은이여!
죽음으로써 모든 것을 청산했느냐

이 밤도 여기서 새마……
내일은 또 밝으려니
네가 죽던 이 땅에다
모진 눈물이나 뿌리고자

—「碑銘에 찾는 이름」 1943년 2월 17일

심연수는 힘겨운 일을 하면서 실제 체험을 통하여 최하층 인간들의 삶을 알았고 썩어빠진 일본 사회의 진상을 알았다. 또 사회의 비극이 잘못된 사회제도에 뿌리내리고 있음을 알았다. 따라서 그때로부터 심연수는 단순한 민족적인 감정을 벗어나 전 우주적인, 범우주적인 시각으로 인간사회를 보기 시작했다.

그리하여 그의 시도 중학시절의 민족적이고 애상적이고 연연한 시풍에서 벗어나 전 인류적인 시「세기의 노래」, 「인류의 노래」 같은 거창한 시들을 창작할 수 있었다. 심연수는 고학을 하면서 빈부의 차이에 대해 깊이 사고하고 일본사회에 대해 지대한 불만과 불평을 가지게 되었다.

어찌 보면 그 고달픈 고학이 심연수에게는 도리어 귀중한 '정치대학' 과정이 되었는지도 모른다. 「가난의 거리」는 정치를 알고 그 시대를 예리한 정치적 안목으로 투시하는 사람만이 쓸 수 있는 시다.

내가 걷는 좁다란 골목
까아맣게 그슬은 처마 밑 길
울 없는 몽둥집과 집마다
새까만 나무쪽 문패만 초라하고
누덕 빨래 걸린 밑엔
주럽에 쭈그렁 낮이 얼른거리고

헐벗은 어린아이가
맨땅에 주저앉아 발버둥친다
가난한 거리
땟물에 함박 젖은 살림
번화를 자랑하는 뒷골목에는
말 못할 비극이 도리질하고
탄력 잃은 창백한 혈관으론
죽은 피가 찔룩거리나니
그것은 일에 지친 이 거리의 사내였고
빛 잃은 좁은 거리는
造幣局 뒷골목이었다.
　　　　　　　　　　 ―「가난한 거리」4월 24일

　까맣게 끄슬린 처마, 울마저 없는 몽둥집, 누런 발대 밑에서 어른거리는
쭈그렁 낯의 늙은이, 그 곁에 주저앉아 밥을 달라고 발버둥치는 어린애,
그 속에 탄력 잃은 창백한 혈관으로 죽은 피가 씰룩거리며 걷고 있는 일에
지친 사내도 있다. 그리고 그 건너편에는 돈을 찍어내는 조폐국이 있다.
　얼마나 선명한 대조인가. 한 폭의 생생한, 가난과 부가 공존하는 사회축
도이다. 끄슬린 초가는 천백만의 가난한 민중들을 의미하고 조폐국은 죄
악의 일본정부를 상징한다. 이시는 정치적 함의가 무겁게 깔린 시로써 오
늘 빈부의 격차가 심한 모든 나라들의 상황을 설명하기에도 족하다. 다시
말하면 현실적 의의도 크다는 말이다.
　시「전차」도 고학의 체험을 통해 만들어진 것으로 보인다. 고학으로 지
쳐버린 심연수의 마음이 고스란히 담겨져 있다.


　　와세다(早稻田) 종점까지

지쳐 비틀거리는 낡은 車胴에는 많던

객이 끊어지고

운전수와 차장과 수 명의 객만이

앉아 조을며 搖動에 따라 흔들고 있다

고운 몸 연한 손이 쥐어지던 줄가락지

쥘 리 없는 외론 때 列을 맞춰 흔들리고

걸어 붙인 포스터에 커다란 色字만이

視線에 지친 글을 쉬이고 있다

밤! 열한 시!

와세다 종점 車庫는

검고 큰 입을 따악 벌리고 있다

내리는 사람은 말없이

오르는 객은 하나도 없이

나미지 선 전차에는 운전수와 차장이 셋(三人 ) -

아- 사람도 바퀴도 다 지쳤을 것이다

—「전차」 3월 13일, 와세다종점에서

이 시를 보면 이 세상 모든 것이 지쳐 있다. 시적 상관물인 '전차'는 삶의 현장이고 삶의 축도이다. 사람도 바퀴도 모두 지쳐 있는 살기 힘든 세상, 와세다 종점에 있는 車庫는 인간을 집어 삼키는 죽음의 심연이다. 하여 심연수는 그 차고를 '검고 큰 입을 따악 벌리고 있다'고 묘사하고 있다. 한편 이 시에서 우리는 당시 심연수가 육체적으로 심적으로 얼마나 지쳐 있었는가도 알게 된다.

2년 반 동안의 고학의 나날들-그것은 심연수에게는 고달프고 괴로운 삶의 행로였지만, 한편 청년 시인 심연수가 고학을 통해 세상의 쓴맛을 더 경험했고 인생을 더욱 투철하게 성찰하게 되는 과정이기도 하였다. 고학의 나날들을 겪으면서 심연수는 인간적으로 시적으로 더욱 성장하였다.

# 여운형을 만나다

　심연수는 일본유학 시 친구 이기형의 소개로 유명한 독립운동가 여운형을 만났고 그 만남이 심연수가 졸업을 앞두고 과감히 일본을 탈출하는데 결정적인 영향을 미쳤다. 1941년의 어느 여름날, 금방 강의를 듣고 학교 문을 나서는데 이기형이 심연수를 찾아왔다.

　이기형은 심연수가 일본유학을 올 때 찻간에서 우연히 만난 사람으로서 심연수와 같은 예술창작학부이다. 함께 공부하면서 서로 의기상투하여 가장 절친한 지기가 되었다. 그들 사이에는 네 것 내 것이 따로 없었고 서로 간에 비밀이라는 것이 없었다.

　이기형은 1917년 함경남도 함주군에서 태어났다. 12살 때 야학을 다니면서 독립운동에 발을 들여놓았다. 1933년 16살 때부터 당시 이름 있던 소설가인 한설야, 이기영, 시인 임화, 독립운동가 여운형 등을 만나 지도를 받는 한편 조선독립과 문학의 발전에 대해 모색해 왔다.

　1939년에 함흥고보를 졸업하고 1941년에 일본대학 예술학부에 입학하여 심연수와 함께 공부하게 되었다. 1943년부터 1945년까지 <지하혁명

단사건>, <학도병반대사건> 등 지하투쟁에 종사하다가 수차례 피검되었다. 이기형은 여운형을 정신적 지도자로 모시고 매우 존경하였다.

광복 후에는 주로 문학창작에 종사하였다. 시집으로 『망향』, 『설제』, 『지리산』, 『꽃섬』, 『삼천리독립강산』, 『별꿈』, 『산하단심』, 『봄은 왜 오지 않는가』, 전기집 『몽양 여운형』, 『도산 안창호』 등이 있다.

이기형이 심연수를 끌고 조용한 곳으로 갔다.

"소식이 왔어. 우리 선생님이 오신데."

"선생님이 누구신데?"

"몽양 여운형 선생님이야"

연수는 듣고 깜짝 놀랐다. 세상에 이럴 수가 있는가. 여운형이 이기형의 선생님이시라니.

"그분은 일본인들이 혈안이 되어 체포하려는 사람인데 어떻게 여기로 온데?"

"등잔 밑이 어둡다고 하잖아. 이번에 오시는 건 태평양전쟁 후의 일본사회의 동태도 알아보고 특히는 우리 유학생들한테 어떤 이야기를 해주려는 것 같아. 진보적인 학생들을 모아 달라 하더구나. 내일 오후다. 장소는 네 숙소, 명심해."

심연수는 여운형 선생을 만난다니 몹시 흥분되었다. 그도 그럴 것이 여운형은 재일본 유학생들 중에서 위망이 대단하였다. 모두들 여운형을 뛰어난 독립운동가로, 영웅으로 생각하고 있었다. 뿐만 아니라 일본의 재야에서도 여운형을 적대시하고 체포하려고 하면서도 속으로는 여운형의 인격을 존중하였다. 여운형은 도대체 어떤 사람인가.

여운형은 1886년에 경기도 양평군에서 태어났다. 호가 몽양(夢陽)이다. 1909년에 광동학교(光東學校)를 창립하고 애국문화계몽운동에 뛰어들었다. 1914년 중국에 망명하여 남경 금릉대학에서 영어를 전공하다가 중도에서 그만 두고 협화서국(協和書局)에 취직했고 얼마 후 <교민단> 단장을 맡았다.

훗날 조선인민공화국을 선포하고 스스로 부주석에 취임하였다. 여운형은 공산주의를 신앙하였지만 시종 임시정부를 반대하지 않았다. 1947년에 서울에서 한지근(韓智根)이라는 청년의 총에 맞아 비참하게 죽었다. 여운형이 한국유학생들과 일본인들에게까지 유명하게 된 것은 1920년대의 여운형 사건 때문이다.

이튿날 심연수의 숙사에서 이기형, 심연수, 최현배, 김도찬, 최미란 등 진보적 청년들이 여운형을 모시고 둘러앉았다. 여운형은 학생들과 일일이 인사를 나누고 국내의 형세에 대하여 이야기했다. 심연수가 자리에서 일어났다.

"선생님, 앞으로의 국세에 관해 좀 가르쳐주십시오."

"이건 가르치는 것이 아니고 내 생각인데, 지금 일본은 사면초가에 빠졌소. 너무 욕심을 부리다 보니 적을 너무 많이 만들었지. 필리핀, 미얀마, 베트남, 인도네시아 등 여러 나라 인민들이 반일 투쟁으로 궐기했고 특히 중국에서 국민당과 공산당이 합작하여 공동으로 일본을 치고 있소. 그 힘이 막강하오."

"일본은 지금 자기가 파놓은 수렁에 깊이 빠져들고 있소. 그런 줄도 모르고 일본은 야심도 크게 미국과도 한판 겨루어 보려고 망상하고 있소. 만약 미국과 일본이 붙는다면 소련도 극동에서 자기의 권익을 위해 일본을 칠 것이요, 이렇게 되면 일본의 패망은 불 보듯 뻔한 거요."

기형이며 연수 등은 일본이 망한다니 너무 기뻐 막 미칠 것만 같았다. 얼마나 듣고 싶었던 말인가. 얼마나 기다렸던 말인가. 최현배가 벌떡 일어섰다.

"선생님, 일본놈들이 망하는 즉시로 우리나라가 독립하겠지요?"

여운형이 확고하게 말하였다.

"물론이지, 무조건 독립 하고 말고. 이제부턴 우리에게 앞으로 나라를 건설할 많은 유능한 인재가 필요하오. 그러니 제군들은 공부를 잘해 독립된 내 나라를 건설할 준비를 해야 하오."

홍분이 얼마간 가라앉자 여운형이 미소를 거두고 엄숙한 표정으로 입을 열었다.

"지금 일제는 방대한 전선에다 군대를 늘여 놓은 데다 상망이 갈수록 많아지니 군대가 엄청나게 부족하오. 가능하게 태평양전쟁이 발발하면 일제가 학도병제를 실시하여 학생들을 대포 밥으로 전쟁에 내몰 수도 있소. 우리 조선학생들도 포함하여 말이요. 절대로 놈들의 뜻에 따르지 말아야 하오. 설사 억지로 끌려간다 하더라도 도망쳐 한국광복군이나 기타 반일부대에 가야 하오. 지금의 시점에서 학도병에서 피하는 것이 항일이고 독립투쟁이오."

그 자리에 있던 학생들이 이구동성으로 다짐했다.

"선생님, 우리들은 절대로 학도병에 나가지 않을 것입니다."

여운형과 작별하고 숙사에 돌아온 연수는 그 때까지도 홍분과 감격이 북받쳐 잠들 수 없었다. 심연수는 책상에 엎드려 격정을 시로 써 내려갔다.


임자 모를 불
거침없이 타 온 천 리 저쪽 넋
누가 놓은 불씨기에
저토록 꺼짐 없이 밤하늘 붉히는고!
그처럼 사정없이 타고 있는지!
불! 불! 사정없는 불길!
끌래야 끌 수 없는 위대한 장난

언제까지 이 들판에 살아 있을지!
어둡는 저녁 혼자 보는 들불

그 불똥, 이 가슴에 튀어 옮기를
봄 저녁 찬바람에 낯을 깎으며
말없이 말없이 바라보노라.

—「들불」

몇 달 동안 일본에 체류하면서 일본의 정황을 이해한 여운형은 일본이
참말로 당장 태평양 전쟁을 일으키리라는 것을 알았다. 얼마 후 조선으로
돌아간 여운형은 공개석상에서 여러 번 태평양전쟁이 발발하면 일본이
기필코 멸망하리라는 연설을 하여 일본 헌병대에 체포되어 반 년 간 옥살
이를 하였다.

여운형이 체포되었다는 소식을 접하던 그날 이기형과 심연수는 심연수
의 숙사에서 온밤 술을 마시며 여운형의 체포를 슬퍼하였고 조속히 풀려
나기를 기원하였다. 그 후 심연수는 다시는 여운형을 보지 못했다. 그리
고 여운형보다 2년 먼저 저 세상으로 가버리고 말았다.

# 분홍빛 댕기

1942년 7월 12일 아침. 하늘은 맑고 푸르다. 몇 송이 흰 구름만이 유유히 흘러가고 있다. 아침 일찍 일어난 심운택이 식전에 일을 하려고 마당가로 나갔다. 마당가에 서 있는 느티나무 위에서 까치 두 마리가 꼬리를 달싹거리며 깍깍깍 연신 울고 있다. 쪽지게를 지다 말고 심운택이 정주간을 열고 아내에게 말한다.

"여보, 오늘 아침 저 까치 녀석들이 쉴 새 없이 울어대누만. 아마도 우리 연수가 올 징조야."

"까치가 울면 좋은 일이 있다고 했어요. 그 애가 여름방학에 집에 올 것 같아요. 그리그 어젯밤에 그 애가 사각모자를 번듯이 쓰고 환한 웃음을 웃으며 마당에 들어서는 꿈도 꾸었어요."

심운택 부부는 연수가 일본에 간지 고작 일 년밖에 되지 않았지만 마치도 십 년이 지난 듯 보고 싶어 못 견딘다.

까치가 과연 무심코 운 것이 아니었다. 온 식솔이 모여앉아 아침밥을 먹고 있는데 밖에서 배달부가 외치는 소리가 들렸다.

"전봅니다."

그 소리를 듣고 해수가 먼저 달려 나갔다.

"전보다! 형님의 전보다!"

해수가 집식구들 앞에 전보문을 내밀었다.

"7월 12일 저녁 여덟시에 도착."

호수가 전보문을 받아들고 큰 소리로 읽었다.

"형이 온다!"

"형님이 온다."

자그마한 집안이 호수, 근수, 해수의 환호성으로 꽉 찼다.

"그놈의 까치가 거짓말을 하지 않았구나."

심운택이 기뻐서 중얼거리고 연수의 어머니가

"글쎄, 그럼 그렇겠지 꿈에 보이더니…" 하면서 옷고름을 눈가로 가져간다.

"자, 밥들 먹자, 아무리 기뻐도 밥은 먹어야잖겠느냐."

그날 아침, 온 집안 식솔들이 너무 들떠서 무슨 정신으로 밥을 먹었었지 모른다. 집식구들은 어서 저녁이 되기만 기다렸다. 호수, 해수, 근수는 해를 밧줄로 매어 서쪽으로 끌어내리지 못하는 것이 한스러웠다. 연수의 어머니는 더욱 분주했다.

채소를 뜯어오고 풋김치를 담그고 장단지에 묻어주었던 쇠고기 덩이를 꺼내 잘게 찢어놓고… 오뉴월 염천이라 베적삼이 땀에 젖어 흥건하다. 그래도 마냥 즐겁기만 하다. 연수의 아버지도 마음이 급하기는 애들 못지않다. 일을 하면서도 눈은 하늘을 바라본다. '저놈의 해가 왜 저렇게 꾸물거리지? 좀 더 빠르게 넘지 않고.'

연수의 아버지는 지난 일 년 동안 꼭두새벽에 일어나고 별을 이고 집에 돌아오면서도 힘든 줄을 모르고 신이 나서 일하였다. 일본 유학생의 아버지라는 걸 생각하면 모든 피로가 가뭇없이 사라졌다. '일본대학에 유학가는 건 만에 하나야. 그런데 우리 연수가 유학생이거든. 대단한 놈이지.'

이런 생각을 하면서 길을 걸어도 남보란 듯이 기운차게 씩씩하게 걸었다.

마음이 조급한 식구들은 전보에 여덟시라고 썼건만 일곱시에 역전에 도착하였다. 연수의 어머니는 기차가 오는 방향인 삼상봉 쪽에서 눈길을 뗄 줄을 몰랐다. 기차가 드디어 도착하였다. 연수가 차창 밖으로 상반신을 내밀고 손을 흔들었다.

"아버지, 어머니!"

"연수야!"

"형!"

가족들이 모두 연수에게로 달려갔다. 식구들과 함께 사각모자를 쓰고 대학생복을 입고 개찰구를 나서는 연수를 보고 많은 사람들이 부러운 눈길로 바라보았다. 동구 밖에 들어서니 마을 사람들도 연수를 반가이 맞아 주었다.

"정말 멋있구나. 아이구 늠름하기도 해라."

저녁을 먹은 후 연수가 트렁크를 열고 선물꾸러미를 헤쳤다.

"이건 어머니의 머리 수건이고 이건 아버지의 중절모입니다."

호수와 근수, 해수에게는 연필과 만연필, 공책, 그림책을 선물하였다. 학수는 그때 외지에 가고 집에 없었기에 학수 몫은 따로 남겼다. 연수의 어머니가 머리 수건을 쥐고 눈물을 글썽였다.

"객지에서 얼마나 고생했느냐? 공부하랴, 일하랴, 밥이나 변변히 먹었 겠느냐? 그러면서도 이런 귀중한 것들을 사 왔느냐?"

아버지가 중절모를 쓰고 즐거움 절반 나무람 절반으로 말한다.

"돈을 허비하며 이런 건 왜 산 거냐. 아들 덕에 내 평생에 중절모를 써 보는구나."

"너무 작은 선물이어서 죄송합니다. 부모님들은 저 때문에 얼마나 심려 가 많으셨습니까? 이후 이 자식이 꼭 성공하여 부모님들의 태산 같은 은혜에 보답하겠습니다."

아버지와 어머니의 얼굴에 금세 함박꽃이 피어난다.

동생들은 형이 사온 선물들을 놓고 너무 기뻐서 입이 째질 지경이다. 그들은 연수 주위에 둘러앉아 일본 이야기를 해달라고 조른다. 그런 애들을 보면서 아버지가 타이른다.

"얘들아, 형이 먼 길을 와서 피곤할 테니 일본 이야기는 내일 듣도록 해라."

연수도 피곤한지라 일찍 잠자리에 들었다. 아침식사가 끝나자 연수가 아버지 보고 말했다.

"아버지, 모교를 찾아 선생님들을 찾아뵙고 그리고 전에 여러모로 절 보살펴 주셨던 백 사장님이며 김 장로님에게 인사를 하겠습니다."

"그리 하거라. 사람이 은공을 잊어서는 안 된다. 예로부터 남한테서 받은 것은 바위에 새기고 남한테 준 것은 모래에 적어놓으라 했다. 은혜를 잊지 않는 건 사내의 근본이니라."

"아버지, 이제껏 그렇게 해 왔습니다. 앞으로도 꼭 명심하겠습니다."

연수는 학교 가는 길로 나섰다. 7년 동안 걸었던 정다운 길, 비록 울퉁불퉁한 흙길이지만 도쿄의 아스팔트길을 걷기보다 기분이 더 좋다. 연수는 이 흙길을 걸으며 소년시절의 꿈을 키웠고 청춘의 희망을 무르익게 했다. 그렇기에 한평생을 걸어도 싫지 않는 길이다.

학교에 이르러 대문을 보니 홍복이며 봉춘이며 현근이와 함께 일본 경찰들 몰래 대문을 옮기던 일이 생각나면서 그리운 얼굴들이 떠오른다. 연수가 한창 사색에 잠겨 있을 때 반주임이시던 송 선생님이 나오셨다. 오늘 숙직을 섰던 모양이다. 연수가 뛰어갔다.

"선생님, 저 연수입니다. 그간 강녕하셨습니까?"

"아, 이게 연수냐? 어엿한 대학생이 되니 알아보기도 힘들구나, 그래 방학이 되어 왔느냐?"

"예, 그 동안 고생이 많으셨겠습니다."

"다른 것보다 놈들의 등쌀에 배기기가 힘들어. 나날이 더 날뛰고 있어."

"임계학 교장선생님과 장하일 주임선생님은 어떻게 되었습니까?"

"장하일 선생은 놈들이 눈여겨보는 요시찰 중의 한분이었어. 거기다 강경애 선생이 일제를 질타하는 글을 썼기에 미움이 더 하였어. 그러던 중 강경애 선생이 병이 중하여 반 년 전에 고향 황해도로 떠나갔단다. 아까운 분인데. 임 교장에 대한 놈들의 압력도 컸어. 결국 견디다 못해 사직하고 지금은 여관업을 하고 있어. 그 외도 민족의식이 강한 많은 교원들이 놈들의 탄압을 피해 학교를 떠났어. 나도 조만간 여기를 뜰 예산이야."

"선생님, 참 안타깝습니다. 우리 민족의 지사들이 꾸린 학교가 놈들의 천하가 되어 그놈들이 활보하다니요."

"놈들이 망할 날이 멀지 않았네. 그래서 미친개처럼 최후 발악을 하고 있는 거지."

"옳습니다. 놈들은 막다른 골목에 이르렀습니다. 아무튼 선생님 옥체를 조심하십시오. 훗날 다시 찾아뵙겠습니다. 선생님, 교장선생님이 꾸리신다는 여관 이름이 무엇입니까?"

"북선여관(北鮮旅館)이라고 하네. 나의 안부도 전해주게."

송 선생과 헤어진 연수는 그 길로 북선여관으로 향했다. 길을 걷는 연수의 가슴에서 분노의 불길이 치밀고 있다. 민족교육의 전당이던 학교가 망해가고 있다. 놈들은 민족의 불씨를 심어주는 것이 두려워 우수한 교사들을 몰아내고 있다. 그러나 불씨는 다시 살아날 것이다. 내 가슴에도 불씨가 있다. 문학으로 민족혼의 불길을 지피리라. 그 불씨가 요원의 불길로 타 올라 이 더러운 세상을 깡그리 태워 버리게 하리라.

연수는 용문교를 지나 용두레 우물가에 이르렀다. 우물에서 용이 솟아나왔다 하여 이름이 붙여진 용두레 우물, 용두레 우물에는 우리 민족의 얼이 살아 있거늘 그 어느 날엔가는 이 우물에서 용이 솟아나 민족의 기상을 떨치리라.

 연수는 다시 발길을 돌려 강경애 선생이 살던 집에 가 보았다. 이미 반년 전에 주인이 바뀐 집, 해묵은 버드나무만이 지난날을 추억하며 조용히 서 있다. 연수는 강경애 선생한테서 문학을 배우고 인생을 배웠다. 이제 언제 다시 만나랴. 영영 만날 수 없다고 생각하니 연수는 금시 마음이 서글퍼지면서 옛 시조 한 수가 떠올랐다.


　　　오백년 도읍지를 필마로 돌아드니
　　　산천은 의구하되 인걸은 간데 없네.
　　　어즈버 태평연월이 꿈이런가 하노라.


 용정은 작은 시내라 어렵지 않게 북선여관을 찾을 수가 있었다. 연수가 찾아가니 임계학 교장이 너무 기뻐 연수의 두 손을 마구 잡아 흔들었다.
 "연수로구나, 어떻게 알고 예까지 찾아왔느냐?"
 "송 선생님이 알려 주셔서 쉽게 찾아 왔습니다. 그간 얼마나 마음고생이 많으셨습니까?"
 "어서 들어가자. 우선 일본 이야기부터 들어보자."
 "교장 선생님, 일본 형세도 말이 아닙니다. 온 나라가 전쟁의 분위기에 휩싸여 있습니다. 도처에서 군수물자를 모으고 군대를 뽑고, 방송에서는 매일 일본이 승승장구로 전진한다고 떠들고 있습니다. 그러나 일본의 패망을 내다 본 진보적 인사들은 전쟁을 반대하여 시위행진을 하면서 전쟁을 반대하고 있습니다. 그러다가 검거되고 투옥된 인사들도 많습니다. 그런데 선생님은 어찌하여 사직하셨습니까."
 "말하자면 길지."
 임 교장이 사직경과를 이야기 했다. 일본놈들은 일찍부터 임계학 교장을 눈에 든 가시처럼 여겨왔다. 일본인들의 뜻대로 하지 않고 암암리에 학생들에게 민족심을 심어주고 키워주는 교육을 하였기 때문이었다. 하여 일본놈들은 임계학을 떨구고 일본인 교장을 앉히려고 꿍꿍이를 꾸몄다. 이 사연을 김호연이 알고 임 교장한테 귀뜸해 주었다.

김호연은 한 때 일본인의 앞잡이질을 했지만 해란강에서 한 번 혼쭐이 난 후부터 민족양심을 되찾았던 것이다. 임 교장은 놈들한테서 철직당하는 것보다 스스로 사직하는 것이 명철한 처사라고 생각되어 사직서를 바쳤던 것이다. 아나나 다를까 그 이튿날로 메이지라는 일본인 교장이 부임하였다. 이야기를 듣고 난 연수가 말했다.

"놈들의 마지막 발악일 겁니다. 저는 지난 달에 여운형 선생님을 만나 뵈었습니다."

"그 분은 세인이 다 아는 독립투사야. 명성이 대단하지."

"그 분께서는 세계형세를 분석하면서 일본이 망하는 것은 확정된 것이고 단지 시간문제라고 말씀하셨습니다. 중국 국민당과 중국 공산당이 연합하여 공동으로 항일하고 있으며 미국과 소련도 멀지 않아 일본을 칠 것이라고 했습니다."

"예로부터 침략전쟁이 승리한 적은 한 번도 없었다. 처음엔 기세등등하지만 나중엔 기어코 망하는 법이다. 듣자하니 상해임시정부에서도 한국독립군을 창설하고 중국 국군과 배합하여 일본놈들을 타격하고 있는 모양이야. 지금의 현실은 먹 풀어놓은 듯 캄캄하지만 이 건 여명 전의 암흑일 게다."

"교장 선생님께선 언제까지 이렇게 계실 것입니까?"

"이 여관업도 그리 오래 할 것 같지 못하다. 우리 여관에는 비밀리에 조선으로 내왕하는 독립투사들이 적지 않다. 놈들이 그 낌새를 알아채고 밀정들을 손님으로 위장시켜 투숙시키면서 혈안이 되어 날치고 있다."

연수와 임계학 교장은 많은 이야기를 나누었다. 제자와 스승, 그것도 보통 사제 간이 아니라 뜻이 같은, 의기상투하는 사제 간이라 서로 허물없이 많은 이야기들을 나누었다. 김호연을 강물에 처넣고 항복받던 일, 경찰서의 눈을 피해가며 교문을 옮기던 일, 여운형 선생을 만나던 일, 일본 진보인사들의 반전시위 등에 관해 애기를 나누었다.

"봉춘이가 말이다. 고향으로 다녀가는 길에 이 여관에서 묵었다. 내가 꾸리는 여관인줄 모르고 우연히 들어왔다가 날 만난 거지."

친구 봉춘의 말이 나오자 연수가 다급히 물었다.

"선생님, 지금 봉춘이는 어떻게 지냅니까?"

"하얼빈 의과대학에 갔어. 허허, 그런데 말이야. 원래는 그 친구 전업이 외과인데 해부시간에 그만 겁이 나서 토하고 며칠간 밥도 못 먹은 모양이야. 그래서 후에 약학전업으로 바꿨다더군."

"재미있군요. 봉춘이는 원래 쥐새끼만 봐도 놀라는 놈입니다. 그래도 줏대는 있습니다. 교문을 바꿀 때와 김호연 사건에서 봉춘이가 모두 주동자의 한 사람이었어요."

"나도 알고 있다. 그래 넌 일본에서 시를 많이 썼느냐?"

"예, 많이 썼습니다. 그러나 발표할 곳이 없습니다."

"급해 하지 말아라. 구슬은 묻혀 있어도 언젠가는 빛을 발한단다. 조국이 독립하면 그때 발표하거라. 부디 우리 동포들에게 새 힘이 되는 좋은 시를 많이 쓰거라."

"알겠습니다. 교장 선생님, 강경애 선생님이나 교장 선생님 같은 분들의 훈도가 있었기에 어떤 땐 실망하고 시 짓기를 단념했다가도 다시 필을 들곤 하였습니다."

"잘 했다. 그래야지. 신심이 중요하다. 신심이 없으면 용기도 희망도 없어진다. 난 연수가 장차 우리 민족을 위해 큰 작품을 내 놓으리라고 믿는다."

"믿어주셔서 감사합니다. 계속 노력하겠습니다. 전 지금까지도 저희들이 중학교에 처음 입학했을 때 교장 선생님께서 하시던 말씀이 귀에 쟁

쟁합니다. '용수철은 압력을 받을수록 탄력이 크다. 학습의 압력도 우리 민족이 받고 있는 압력도 강한 탄력으로 쳐 내야 한다.' 저는 이 말씀을 좌우명으로 삼고 있습니다. 그 말씀을 떠 올릴 적마다 저항심이 생기고 다시 분발하곤 합니다."

"그 오랜 이야기를 다 기억하고 있구나. 시인이라 다르긴 달라. 허허. 그 저항심이 바로 세상을 뒤엎는 동력이다. 우리 민족 누구나 강대한 저항심을 가진다면 무서울 것이 없을 게다."

두 사람은 오래오래 이야기 하다가 아쉽게 헤어졌다. 보배는 여름방학이라 집에 있었다. 책도 보고 일기도 써보지만 마음이 여러 가지로 뒤엉켜 종잡을 수가 없다. 여름 방학인데 연수 오빠는 왜 오지 않을까. 보배가 하염없이 생각에 잠겨 있을 때 어디선가

"보배, 보배 시집가라, 보배, 보배 시집가라." 하는 귀 익은 목소리가 들려왔다. 어릴 적에 연수가 보배를 놀려주던 소리다. 보배가 착각이려니 하고 그냥 앉은 채로 있는데 또 들려왔다. "보배, 보배 시집가라." 보배가 놀라서 뒤를 돌아보니 사각모자를 쓰고 대학생 옷을 입은 연수가 빙그레 웃으며 마당가에 서 있다. 보배가 달려 나가 연수의 목을 껴안았다.

"오빠!"

"우리 보배, 잘 있었어?"

보배가 끌어안았던 팔을 풀고 어깨를 들먹인다.

"오빤 너무 매정해. 편지도 안 하고, 온단 말두 안 하고……"

"보배야, 널 깜짝 놀라게 하려고 그랬어. 미안해."

보배가 연수의 손목을 잡고 집안으로 들어갔다.

"부모님들은 어디 계셔?"

"회사일로 두 분 함께 외출하셨어."

연수는 앉기 바쁘게 도쿄 백화상점에서 산 분홍색 댕기를 내 놓았다.

"야, 분홍색 댕기! 내가 제일 좋아하는 색깔, 그런데 오빤 그걸 어떻게
알았지?"

연수가 짐짓 시낭송 하는 것처럼 엮어내려 간다.

"오, 진홍빛 진달래꽃은 좋아하는 사람이여, 오 마음이 온통 연분홍처럼
고운 사람이여, 오, 얼굴도 분홍빛인 사람이여 내 어찌 그대의 마음 모를
소냐. 그런데 선물이 너무 초라해서 미안해."

"아니에요. 마음이 제일 중요해요. 천만 원 가는 보석반지나 금목걸이라
도 이 분홍색 댕기보다 못해요."

보배가 댕기를 쥐고 만지작거리다가 엉뚱한 질문을 한다.

"대학교에 예쁜 일본아가씨들이 많아 날 잊은 거지요? 그래서 편지도 안
하고……"

"그래, 하긴 일본에 멋지고 어여쁜 여인들이 많지. 그러나 우리 보배처
럼 인물 곱고 마음 고운 분홍색 아가씨는 없는 걸."

"정말이야?"

보배가 연수의 가슴에 얼굴을 묻는다. 순간 두 사람의 심장이 하나가 되
어 쿵쿵거린다. 연수가 일본에서 쓰던 시작노트를 보여주었다. 그리고 그
중의 시 한수를 가리켰다.

"이 시는 보배를 생각하며 쓴 시야."

보배가 책을 받아 들고 낭랑한 목소리로 읊는다.


　　올 리 없는 사랑을 기다리는 밤
　　나로서는 부끄러운 청춘의 장난
　　고향 떠나 님을 버린 신세이거늘
　　부르튼 입술로 외론 노래나 불러 보자
　　쓸 리 없는 분홍 사연 그리운 밤
　　사랑의 해안에 외로운 배 한 척

누구 찾아오는 님을 실음일런고
철없는 기다림에 가슴 조이는
이 하루 비 나리는 외로운 밤
님 사는 바다 저쪽 무한 그립다

—「기다림」

보배의 눈에 감격과 기쁨의 이슬이 반짝인다.

"정말이에요? 입술이 부르트도록 절 부르셨고 분홍빛 저의 얼굴 무한 그리웠어요?"

"그렇고말고, 조금도 거짓이 아니야. 내 마음속에 오직 분홍빛 보배뿐이었어."

보배가 또다시 연수의 목에 매달렸다. 점심은 보배와 함께 보배의 집에서 먹었다. 오후에 연수는 김 장로를 찾아뵈옵고 그 길로 할아버지와 할머니의 묘에 가서 절을 올렸다. 그리고는 아버지가 일하는 밭으로 갔다. 콩밭은 작년에 비해 배나 늘어났다. 이 땅을 개간하느라고 아버지가 얼마나 고생을 했으랴.

"왜 왔느냐? 쉬면서 친구들이랑 만나 놀 거지."

"아버지, 노동 속에서 글이 나옵니다. 노동의 가치를 모르는 사람이 어떻게 시를 쓰겠습니까."

"자식, 글공부를 하더니 모르는 게 없구나. 그러나 너무 지쳐서는 안 된다. 몸이 튼튼해야 공부도 잘 할게 아니냐? 그건 그렇고, 네 혼사를 말해보자. 보배가 널 무척 따르더구나. 그렇다면 결혼을 해야 하지 않겠느냐?"

"예, 아버지, 우리 두 사람은 서로 진정으로 사랑합니다. 하지만 전 아직 졸업 전이고 보배도 공부하고 있으니 우리 두 사람이 졸업한 다음 결혼하면 어떨까요?"

"그럼 아직도 얼마나 기다려야 한단 말이냐? 네 어머니가 더 급해 하신

다. 학수도 이젠 나이가 어리지 않다. 형인 네가 빨리 장가를 가야 그 애
도 장가 갈 게 아니냐?"

"이제 일 년만 참으면 됩니다. 그리고 급하면 학수가 먼저 가정을 이뤄
도 됩니다."

연수의 아버지가 침묵으로 대답한다. 어느새 저녁노을이 콩밭에 내려앉
았다. 저 멀리 산등성이에서 농부들이 흥겹게 노래 부르며 집으로 돌아간
다. 그들의 얼굴에도 노을빛이 곱게 물들어 있다. 농민은 이래서 사는 것
이다. 풍년에 대한 바람, 바로 그 바람이 있기에 그렇게 고달프게 일 하면
서도 저렇게 노래 부르며 집으로 돌아갈 수 있는 것이다.

"우리도 그만 가자. 벌써 저녁때구나."

부자간에 노을빛을 담뿍 안고 언덕을 내려왔다. 심연수는 방학이 끝나
일본으로 돌아가기 사흘 전까지도 토기동에 있는 콩밭에 가서 혼자서 김
을 맸다. 한창 정신없이 일하고 있는데 보배가 할딱거리며 올라 왔다.

"내가 여기에 있는 걸 어떻게 알았지?"

"호수가 알려줬어요. 밭에 갔다고."

"근데 여긴 웬 일이지?"

"함께 영화 보려고. 이미 영화표 두 장 샀어요."

연수는 영화라면 오금을 못 쓴다. 그것을 보배가 알고 있는 것이다. 더
욱이 연수가 곧 떠나니 한 시간이라도 함께 있고 싶은 게 보배의 마음이
다. 그리고 연수의 마음 역시 그러했다. 두 사람이 언덕을 내려갔다. 보배
가 신이 나서 부지런히 걷는다. 바람이 살랑살랑 분다. 양태머리에 곱게
맨 분홍색 댕기가 바람에 팔랑팔랑 나부낀다. 연수의 마음도 분홍빛 물이
흘러드는 듯 즐겁고 감미롭기 그지없다.

# 최미란의 짝사랑

1941년 추석날 도쿄대학 음악계에서 공부하고 있는 최현의 주최로 조선인 학생들로 문예야회를 조직하였다. 일본정부에서 조선인 학생들의 집회를 금지시켰기에 원래는 재일조선인 대학생 추석맞이문예야회라고 이름을 달았다가 문예야회로 고치고 말았다.

최현이 첫 절목으로 홍난파의 곡「봉선화」를 불렀다.「봉선화」의 애잔한 멜로디가 참가자들의 마음을 울렁이게 하였다. 이방에서 부르는 노래라 그 감회가 특별하였다. 어떤 학생은 눈물을 흘리기까지 했다. 세 번째 절목으로 심연수의 시낭송이었다. 연수는 어제 하루 동안 정성껏 준비했던 자작시「소년아 봄은 오려니」를 들고 무대에 올랐다. 황홀한 무대에 처음으로 오르는지라 어지간히 긴장하기도 했지만 마음을 가라앉히고 목청껏 읊었다.

> 봄은 가처웠다
> 말랐던 풀에 새 움이 돋으려니
> 너의 조상은 농부였다

너의 아버지도 농부다
田地는 남의 것이 되었으나
씨앗은 너의 집에 있을 게다
家山은 팔렸으나 나무는 그대로 자라더라.
재 밑에 대장간 집 멀리 떠나갔지만
끌풍구는 그대로 놓였더구나
화덕에 숯 놓고 불씨 붙여
옛 소리를 다시 내어 봐라
너의 집이 가난해도 그만 불은 있을 게니
서투른 대장의 땀방울이
무딘 연장을 들게 한다더라
너는 농부의 아들
대장의 아들은 아니래도…
겨울은 가고야 만다
계절은 (順次를 명심한다
봄이 오면 해마다 생명의 환희가
생기로운 신비의 씨앗을 받더라.

ㅡ「소년아 봄은 오려니」

열렬한 박수소리가 울리더니 사회를 보던 어여쁜 아가씨가 달려 올라와 연수의 가슴에 꽃다발을 안겨주었다. 바로 이때 경찰들이 들이닥쳐 당장 해산하라고 고래고래 소리쳤다. 최현이 나서서 항의하다가 경찰에 끌려 갔다. 심연수가 최현을 빼돌리려고 경찰들에게 달려들었다가 총박죽(개 머리판)에 머리를 맞고 의식을 잃은 채 그 자리에 쓰러졌다.

혼수상태에서 깨어나 보니 침대머리에 이기형과 꽃다발을 안겨주던 예 쁜 아가씨가 보였다. 연수의 머리에는 붕대가 감겨져 있었다.

"여기가 어디지? 최 선배는 어떻게 되었습니까?"

"병원이야. 큰일은 없대. 이미 옹군 하루를 혼수상태에 있었어. 이 아가씨가 온 하루 간호했어. 어서 감사 드려"

기형이가 연수를 부축하여 침대에 걸터앉히면서 알려주었다. 하지만 활달한 그 여인이 먼저 손을 내밀며 자아소개를 했다.

"최미란이라고 합니다. 음악과에서 공부하고 있습니다. 전 벌써 알고 있는데요. 만주 용정에서 오신 시인 심연수씨 맞죠? 어제 무대에서 읊었던 시가 지금도 내 가슴에서 울리고 있어요. 참으로 감격적인 시간이었는데 그 놈들이 들이닥치는 바람에."

"이렇게 간호하여 주셔서 감사합니다. 그런데 최 선배는 어떻게 되었습니까?"

"경찰서에 갇혀 있는데 학생회에서 교섭 중이니 인차 풀려나올 거예요. 걱정하지 마세요."

"연수 치료비를 미란 씨가 다 냈어."

기형이가 연수를 보고 말했다.

"정말 너무 많은 신세를 졌습니다. 감사합니다. 꼭 갚아 드리겠습니다."

"별 소리 다 하시네요. 받을 거면 내지도 않았을 거예요. 좋은 시를 들었으니까 그 값을 낸 셈 치지요."

이튿날, 학생회의 강력한 항의로 최현을 석방하였다. 이기형과 미란, 연수 등이 경찰서에 가서 최현을 맞았다. 최현은 나오자마자 연수의 상처부터 알아보았다.

"연수! 괜찮아? 그 날 총탁에 맞아 쓰러지는 걸 보고 얼마나 근심했다구."

"여러분들의 관심으로 저는 아무 일도 없습니다. 최 선배, 고생 많았지요?"

여럿은 서로 와락 껴안았다. 비록 하루 동안을 보지 못한 동학들이었지만 마치도 오랫동안 갈라져 있던 친인들이 다시 만나는 감격적인 장면과도 같았다. 최미란은 눈물까지 흘렸다. 9월도 막 가는 도쿄의 날씨는 그

**198** 심연수 평전

래도 무덥다. 연수는 하루 일을 마치고 돌아오는 길에 공원의 못가에서 다리쉼을 쉬려고 벤치에 앉았다. 요즈음 연수는 생활비를 벌려고 조선인이 경영하는 가게에서 택배 일을 하고 있다.

수양버들이 춤추고 분수가 시원하게 뿜겨져 연꽃잎이 한들거린다. 연수는 그 아름다운 경치를 사진으로 남기지 못하는 것이 못내 아쉬워 부근에 있는 문구상점에 들어가 종이와 연필을 사 가지고 그림을 그리기 시작했다. 심연수는 미술에도 흥치가 있어 어린시절부터 그림을 그렸고 동흥중학 시절에는 학교에서 그림전시회를 가지기도 했다. 연수는 각도와 거리를 목측하여 다시 자리를 잡았다. 시간이 가는 줄 모르고 그림 그리기에 여념이 없다.

"선생님, 그 그림을 얼마에 팔아요?"

어느 사이에 옆에 와 앉았는지 한 예쁘게 생긴 처녀가 다 그린 그림을 보면서 감상하는 연수에게 묻는다. 아마도 연수를 그림을 그려 생계를 유지하는 유랑예인으로 생각하는 모양이었다.

"마음에 들면 그냥 가져가요. 심심풀이로 그린 거니까."

"그림이 정말 마음에 들어요. 그러나 예술작품은 가격을 치러야 그 대가를 판정할 수 있지요. 그렇지 않으면 가치가 없거든요."

처녀는 말하면서 손가방에서 10원짜리 한 장을 꺼내 연수에게 주었다. 연수가 사양할 사이도 없이 처녀는 어느 결에 저 멀리로 가 버렸다. 연수는 감사하기도 하고 신기하기도 했다. 그림을 그려 돈을 벌기는 이번이 두 번째다. 1940년 겨울방학에 만주일대를 탐방하다가 여비가 떨어져 그림을 팔아 돈을 받은 적이 있다.

"예술작품은 가격을 치러야 그 대가를 판정할 수 있다?"

돈 없이 못 사는 세상이니 그 말에도 일리가 있다고 보아야 하겠으나 연수는 자기 그림의 가치는 돈보다는 만민을 불러일으키고 대중들의 정신적인 식량이 되었으면 하는 바람이었다. 저녁노을이 지고 해가 떨어질 때 연수는 숙소로 돌아왔다. 숙소에서는 기형이가 또 무엇인가를 쓰고 있다.

"기형아, 나와 함께 저녁 먹으러 가. 오늘은 어쩌다 내가 한턱 낼 거야. 최 선배도 부르고 미란씨도 불러 같이 가자."

연수가 흥이 나서 주워섬겼다.

"오늘이 생일이야? 아니면 어디서 돈이 생겼어?"

돈을 아껴 쓰는 연수가 오늘 이렇게 나오니 기형이도 놀랐다.

"빨리 내려와! 가서 이야기 할 게."

넷은 학교 앞에 있는 조선인 식당에 모여 앉았다.

"머리 괜찮아요? 그때 내가 얼마나 놀랐다구요? 어디 좀 봐요."

그래도 여자가 섬세하다. 연수의 머리를 이리지리 보면서 상처자국을 살펴본다.

"아하! 미란이, 연수의 큰 누님이야? 어머니 같이 보이네."

최 선배의 농담에 모두들 웃는데 미란이는 오히려 얼굴이 붉어진다. 참으로 누님의 사랑과 어머님의 자애롭고도 따스한 체취를 느낄 수 있는 순간이다.

"오늘 우리들이 어쩌다 모였는데 한 잔씩 합시다."

연수가 어색한 기분을 깨면서 말했다. 그리고 오늘 오후 공원에서 그림을 팔던 이야기도 하였다.

"오! 연수씨. 그림 그리는 재간도 있어요? 난 글만 쓰는 줄 알았는데, 앞으로 그림을 많이 그려 팔아요. 우리들이 공밥 좀 자주 먹게."

미란이가 진정으로 감탄한다.

"하하하, 그게 좋겠구만, 우리 시인, 미술가 선생님!"

기형이도 맞장구를 쳤다. 그들은 고향의 이야기며 문학에 대하여 예술에 대하여 밤 가는 줄 모르고 이야기 했다. 말없이 듣기만 하던 미란에게 연수가 물었다.

"미란씨는 고향이 어딥니까?"

"사실 저의 고향은 만주의 훈춘이에요. 남자들이 고향 이야기를 하니깐 저도 하고 싶은 이야기가 많지만 실례 같아서 참았지요."

"아, 그래요? 나는 미처 몰랐네."

최현도 놀랐고 연수도 놀랐다.

"나오긴 북간도 용정에서 왔지만 어렸을 때 나서 자란 고향은 강릉입니다. 부모님들을 따라 소련, 삼강성 영안현 신안진에도 있었고요. 일본놈들 때문에 고향에서 살지 못하는 신세지요."

"다 마찬가지입니다. 모두 잘 살려고 그곳까지 갔었는데 거기까지도 왜 놈들의 세상이 되었으니."

최현의 말이다.

"자! 마십시다. 그만하고 이젠 우리들의 내일을 위하여 건배!"

그들은 고향에 대한 사랑과 민족의 운명을 근심하면서 마시고 또 마셨다. 집에서 돈을 부쳐왔다. 부모들이 힘겹게 번 돈이다. 가슴이 아프다. 이 '욕심쟁이'가 언제면 제 구실을 할 수 있을까. 방학이지만 삯일도 할 겸 글도 쓸 겸 귀향을 포기했다. 이 겨울에 집에 가면 일도 도울 수 없고 밥이나 축내고 여비를 날려버리는 것이 아깝다. 집 떠난 지 거의 일 년이라 보고 싶은 사람들도 많았지만 명년까지 참기로 결심하였다.

미란이를 찾아 병원치료비를 주러 갔을 때 웬 남자가 속이 그렇게 좁으냐고 하면서 기분이 나빠하던 미란이의 모습이 떠오르고 정이 깊은 기형이가 떠오르고 자기를 동생처럼 관심하는 최현 선배가 떠오른다. 보배한테서 여러 번 편지가 왔으나 별로 할 말도 합당치 않아 회답을 하지 못해 미안한 생각이 든다.

참으로 부모형제가 있어 행복하고, 좋은 친구들이 있어 행복하다. 돈이 많아 잘 사는 사람들은 이런 행복이 무엇인지를 모를 것이다. 비록 가진 건 없지만 하늘과 땅 같은 가족이 있고 뜻을 함께 하는 사람들이 있다. 그리하여 가난해도 행복한 것이다. 연수는 창밖을 내다보며 시를 썼다.

불행을 행복으로 아는 행복은
참다운 나의 행복
불우 인생이나마 힘차게 살려는 욕망
무엇보다 크고도 즐거운 삶
하나에서 백까지 있는 게 없어도
불평을 품기 싫은 천치 같은 행복감을
온- 천하 사람이여 가지고 싶거든
오라- 그리고 믿으라- 네 마음을
가질 것 없고 줄 것 없는 그것부터
오로지 한없는 행복의 씨
苦을 樂으로 아는 미련하고 둔감한 그로서
알 수 있는 철학의 철학을 찾아내라
진리에서 진리를 얻으려는 노력을
미련하다 웃지 말라
세상은 모든 것이 행복뿐인 것
그 누구 불행에서 눈물짓던고...

—「행복」

불행 속에 행복이 있다는 생각, 이것도 하나의 철학이라는 생각, 바람에 흔들리는 커튼과 함께 심연수의 생각도 미련하게 둔감하게 펄럭인다.

"똑똑똑"

사색을 끊어놓는 노크소리.

"누구십니까?"

"안녕하세요?"

문이 열리면서 커다란 트렁크를 든 미란이가 들어왔다.

"미란씨 웬 일이십니까?"

"연수씨가 이번 방학에 집에 안 돌아가는 걸 알아요. 저는 오늘 귀향하는데 동무해 줄래요? 혼자 가자니 어쩐지 좀 쓸쓸해서요."

"예, 그러지요. 지금 딱히 할 일도 없는 놈이니 차라리 잘 되었습니다."

연수가 모자를 쓰고 미란이의 트렁크를 들고 문을 나섰다.

"짐은 제가 들게요. 이리 주세요."

"아닙니다. 명색이 남잔데 이렇게 큰 짐을 여자가 들면 남들이 뭐라고 하겠습니까?"

"하긴 그렇기도 하네요. 근데 미안해서 어떡하죠? 마치 짐 들기 바빠서 부른 것 같아서, 그런 생각을 못하고 그저 연수씨가 생각나서 쓸쓸한 마음만을 달래려 한 건데."

"전번에 진 신세도 갚지 못하여 정말로 미안했는데 이런 일이야 못하겠습니까?"

"또 그 말씀이세요? 이번이 마지막이에요. 다음번에는 진짜 성낼 거예요."

"알았습니다. 다시는 그런 말을 꺼내지 않겠습니다. 그런데 나도 미란씨가 성내는 걸 한 번 보았으면 하는데요."

"제가 성을 내면 우리 오빠도 벌벌 떨어요."

"하하하! 그건 오빠니까 그렇지. 동생을 고와 하니 할 수 없지. 나도 미란씨 같은 예쁜 동생이 있으면 꼼짝 못할 거란 말입니다."

"아니에요. 진짜로 꼼짝 못하는데요. 그런데 연수씨, 이렇게 함께 걸으니 기분이 참 좋네요."

미란이가 연수에게 밀착해 걸으면서 하는 말이다. 연수는 부끄럽기도 하고 누가 보는 것 같기도 하여 얼굴이 다 붉어졌다. 한참이나 연수를 쳐다보던 미란이가 깔깔거린다.

"호호호! 농담 한마디에 이렇게 쩔쩔 매네요. 시 쓰는 사람답지도 않게."

연수는 얼른 기분을 바꾸어 미란이의 기분을 맞추어 주었다.

"나도 예쁜 처녀와 함께 걸으니 하늘에서 훨훨 나는 신선 같은 기분입니다. 허허!"

"연수씨는 여자 친구 있어요?"

"없습니다. 누가 툭 털면 먼지밖에 없는 나 같은 가난뱅이를 따르겠습니까?"

"가진 것이 없다구요? 시 쓰는 재간이 있으면 제일이지 또 무엇을 바란단 말입니까? 게다가 배우같이 쭉 빠진 인물체격이 보기만 해도……"

사실 미란이의 말은 사랑에 대한 고백이나 다름이 없었다. 미란이는 말하다 말고 실수를 느꼈는지 혀를 홀랑 내 보내더니 또다시 입을 싸쥐고 웃는다. 이번에는 미란이의 얼굴이 홍당무가 되었다. 그러나 곧 기분을 바꾸어 묻지도 않는 말을 먼저 꺼낸다.

"나한테는 왜 남자 친구가 있는가를 묻지 않아요? 궁금하지도 않은 모양이네요."

몹시 기분이 상한 모양이다.

"미란씨처럼 예쁜 아가씨, 그리고 노래도 잘하는 현대 인텔리 아가씨에게 어찌 남자 친구가 없겠습니까? 아마도 따르는 남자들이 줄을 설 지경일 것입니다. 맞지요?"

"헌데 전 이상하게도 남자 복이 없나 봐요. 말짱 입은 달고 손은 어지럽고 다리가 빨라요. 그러니 친구로 사릴 사람은 하나도 없어요."

"무슨 뜻인지 듣고도 모르겠습니다."

"둔하고 고지식한 우리 아저씨, 그것도 몰라요? 여자 앞에서 좋은 말만 하니 입이 달구요, 만나자마자 손부터 올라오니 손이 어지럽지요."

"그럼 다리가 빠르다는 건 무엇입니까?"

"나보다 더 고운 여자가 나타나면 줄행랑을 놓으니 다리가 빠른 거죠."

"하하핫! 참 재미있습니다. 어느 땐가 한번 시에다 써 보지요."

참말로 천진하고 활달하고 재미있는 처녀다. 연수는 트렁크를 다른 손에 바꿔 쥐면서 웃어 보였다.

"남자들이 다 그런 건 아닙니다. 계속 그렇게 생각하며 남자들을 멀리하다간 우리 미란씨 다 늙어버리겠네."

"그만큼이라도 관심하는 사람이 있으니 안심이 돼요. 그런데 우리 미란이라고 부르니 정말 우리 오빠 같아요. 오랫동안 들어보지 못했는데."

연수는 실수라도 한 것 같아 저 멀리를 바라보는 체 했다. 이말 저말 하면서 얼마나 걸었는지 어느 사이에 벌써 부두에 이르렀다. 부두에는 오늘 따라 양복에 검은 구두 신고 거들먹거리는 신사들과 알락달락 색옷에 짙은 화장을 한 아가씨들이 오가고 있었다. 헌 두루마기를 입고 커다란 보자기를 들고 근심스러운 표정을 하고 다니는 사람들과 천양지차였다.

"연수씨, 여기까지 와 주셔서 감사한데 부탁이 또 하나 있어요. 들어주실 거죠?"

미란이가 책과 필을 꺼내 들고 막무가내로 달려든다.

"기념으로 여기에다 시 한 수 써 주세요. 꼭 써 주어야 해요."

연수는 배가 떠날 시간이 아직도 퍽 남아 있는 걸 보고 걸상에 앉아 트렁크 위에 책을 올려놓고 시를 쓰기 시작했다.

> 이 땅 위에 귀한 이
> 몇몇이던가?
> 묻노니 이내 마음 찾노니 그들
> 세비로 洋옷에 당나귀 발통 신고
> 일 피난처 찾는 거리의 멋쟁이보다
> 적동색 억센 몸에 호미 메고 허리 쉬는

농촌의 젊은이가 얼마나 귀하더냐

뽀족구두 色洋裝에

몸 가축한 거리의 날뛰기 아가씨보다

툭툭한 무명옷에 고무신 신은

물 긷는 촌 아가씨가 얼마나 귀하더냐

몸가짐 미욱타 흠 보지 말고

거듭이 성기다고 깔보지 말라

수수한 그들 속엔

아름다운 참마음 빛나고 있어

걸 귀한 그들이 속마저 귀할세라

—「귀한 그들」

연수가 시를 넘겨주었다.

"좋아요. 배에 올라서 잘 읽어 볼게요. 오늘은 정말 고마웠어요. 잊지 않을게요."

"조심해 가십시오. 다음 학기 개학 할 때 다시 봅시다."

연수가 커다란 손을 내밀었다.

"연수씨도 얼마나 집에 가고 싶겠어요. 이번 겨울방학에 집으로 못가는 그 마음 알만 해요. 이후 다시 옛말하며 살 때가 있겠지요."

미란이의 음성이 가늘게 떨렸다. 마주 잡은 두 손이 뜨거웠다. 고향으로 떠나는 미란이를 생각하니 연수도 집 생각에 눈물이 앞섰지만 억지로 참았다. 눈물을 보이지 않으려고 하늘을 쳐다보았으나 끝내는 굵은 눈물방울이 주르르 흘러내렸다. 연수의 눈물을 보는 순간 미란이도 들고 있던 트렁크를 땅에다 떨어뜨리며 달려와 연수를 끌어안았다.

"나도 집에 안 갈래, 여기서 연수씨를 동무해 줄래. 흐흐……"

생각지도 않았던 미란이의 당돌한 행동에 연수는 미처 어찌할 바를 몰랐다.

"이러지 마십시오. 부모님들이 집에서 얼마나 애타게 기다리겠습니까?"

연수는 그제야 정신을 차리고 미란이의 손에 트렁크를 쥐어 주었다.

"그럼 연수씨는 혼자서 어떡하나요?"

"내가 뭐 어린애인가요? 근심 말고 어서 배에 오르십시오."

연수가 짐을 들고 출구를 나서니 미란이도 할 수 없다는 듯이 따라 나섰다.

"자, 다시 만납시다. 안녕히!"

더는 말을 잇지 못하고 손만 흔드는 미란이, 떠나는 배에 그녀의 옷깃이 바람에 날리고 있다. 배가 서러운 고동소리를 내면서 서서히 움직이기 시작했다. 연수의 마음이 잔잔한 호수처럼 가라앉기 시작했다. 저 멀리로 사라져 가는 미란이를 보노라니 연수의 마음도 어느새 용정으로 달려가고 있었다.

머릿속에 정다운 얼굴들과 그리운 이름들이 스쳐 지나가고 있다. 아버지, 어머니, 동생들의 얼굴, 그 많은 얼굴들 속에서 점점 뚜렷하게 클로즈업 되는 얼굴 하나, 떠나는 기차를 따라오며 정다운 눈길을 마주치던 보배, 머리 수건 풀어들고 보이지 않을 때까지 흔들어 주던 그 모습, 오늘도 새삼스럽게 떠오른다.

새까만 양태머리에 연분홍 댕기를 매고 항상 희망의 불꽃으로 반짝이는 새까만 두 눈동자를 깜빡이던 소녀, 진달래마냥 애련한 고운 얼굴, 달콤한 여운으로 남아 있는 쟁쟁한 목소리가 지금도 들려오는 듯하다.

"오빠, 일본에 가면 보배한테도 편지를 보내야 돼."

떠나던 날 기차역에서 목수건을 매어주며 하던 그 말이 지금도 가슴속에 따뜻하게 남아 있다.

# 문학에서의 탈피와 전향

　유학은 필경 유학이다. 연수는 일본에 온 후 기대했던 것보다 더 큰 수확을 거두었다. 즉 그는 문학에서 한 차례의 탈피를 하였고 창작수법에서 키를 돌리게 되었다. 물론 그 사이에 경제난으로 아르바이트를 하면서 몸도 지쳤고 일본인들의 시기로 마음의 상처도 컸지만 필경 도쿄는 여러 면에서 만주와는 비길 바가 안될 만큼 월등하여 배운 것이 많았다.

　연수는 도쿄에 온 후 만주국에서는 보지 못했던 것들을 보았고 만주국에서는 듣지 못 했던 것들을 들을 수 있었다. 도쿄 예술대학 도서관도 퍽 개방적이어서 이데올로기에 구애 없이 모든 서적이 구비되어 원래 책벌레이던 연수는 운이 좋게 많은 책들을 섭렵할 수 있었다.

　여기서 그는 타고르, 칸트, 헤겔을 알게 되었고 소쉬르와 엘리엇, 프로이드를 만나게 되었고 하이데거와 셰익스피어를 사귀게 되었다. 어려운 이론서적들을 읽을 때마다 그냥 지나치질 않고 이해하기 어려운 곳이거나 중요하다고 생각되는 부분들은 줄을 치거나 공책에 베껴두는 방법으로 독서하였다.

심연수는 뉴크리티시즘의 창시자인 엘리엇의 글 한 토막을 베껴두었다. 이 이론은 엘리엇의 언어에 대한 창조적인 이론으로 평가받고 있다.

첫째, 생명이 없는 배아(胚芽) 또는 '창조적 씨앗'이 있고 다른 한편으로는 언어가 있다. 그는 싹트는 무엇을 자기 속에 가지고 있다. 그는 그것을 표현할 말을 찾아야 한다. 그러나 그 말을 찾기까지는 자기가 어떤 말을 원하는지 알 수 없다. 그는 이 배아가 적절한 단어들을 적절한 순서의 배열로 변형하기까지는 그 배아의 정체를 알 수 없다. 그 배아가 적절한 말을 가졌을 때, 그에 맞는 말들을 찾아내야 했던 '그것'은 사라지고 대신 '시'가 생겨난 것이다.

꿈이 현재(현실)에 대한 모든 관계에 관하여 우리에게 고지(告知)해 주는 것을 나중에 의식 속에서 찾아내자. 그러나 우리가 분석이라는 확대경을 대고 본 괴물을, 이번에는 적충류(適蟲類)로서 재발견했더라도 놀라서는 안 된다.(한스 작스)

인간의 격을 판단하는 데는 많은 경우, 그 인간의 행동과 의식적으로 표현되는 의견이 있으면 충분하다. 무엇보다도 우선 행동을 중요시해야 할 것이다. 왜냐하면 의식에 진입한 많은 충동은 행동으로 들어가기 전에 심적 생활의 현실적인 여러 힘에 의해서 폐기되어 버리기 때문이다.

그뿐 아니라 그러한 충동이 의식적으로 진입하는 도상에서 어떤 심적 방해도 만나지 않는 것은 무의식이 그것을 다른 방법으로 막을 수 있다고 확신하기 때문이다. 우리의 도덕이 자랑스럽게 서 있는, 여러 차례 파헤쳐진 토대를 안다는 것은 유익한 일이다.

인간의 성격이라는 것은 사방을 언제나 역동적으로 움직이지 않고는 못 견디는 복잡한 것이며, 우리의 낡은 도덕성이 좋아할, 선이냐 악이냐 하는 식의 양자택일로는 좀처럼 처리가 되지 않는 것이다. 그리고 미래를 예지하기 위한 꿈의 가치는 어떠한가? 그런 것은 물론 생각할 수 없다.

　그 대신 꿈은 과거를 가르쳐준다. 왜냐하면 꿈은 어떤 뜻으로나 과거에서 유래하는 것이기 때문이다. 예부터 꿈은 우리에게 미래를 예시해 준다고 믿어왔는데, 여기에도 물론 일면의 진리가 있다. 꿈은 어떤 소망을 충족된 것으로서 우리에게 그려줌으로써 어떤 의미에서는 우리를 미래 속으로 인도해 준다. 그러나 꿈을 꾸는 본인이 현재라고 생각하는 미래는 깨지지 않는 소망에 의해서 과거와 닮은 모습으로 만들어져 있는 것이다.(프로이드)

　서구 문예이론을 접촉하기 전에 심연수는 시창작에서 현실주의를 숭상하였기에 동흥중학 재학 시기에 창작한 「대지의 봄」, 「여창의 밤」, 「이역의 만종」등 시편들은 현실주의 수법으로 실향민의 고통과 애국애족의 내용을 표출하고 있다. 그러나 일본에 와서 서구의 문학이론을 접하여서부터는 창작수법에서 일대 비약이 일어나 모더니즘 혹은 포스트모더니즘 쪽으로 키를 돌려 문학창작에서 탈피와 전향을 시도한다.

　이 부분에서는 프로이드의 무의식을 기초로 자동기술법을 실험한 시들과 도쿄시절의 심연수의 문예이론을 볼 수 있는 장편시를 소개한다.


　　　긴 낭하를 구비 돌려면/발밑에 널 장판이 어기는 소리에/몸을 오
스리고 지내게 되고/머리까지 곤두서는 빈방 앞에는/문마다 감장쇠
가 잠겼졌거늘/호젓이 외로움을 맛보는 것도/탈분실과보다 달콤하
련만/빈 방인 줄 알고도, 두드려 보면/녹크만 값없이 잃어버리지/늙
은 처녀가 미쳐서 죽었다는 방/아무도 싫다고 세도 안 들길래/때때
로 늦으면 귀신이 운다고/나 어린 女中이 놀랜다는 밤/열 수만 있으
면 들어가 보련만/열쇠는 화장터에서 녹아 버렸는지/주인도 모른다
는 그 방의 열쇠/어젯밤도 자물쇠를 마구 쥐고/모으로 세로 비틀어

봤지만/손바닥만 아팠지 옴짝도 안 해/할 수 없이 헛수고를 하였더니만/오늘밤엔 방정맞게 말끄러미/조롱하듯 애원하듯 사물거린다./고 다음 방도 비어 있길래/새파란 자물쇠가 물고 있지/딱지처럼 붙여진 명함 쪽에는/××子라고 박혀 있길래/구멍 뚫린 엽전인가 추측하면은/매양 또각거리는 환상의 振子가 되어/녹슨 齒車를 맥없이 돌려/새로 날이 뒤집혀 시분침이 팔을 펴면/고 밑에 초침이 팩 돌아서서/깝삭거리고 거스려 도는 꼴이야/허기를 참고도 웃을 지경이지/요놈이 매양 돌던 길이 싫다고/엉뚱같이 양탈을 하면/이 놈아 못쓴다고 꾸지람 소리가/태엽 주는 꼭다리가서 헛기침을 한다./발목이 죄여서 더듬어 보니/난데없이 두 다리에 팔목 금시계/하나를 풀려고 고리를 찾으니/웬걸 통철사로 가락지 꿰임/알고서 생각하니 답답하나/할 수 없는 군떡게를 어이하랴/귀하다는 金宝도 해로울 때면/그 값이 서푼도 못 가는 것을/그래도 허위에 덤비는 꼴들이야/철 없는 허영만인 민숭이지/철환이 터분한 두 다리로/죽은 듯한 문과 벽을 걷어차니/발가락만 아프도록 저려만 들지/憤은 머리끝에 치닿기만 하려지/사라질 기미는 하나도 없어/싸느란 방으로 되찾아 드니/화로엔 불조차 꺼진지 오래고/재 위에 누가 와서 부젓가락으로/알지 못할 글자를 쓰고 갔구나./책상 위에 펴 놓았던 '惡의 꽃'은/구십구 페이지부터 백사십사 페이지를/어느 시인이 훔쳐 먹었는지/이빨로 물어뜯은 흔적이 남고/쪼각도 하나 안 남기고 사라졌고/읽지 않은 나머지 책장에는/잉크를 엎질러서 망쳐 버렸네/날마다 밤마다 쳐다보는/공백의 額面에는 난데없는/낡은 鐵筆이 살처럼 박혔길래/이를 악물고 뽑았더니/새빨간 핏줄이 내쏘면서/새로 싳은 흰 적삼에 물총질하듯/쫓아오며 쏘는 듯 마처 주길래/할 수 없이 벗어서 틀어막아도/멎지 않고 자꾸만 대배이더니/액면의 벽에서 뚝 떨어지자/아무것도 안 나오고 멎어지길래/염색된 적삼을 되레 입고/펴놓은 이불 밑을 들추려니까/숨소리 남기고 간 잠자리인양/따뜻한 체온이 남아 있고/구슬 딸린 월귀탕 한 짝만이/머리맡에 떨어져 눈을 쏘길래/주어서 입에 넣고 혀를 굴리니/보드랍게 차가운 감촉에는/숫처녀의 정열이 오독거리며/미각의 신경을 자극하더라./읽도 보도 쓰지도 못하게 되었기에/할 일이 없어 서성이며 살피노라니/책상다리가 잘름거리며/방바닥을 움질거리기 시작하고/벗어놓은 안경알 앞에 산발 여인이/뱅글 돌며 등 뒤로 숨는 게 비쳐/등 뒤에서 어깨 위를 짚고 서서는/귀에다 입술을 대고/무엇하러 안 자느냐 물어 보길래/당신을 만나려고 안 잔다니까/자꾸만 거짓이라 다짐 받더니/따끈한 입술이 목덜미를 깨물고는/어디론지 소리 없이 사라지고/안경알에는 새하얀 면사포만이/나올거리며 바람에 하늘거려서/눈을 닦고 되보아도 또 있길래/달눙 들어 귀에다 걸고 보니/아무 것도 없는 유리알만이/찬바람을 눈알에다 불어 넣더라./마음이 허전하여 자리를 일어/廊下로 또다시 나오려니까/문밖에서 무엇이 후닥닥 뛰어/저쪽으로 달려가는 소리가/틀림없이 들려 오길래서/반가워 미소하고 문을 여니/널장판엔 뜯기운 책장 쪼박이/졸로리 글자 획으로 놓여 있길래/고놈을 요모조모 읽어보니까/재 위에 썼던 것과 같은 글인 게/이제 와서 쓴 안경에 얽히어져서/입을 열어 혀끝을 놀려 보니까/사랑은 못 속이니 속지 말라고/언제나 잊지 말고 생각하라는/부탁하는 의미의 글이었다./유리창 밖에는 아직도 漆黑夜/지옥 같은 침묵만이 계속되는/破겁을 못할 處女性을 품은 듯이/일촉의 流動도 안 뵈이더니/창문을 열어 제치는 삐걱 소리에/정적이 깨어지고 말자/새벽 가차운 밤 공기를/목 메인 가관차가 울어 흔들며.

—「그믐밤 혼자 깨어」

무의식의 자동기술법에 의한 창작으로서 심연수의 강한 실험의식이 적

나라하게 드러나고 있다. 심연수는 엉망진창이 된 당시의 혼돈의 현실을 황당한 꿈으로 묘사하고 있다. 이 시는 비록 다듬어지지는 못했지만 기존의 창작 틀에서 벗어나 새로운 문체를 써 보려는 심연수의 의도가 명백히 드러나고 있다. 아래에 나오는 「나(裸)의 美」는 심연수의 문학에서 심연수의 미학관념을 보여주는 유일한 평론이므로 특히 소개한다.

심연수는 미를 생명의 가치로 간주하고, 자연미, 회화, 조각, 음악, 영화, 문학 등에 대하여 자기 나름대로의 미학 견해를 펴고 있어 심연수의 시문학을 이해나는 데 일정한 도움을 주고 있다.


### 裸의 美

(동경 제2회 대동아문학자 대회부터 제6회 文展까지의 決戰문화제 행사를 보고서)


미는 생명의 가치다. 미를 잃은 생활은 死幕을 드리운 조명 없는 무대다. 그런 곳에는 생동하는 육체도 힘 있는 사상도 희망에 찬 연기도 없을 것이다.

물론 臺幕을 걷을 만한 사람도 없고 무대를 보아줄 관중도 없을 것이다. 다만 無音 속에서 석회동굴 같은 暗像이 영원한 현상을 아끼고 있을 것이다. 인류역사는 생명을 존속하여 온 문명계승의 발달사이다. 지구상에서 이와 같은 역사는 하나뿐인 귀중한 존재다. 물론 하나뿐인 물질에 귀중하다 할 경쟁자는 없을 것이지만 20억이 넘는 금일의 인류 가운데는 自我之石을 모르는 우려가 있기 때문도 있다.

지구는 미를 무진장으로 가지고 있는 이상하고 미묘한 우주의 神秘星이라고 인간은 생각하고 있다.(천체에 있는 것은 어느 것이나 그럴 것이지만)

인류의 역사를 보면 이 장엄하고 위대한 미(자연미)에 얼마나 驚異의 敬意를 느끼며 왔음을 알 수 있다. 천체에서의 모든 자연미, 그것은 미라고 하기보다는 미개한 인간에서 崇畏받는 커다란 난해사물의 전부가 아니었던가. 거기에서 신이라는 전지전능의 가상물을 창작하여 미신을 숭배하게 되었으며 동시에 종교라는 새로운 副産物을 더 만들지 않았던가.

다음으로 인류 자신이 살고 있는 지구에서 더 많은 기성막상(奇性莫想)한 (작을지라도)자연미를 발견하지 않으면 안 되었던 것이다. 그들은 발견하려고 노력한 것은 절대로 아니다. 오히려 눈에 보이지 않기를 바랐기 때문에 여러 가지 미신행사로써 축신(逐神)을 꾀하였지만 밉살스러운 자연미는 사신악귀(邪神惡鬼)의 환각으로 변하여 도처에서 그들의 원시생활에 장애와 공포를 베풀지 않았던가. 무지한 인류는 그 이상 이해할 여력이 발달하지 못했던 것만은 사실이다. 모든 것이 오늘날 우리들의 생활에까지 커다란 위엄과 미묘한 영향을 끼치고 있는 것을 시시각각으로 느끼는 바이다.

그러나 우둔하면서도 교묘하게 영리한 인간은 쉼 없이 발견되고 시달리는 동안 대담하게도 그것을 무의식적으로 감수하는 순응성을 기르는 동시에 미약하게나마 이용하리라는 연구심을 가지게 되었다. 물론 인류 그 자체가 자연물의 산물이다. 그러기에 그것에서 나서 그것을 발견하고 이해하고 이용하는 장난을 두고두고 읽어 오고 살려온 것이 문명이니 그 역사가 곧 문명사일 것이다.

그러니 이와 같이 아름차고 요량할 수 없는 자연미만으로는 잠재적 미의 감수성을 만족시킬 수 없음을 느끼게 되었다. 그야말로 자연미의 과식이 두려웠던 것이다. 너무나 조장(粗壯)하여서 소화가 오래고 불편이 나타나는 폐단이 있기 때문에 마음 놓고 그 취할 대상을 찾기 미안하였다. 이것이 곧 예술미를 탐구하게 된 기원이 되는 동시에 새로운 시험을 모방으로써 시작(試作)하게 된 것일 게다.

그러나 오늘날에 와서는 예술미는 개작(改作)이라고는 안하리만 치 인간은 자기에게서 자부심을 가지게 되었다. 공연(公然)하게 말 하면 예술은 자연을 모방한 창작이 아닌 改作이어야 옳을 것이다. 그러나 분명 창작임에는 틀림없다는 것을 지금의 우리는 알아야 한 다. 인간은 아름다운 경치나 그림같이 고운 용모라는 말을 써서 역 설을 진리로 아는 수도 있다.

하여튼 예술미도 미는 미다. 훌륭한 미임에는 틀림없는 사실이 다. 그러기에 그것이 새로운 개작으로 되는 순간, 벌써 계통 있는 미 의 생명의 피가 그 자그마한 생명의 分體로 흐르기 시작한다. 그것 은 인간이 알지 못하는 사이에 벌써 그 자체가 요충(要充)할만한 생 명의 가치인 미를 가지게 되는 것이다. 물론 예술미를 창작하는 해 당의 예술가도 감각 못하는 사이에 영위되는 신비한 함미(含美)작 용이다.

예술미를 구성하는 요소가 벌써 자연미의 미세한 세포의 결정물 이기 때문이다. 로댕의 말에 대리석으로 조각을 만든 것이 아니라 돌 안에 있는 조각을 끌로 파내는 것이었는데 그 말을 인용하고 싶다.

미! 자연미, 예술미에서 조형미와 의식미 두 가지로 크게 나눈다 면 알기 쉬울 것이다. 미, 그 자체는 어디나 있기에 미에 대한 의식 적 지식만 있다면 무수무한(無數無限)한 미를 도처에서 볼 수 있을 것이며 느낄 수 있을 것이다. 예술가의 형안(炯眼)은 누구보다 먼저 이런 것을 파악하기에 위대한 예술품이 창작되는 것이다.

오관으로써 어느 것이나 그것을 찾을 수 있다. 아니, 육감(六感) 으로도 찾을 수 있다. 예술은 그것이 오직 인간에게만 알려진 미형 (美形)이기에 그 형태와 의식은 무수할 것이다. 만약 여기에 하나의 예술품이 있다고 하자. 그리고 또 그것을 감상하는 예술가가 열 사람이 있다고 하자. 그러나 그 열 사람은 다 다른 미와 미점수(美點數)를 가지고 평하게 될 것이다.

물론 물체가 가진 내외면적 질량에서 오는 미와 그 전 부분이 가진 의식미는 그 구성원소와 같이 있는 것이다. 이와 같이 미의 한계는 무한이기 때문에 새로 창작하며 감상하며 연구하게 되는 삼라만상은 똑 같은 것이 하나도 없는 것이다.

예술은 인간의 의식생활에서부터 생기었다. 그러므로 인류역사와 같이 장구한 역사를 가지고 있다. 물론 체계가 선 예술사는 오래지 않지만 여기서 예술사를 이어오는 예술 자체가 어떤 것임을 알아보기로 하자.

예술이라는 것의 어원은 희랍에서부터이다. 그 이전에는 맹목적으로 예술을 예술이라 하였을 것이다. 무악(舞樂), 원시생활시대부터 무용과 음악은 유일한 오락이었을 게다. 지나의 고대사에도 예악은 같이 성행하였다. 또 악에는 필연코 무(舞)가 끼어 있을게다. 그때의 그들은 미의식으로 예술미를 찾은 것은 아니었으나 범연한 숭앙과 저열한 오락으로써 활용하며 이용하였을 게다.

회화, 이 회화도 무와 같은 의미에서 벽화를 그렸을 게다. 그러나 더 심각한 무슨 의미가 있었을는지도 모른다.

조각, 미의 형태를 노골적으로 보여주는 예술미의 총괄로의 주치일 게다. 암실 속에서 다만 촉각으로만 어루만져도 알 수 있는 미이기 때문에 단미의 매력은 현졸한 예술품이다.

문학, 간단하면서도 복잡한 것이 문학이다. 시가는 원시생활시대부터 그 싹이 트고 있었다. 감정의 발로를 소리로 표현하였으나 그것은 무의미한 것이 아니다. 종족보존의 커다란 문제 앞에서 생식작용을 원활히 시키는 데 없지 못할 역할을 하고 있다. 오늘의 인간에게도 그것이 남아 있다. 곤충의 세계를 보면 무엇보다도 확실히 알

수 있다. 시는 그 소리를 뜻 있게 하기 위한 노래의 시설(詩說)이니 시 없는 노래가 없는 법이며 노래 없는 시도 그때는 없었을 것이다. 시 없는 소리도 없었을 것이다.

소설은 시를 감정적으로 길게 생활화하여 나열한 것이다. 희곡은 이 소설을 도로 실생활과 같이 재연하기 쉽게 시화한 소설이라고 보아도 좋다. 복잡한 감정을 제 것대로 가리어 놓은 것이다.

연극, 연극은 직접 무용과 관계된 계통을 가지고 있다. 아니, 종합예술이기에 모든 부류의 예술미를 한 곳에 모아 놓은 생명체이기에 혼연한 조화로써 생활을 생명화하는 복잡하면서도 가망적인 힘 있는 예술성을 발휘하는 위력이 있다. 위대한 인간 감화력을 가진 것이 특징이다.

영화, 이것은 연극의 별파(別派)라고 보아도 좋다. 과학을 이용한 무기적 연주이다.

이렇다고 하여 예술미는 분별한 부분의 예술에 따로따로 갈라져 있는 것은 아니다. 이쪽에 있는 것이 연관적으로 다른 것으로 넘어가며 넘어오는 것이다. 지구를 구성한 원소 속에 있는 자연미소가 생명을 구성하는 예술 속에 예술미로써 존재하여 있는 것이다.

이와 같이 미는 어디든지 있는 것이다. 그러면서도 언제든지 아름다운 진리를 잃지 않고 있다. 너무 장엄하면 공포를 느끼지만 그것이 의식범위 내에 서면 참으로 탐낼 만치 아름다워야 한다.

보라, 자연미를! 나체의 자연미를! 그러나 그 미는 추(醜)가 동반하는 미다. 도덕적 미 때문에 도덕적 추가 그림자를 지우는 것이다. 인간은 윤리상으로 미라는 독특한 것을 아는 동시에 추라는 독특한 것까지 알고 있기에 그 미면서도 추인 미를 감추기 위해 은폐술을 고안해 내게 되었다. 그러나 추에는 추의 미도 없는 것은 아니다.

어쨌든 미는 생명의 가치다. 미에는 빛이 있다. 그 빛은 생동하는 생활에 희망을 주며 힘을 주는 것이다. 지구라는 커다란 구형 입체 무대에는 미라는 조명이 있기 때문에 그 미 자체가 출연하는 생활이 라는 연기의 예술이 창조된다. 그러므로 항시(평시나 전시)의 미의 식도 이러한 이념 하에 배태하여야 하고 성장하여야 한다.

　　　　　　　　　　　　　　　　　　　—소화 18년 12월 27일

심연수는 일본에서 유학하는 동안 많은 문학이론을 배웠고 한 차례 귀 중한 탈피와 초월을 시도하였다. 그리고 이전에는 이론의 지도가 없이 즉 흥적으로 창작하였지만 일본 유학 후부터는 보다 이성적인 판단 하에서 창작을 하게 된다.

# 피는 물보다 진하다

심연수는 생활고를 이겨내려고 애썼다. 공부가 끝나거나 휴일이면 사처로 뛰어다니며 닥치는 대로 일을 하였다. 그러는 와중에 몸이 지칠 대로 지쳐 어떨 땐 코에서 피가 흐르고 아침에 일어나면 온몸이 물 먹은 솜처럼 나른해졌으나 자기가 고생한 만큼 집의 부담을 덜 수 있다는 일념으로 이를 악물고 일을 하였다.

그런데 일거리 대부분이 하루하루는 용역이어서 온당치 못하고 공부하는데도 지장이 있었다. 흔히 일자리가 학교에서 너무 멀리 떨어져 있어 길에다 시간을 흘리는 때가 많았고 하루 일을 하면 다음 날에 일할거리를 고민하여야 했다. 하여 심연수는 될 수 있는 한 장기적으로 일할 수 있는 일자리를 얻으려고 여러 곳으로 헤매며 탐문하였다.

간혹 장기적으로 아르바이트를 할 수 있는 곳이 있기도 했지만 조선사람은 쓰지도 않는다고 하면서 아예 상대조차 하지 않았다. 최하층 일자리까지도 사람을 가리는 더러운 세상, 이 울분을 하늘에 대고 고소하랴 땅에 대고 하소연하랴. 연수는 그래도 참을 수밖에 없었다.

가혹한 현실에, 나라 잃은 설움에 가슴이 아파 속으로 무수히 눈물을 흘렸다. 이 원한의 세상을 부셔버리지 못하는 것이 한스러웠다. 연수는 가끔 꿈을 꾸었다. 꿈마다 그는 저주로운 세상을 향해 돌을 던지거나 불을 지르거나 하다가 경찰에 붙잡혀 고문을 당하기도 했다. 채찍에 맞아 소리를 지르다 보면 꿈을 깨곤 하였다.

연수는 삭막한 현실을 저주하고 반항하는 시를 쓰기도 하였다. 그리고 그러한 시를 쓸 때마다 불공평한 시대에 반항하고 시대를 뒤엎어야 한다고 하던 강경애 선생님의 말씀을 떠 올리곤 하였다.

힘껏 던졌다
무엇이든지 맞게
맞으면 다아 깨어지도록
겨누어 던졌다
깨어지는 요란한 소리를
남김없이 듣고자
쥐었던 것을 아낌없이
힘껏 던졌다

똑똑히 들었다
사정없이 바시짐을
임자의 놀람도
확실히 들었다
(중략)

통쾌한 一瞬의 破響은
마비의 미몽을 깨칠 수 있나니

방종한 야성의 청각으로

나는 똑똑히 들었다

　　　　　　　—「破響」의 일부 1942년 7월 27일

　도쿄의 거리는 밤이 늦었는데도 사람들이 분주하다. 몇 시간 걸었더니 허기가 침습한다. 오늘도 연수는 일자리를 찾아 헤매었다. 거리 식당에서 한 끼 먹는 돈이면 학교식당에서 몇 끼 먹을 수 있기에 창자에서 꼬르륵 소리가 났지만 감히 먹을 생각을 못했다. 길거리 앞에 일본어로 '물건택배' 라고 쓴 자그마한 가게 하나가 보였다. 연수는 혹여나 하는 일말의 희망을 품고 가게로 들어섰다. 주인인 듯한 중년사내가 반색을 했다.

　"어서 들어오시우. 무슨 물건을 배달하려고 하는 겁니까?"

　"배달시키려는 것이 아니라 일 하러 왔습니다. 할 일이 있으면 저에게 맡겨 주십시오."

　"오, 학생복 차림을 한 걸 보니 고학하려는 학생 같구만. 그런데 어떡하지? 우리는 학생을 쓰지 않아요. 다른 데로 가 봐요."

　급해진 것은 연수다. 시간도 많이 흘렀고 오늘 일자리를 찾지 못하면 또 그담 주일에야 시간을 타 나올 수 있기에 더 이상 미룰 수가 없었다. 심연수는 체면 같은 건 미처 고려할 사이도 없이 허리 굽혀 인사 하고는 간곡히 청을 드렸다.

　"주인님, 부디 사정을 봐 주십시오. 정직하게 일하겠습니다. 저는 일을 하지 않으면 공부를 못하게 됩니다."

　주인이 심연수의 아래 위를 찬찬히 훑어보았다. 그리고 이내 말투가 달라졌다.

　"지난번에도 학생복 차림의 청년이 찾아 와서 사정하기에 자식 가진 부모라 객지에서 생활하는 것이 불쌍하여 일을 시켰더니 하루 사이에 배달할 물건을 가지고 도망을 쳤단 말이오. 알아보니 학생도 아닌 놈이 학생 복을 입고 사기를 쳤단 말이오. 사실 우리 가게도 지금 일손이 딸리는데, 우리 애까지 거들지만 그래도 일손이 모자라긴 하거든."

연수가 곁눈질로 보니 가게와 붙어 있는 안방에서 열서너 살 되는 남자 아이가 택배 할 물건을 정리하고 있었다. 연수는 학교에서 발급한 학생증을 꺼내 들고 주인한테 다시 사정하였다.

"저는 4월에 입학한 대학생입니다. 자, 보십시오. 이것이 저의 학생증입니다. 부모님들과 동생들의 부담을 덜어주려고 일하려고 합니다. 저의 가정은 식솔이 열이나 됩니다. 열 식구가 먹고 사는 것만 해도 어려운데 저까지 유학을 하다 보니 가정형편이 사실 말이 아닙니다. 꼭 잘 해낼 테니 일만 시켜주십시오."

학생증을 깐깐히 살펴보던 주인이 연수를 보면서 웃음을 띠었다.

"지난번에도 학생증을 보았더라면 실수가 없었을 건데, 다 내 잘못이지. 헌데 자네 보아하니 조선사람 같은데 맞는가?"

업주들의 십중팔구는 조선사람이라면 쓰지 않기에 연수는 처음부터 조선사람이라는 말을 하지 않았는데 이미 알아본 이상 속일 수 없었다.

"예, 조선사람입니다. 그러나 책임성 있게 착실하게 일을 해낼 테니 안심하십시오."

"그런데 일본말을 아주 잘 하는군. 학생증을 보지 않았으면 알아보지 못했을 거네. 사실 나도 조선인이네. 무엇이 무서워서 떳떳하게 말을 못해? 우리 같은 장사꾼이야 먹고 살아야 하니깐 방법이 없지만. 하여튼 젊은이가 착실해 보이고 또 같은 민족이니 내일부터 오후시간이면 오게. 합격이네. 그리고 내일 저녁에는 우리 집에 와서 저녁을 먹도록 하세. 할 말도 있고 하니."

연수는 안도의 숨을 내 쉬었다. 주인의 처사가 고마웠다. 그래도 같은 핏줄을 타고난 제 민족이 다르구나. 연수는 피는 물보다 진하다는 도리를 심심히 깨달았다. '이젠 발을 뻗고 편히 잠을 자게 됐구나.' 연수는 배고픔도 깡그리 잊고 휘파람을 불며 숙소로 돌아왔다. 이튿날 저녁, 연수는 약속대로 택배가게로 갔다. 저녁을 먹지 말고 오라고 하기에 그대로 했다.

주인이 저녁상을 푸짐히 차려놓고 연수를 기다리고 있었다. 연수가 문을 열고 들어서니 주인이 반가이 맞아주었다. 열대여섯 살 되는 아이도 미소를 띠고 인사한다. 세 사람이 저녁상에 마주 앉았다. 주인과 고용자 사이가 아니라 마치도 가족 같은 분위기다. 주인이 연수를 보고 말했다.

"식구라야 나와 이 자식 하나뿐이네. 마누라는 몇 년 전에 돌아갔다네. 그리고 오늘 저녁엔 사실 택배가 없네. 하루 저녁 편안히 놀다가 가도 되네."

"주인 어르신, 이래서야 되겠습니까? 일도 안 하고 대접부터 받다니."

"주인이라고 부르지 말고 이후부턴 아저씨라고 불러 주게. 나는 부모의 마음이네. 천하 부모의 마음은 다 같지. 내 자식도 외지에 나가면 자네처럼 될 것이 아닌가. 어려울 때도 있고 외로울 때도 있고, 우리는 핏줄을 나눈 동포일세."

주인이 자기 잔에도 술을 붓고 연수의 잔에도 술을 부었다.

"나는 지금 슈마라는 일본 이름을 쓰고 있지만 원래 이름은 이태규라네. 1910년 한일합방 후 아버지가 식솔들을 데리고 살길을 찾아온 곳이 하필이면 이곳 도쿄였어. 그런데 관동대지진 때 온가족이 몰살당하고 나만 혼자 살아남았지. 대지진 때 일본인들이 십여만 명이나 죽었다네."

"헌데 놈들은 일본인들이 죽은 것은 지진 때문이 아니라 조선인들이 불을 지르고 강과 우물에 독약을 뿌렸기 때문이라고 뜬소문을 살포하여 일본 우익 세력들이 들고 일어나 애매한 조선인들을 마구 학살했다네. 기가 막히지. 우리 가정도 그때 아무 죄 없이 봉변을 당했고. 나만 남고 전식구 일곱이 몰살당했다네. 그때 나는 외지에 나가 공부하다 보니 목숨을 보존했지. 그 천인공노할 일을 생각하면 지금도 이가 갈리고 치가 떨리네."

이태규가 술잔을 쭉 들이켰다.

"자, 자네도 마시게. 학생이지만 오늘은 나와 동무하여 좀 마시게."

"저도 전번에 일자리를 찾아 헤매다가 관동대지진 때 대학살을 당해 살해된 동포들의 공동묘지를 보았답니다. 정말 가슴이 아프고 원한이 사무칩니다. 이 핏값을 우리는 영원히 잊지 말아야 합니다."

"그래, 영원히 잊지 말아야지. 그리고 원수를 갚아야 하네. 오늘 무슨 날인지 아는가. 오늘은 바로 이봉창 의사 의거 10주년이 되는 날이라네. 그래서 함께 기념하려고 자넬 부른 것일세. 난 이봉창 의사를 한 번도 잊은 적이 없다네. 바로 십년 전인 1932년 1월 8일에 이봉창 의사가 이 곳 도쿄에서 일본 천황에게 폭탄을 던졌네. 재수가 없어 비록 천황을 죽이진 못했지만 그의 영웅적 행위는 우리 동포들에게 무한한 감동과 용기를 주었다네. 더욱이 이봉창은 나와 한 고향이지. 서울 용산이란 말이네."

심연수가 어찌 이봉창을 모르랴. 심연수의 가슴속에서 이봉창은 언제나 위대한 민족영웅으로 살아 있었다. 십 년 전에 신안진에서 공부할 때 김수산 선생으로부터 이봉창에 대한 이야기를 듣고 얼마나 격동하고 얼마나 흥분했던가. 이태규가 또 술 한 잔을 마시고 취기어린 목소리로 말했다.

"이봉창 의사는 천고의 영웅이네. 조선 사람 모두가 이봉창 같다면 우리는 벌써 독립했을 거네. 자, 이봉창 영웅을 추모하기 위해, 우리 민족의 독립을 위해 한 잔 하세."

심연수가 술을 단숨에 마시고 일어서서 인사를 하였다.

"아저씨, 감사합니다. 그리고 고맙습니다. 아저씨의 마음에서 우리 동포들의 애국 충정심을 읽었습니다. 일본에도 아저씨와 같은 동포들이 있다니 정말 천만다행입니다. 우리 민족은 출로가 있고 희망이 있습니다."

이태규가 술은 얼큰했지만 또렷한 목소리로 말했다.

"우리 민족의 혼은 죽지 않았다네. 일본에 있는 우리 동포들은 극소수의 친일파들을 제외하고 다 일본을 반대하고 독립을 원한다네. 한 가지 부탁이 있네. 우리 아이에게 우리글을 배워주게. 우리글을 배워주는 학교가 없다네. 제 민족의 말과 글을 모르고서야 어찌 민족의 혼을 지켜내겠는가. 우리 아이의 이름은 철구라고 하네."

"여부 있겠습니까? 틈나는 대로 철구에게 우리글을 배워주겠습니다."

약속대로 연수는 택배를 일찍이 끝내면 철구에게 우리글을 배워주었다. 어떤 땐 가게에 머물면서 글을 가르쳤다. 시간이 흐르자 이태규와 심연수는 친척처럼 가까워졌다. 심연수가 징병을 피해 일본을 떠날 무렵에는 철구의 한글 수준이 퍽이나 높아졌다.

# 침묵

담회색 침묵 속에
화석 같은 명상이
부처처럼 성스럽고
질서 없이 날뛰던 阿修羅는
피로에 취하여 넘어졌나니
잡음에 뒤숭숭하던 누리의 얼은
深海 海底처럼 묵직하다.
흩어진 소음 숲에 삼엄한 침묵
흘러간 거짓 속에 믿음 있는 침묵
아- 나의 기원은 나의 기원은
無人之境 같은 靜寂한 聖地로
침묵의 행군을 하나니
침묵의 행군을 계속하나니.

# 제3부
# 소년아 봄은 오려니

# 파감한 선택

7월의 도쿄 날씨는 후텁지근한 바닷바람과 자주 내리는 비 때문에 음침하고 스산하기 그지없다. 원래는 방학을 해야 하는 시기이지만 학제를 단축하여 9월에 졸업이기 때문에 이번 학기는 방학도 취소했다. 요즘에는 공부시간도 얼마 안배하지 않고 군사훈련과 학도병 징병에 관한 주제 활동과 동원회의만 조직한다. 오늘 들려오는 말로는 지원서를 이달 안으로 제출해야 한다고 한다.

연수는 하루 일정이 끝나기 바쁘게 시내로 나섰다. 일본 유학 생활 동안 많은 도움을 받아온 배달집 주인 이태규 아저씨를 찾아 가려는 참이었다. 일본에 있는 지가 오래고 배달 일을 선문으로 하기 때문에 아는 사람이 많고 소식도 많이 알고 있기에 물어보고 싶은 일이 한두 가지가 아니다.

"오, 연수가 왔구나. 여러 날 동안이나 오지 않으니 웬일인가 했는데……."

이태규가 연수의 이마에 송골송골 내돋은 땀방울을 닦아주면서 반가이 맞아주었다.

"죄송합니다. 아저씨, 여러 가지로 일이 좀 있어서……그런데 철구는 콩부를 잘 하고 있어요?"

"어, 그 자식 우리글에 미쳐서 매일 공부를 잘 하고 있어. 걱정 말게. 난 자네한테 정이 들어 며칠만 보지 못해도 무슨 일이 생겼나 하고 근심부터 앞선다네. 자네 학교에서도 학생들에게 징병령이 내려졌지?"

이태규가 주위를 둘러보며 낮은 소리로 물었다.

"더 말할 게 있습니까? 사실 저도 오늘은 그 일로 아저씨를 찾아 왔어요."

연수도 낮은 소리로 말했다.

"연수, 우리 민족이 무엇 때문에 일본군대의 대포 밥이 되어 남의 나라에 가서 싸워야 하겠는가? 자넨 어떻게 할 예산인가?"

이태규의 목소리에는 관심과 걱정이 반반으로 섞여 있었다.

"여기에서 졸업까지 기다린다면 놈들의 징병령에 따르는 것으로 됩니다. 저는 요사이 많은 생각을 해 왔는데 아마도 졸업 전에 간도로 돌아가 기회를 볼까 합니다."

연수는 이태규한테 며칠 전부터 생각했던 일을 솔직하게 말하였다.

"이건 영업을 하면서 들은 건데 만약 징병에 지원하지 않으면 졸업장도 못 타고 탄광이나 광산에 보내어 의무노동을 시킨다고 하더구만. 자네 생각이 옳을 것 같아. 삽십육계에 줄행랑이 제일이라고 했어."

"지금 이 복잡한 시국에 학생신분으로 배를 타려면 여러 가지로 시끄러울 것 같아 아저씨를 통하여 화물선을 타려고 하는데 될 수 있을까요?"

"그래, 좋은 생각이야. 그게 안전할 것 같아. 마침 우리 처남이 여기에서 라진으로 왕래하는 화물선에서 일을 보고 있네. 내가 알아볼게. 부산으로 연락선을 타고 간다 해도 간도로 가려면 긴 노정의 기차를 타야 하는데 지금은 조사가 대단히 엄하다고 들었네. 차라리 화물선을 타고 밀항하는 것이 안전하지."

연수는 한 가닥의 희망이 보여 마음이 어지간히 안정되고 안도의 숨이 절로 나왔다.

"이렇게 신세만 자주 지니 미안하기 그지없습니다. 앞으로 꼭 잊지 않겠습니다."

"연수, 내가 무엇을 바라고 하는 일이 아닐세. 다만 우리 민족 인재들을 한 사람이라도 보호하여 우리나라가 독립이 되고 우리가 주인이 될 때 필요한 일을 하라는 바람일세."

"감사해요. 아저씨, 꼭 아저씨의 말을 명심하겠습니다."

이태규의 진심 어린 말에 연수는 콧마루가 찡해졌다.

"내가 내부의 소식을 들으니 일본군 해군함대 사령관도 이미 죽었고 날마다 패전을 한다는군. 미국해군이 승승장구하고 있대. 중국전쟁에서도 국민당 군대와 팔로군에게 여지없이 타격을 받아 만회할 수 없는 지경에 이른 모양이야. 게다가 동남아 각 나라에서도 반일세력이 점점 크게 발전하여 왜놈들이 버티기 어렵게 되었다고 하네."

"놈들의 최후 발악도 이젠 끝을 볼 날이 돌아온 것 같습니다. 이런 시기에 징병에 가는 것은 개죽음을 하려고 가는 것이나 마찬가질 것입니다."

"암 그렇고말고. 며칠 후에 다시 와 보게. 내가 오늘 저녁으로 처남한테로 가보겠으니 가부간 소식이 있을 거네."

"그럼 며칠 후에 오겠습니다. 지금 돌아가는 길인데 배달할 것이 있으면 주십시오."

"됐어, 빨리 돌아가. 지금부터는 여기에서 삯일을 하는 게 아니야. 그리고 행동을 조심하게. 어제도 조선인 대학생들이 경찰들에게 많이 잡혀갔다고 들었네."

"가는 길인데요. 보낼 물건들이 있으면 주십시오."

"어허! 빨리 가라는데도."

연수는 이태규의 마음에 감사의 뜻을 연신 표하고 돌아섰다. 연수는 크나큰 희망을 품고 일본에 유학을 왔는데 금의환향은 못할망정 졸업장도 못 쥐고 도망가야 하니 마음이 슬프기 그지없었다. 이 땅에서는 머물 곳도 없고 종내는 피할 곳조차도 없으니 홀로 헤매고 있는 신세 처량하기만 하였다. 어디에 하소연할 곳도 없으니 글이라도 써서 마음을 달래보고 싶었다. 연수는 공원 호숫가에 앉아서 시를 썼다.

나는 가련다 정처 없이도
이 발길 가는 곳 어데나
맞아줄 이 없는 낯선 땅
머물 곳 정함 없는 타향에서
호을로 헤매고자 또 떠나노라

떠나는 나그넷길 서글퍼도
안 갈 수 없는 방랑의 신세
어제 머물던 오막살이엔
박꽃이 수없이 피었건마는
서리 전 굳을 열맨 몇 꽃이런고.

— 「방랑」

연수는 잠자리에 들었지만 잠들 수 없었다. 이제 얼마 후면 일본을 떠나야 한다고 생각하니 오늘 따라 정다운 얼굴들이 유난히 그립다. 최현 선배와 미란이는 졸업을 하고 일본을 떠났고 친구였던 이기형은 스승 여운형 선생과 함께 큰일을 한다며 졸업도 하지 않고 고향으로 갔다. 그리고 보배 얼굴이 커다랗게 떠오른다.

그들은 지금 무엇을 하고 있는지, 그들도 징병이라는 걸림돌에서 마음의 고통을 받고 있는지, 그 어떤 불행이 닥치지나 않았는지 연수는 필을 들었다. 무언가 쓰지 않고는 견딜 수 없는 마음이다.

무겁게 깊어 가면
밤도 차가워라,
(무릎이 시리어
나그네 설움 더 서러워)

기울인 병에다
무딘 펜을 박을 때
타드는 가슴
두 자만 쓰면 또 막힐
불쌍한(외로운) 하소는
어제도,
오늘도,
또 언제까지나,
끝없는 호소를 되풀이할는지!
누가 울면서 받을는지!
안 쓸 수 없는 사정
어이나 할까.
졸리는 마음을
어찌나 풀까,

자정이 넘어야
맨발바닥으로
거리로 거리로 나설 제
귀에는,
눈에는,
마음에는

...

그러나 부탁한다

진정으로

사랑하는 마음으로

믿고 있는 뜻으로

일생을 두고

죽어서 영겁(永劫)이라도

지켜야 할 굳은 약속이리니

그것은?

그것은?

회답을 보내지 말라는 부탁

쓰지도 말거라

찾지도 말거라

다만 이쪽에서 주는 대로

언제든지 받기만 하여다오

그저 언제나

이쪽의 것만을 받는 게 좋을 게다

그러면 받아서 받아서

고이 고이

꼭 같은 글자가

포개어지게 해다오

그러면 그 글자에서

불멸의 갈망이

네 마음을 찌를 것이니

그 때 멀리서 미소나 지어다오

—「님의 넋」

아침 세수를 대충하고 식당으로 나가려는데 방문이 열리더니 도찬이가 가방을 들고 숙소로 들어섰다. 도찬이는 고향이 만주 용정이며 은진중학을 졸업하고 연수보다 한 해 늦게 일본대학 예술학부에 온 후배다. 이기형이 간 후 한 숙소에 있으면서 가깝게 지냈다. 도찬이는 음악이 전공이다.

이번 여름방학에 학교의 안배로 만주를 돌며 순회공연을 하였다. 연수는 도찬이가 떠날 때 신경에 가게 되면 『만선일보』의 상황을 알아봐 달라고 부탁하였었다. 도찬이가 순회공연을 마치고 오늘 학교로 돌아온 것이다.

"선배님! 그 사이 무사하셨습니까?"

"어, 도찬이 무사히 돌아왔군. 새벽 배로 들어선 모양인데 빨리 아침 먹으러 가자."

"아닙니다. 오면서 가져온 떡이 있으니 숙소에서 함께 먹읍시다."

도찬이가 가방을 열고 여러 가지 음식들을 꺼내놓는다.

"오늘 도찬이 덕에 생일을 쇠게 되었구나."

"선배께서 떡을 좋아하시기에 좀 준비해 왔지요."

"예전부터 나는 떡 먹는 날을 생일이라고 생각했어. 감사해, 도찬이, 생일상을 차려줘서."

"선배님, 이번 걸음에 시간을 타서 선배님의 부탁대로 신경에 가서 만선일보를 찾아갔는데 다 해체되고 그 자리는 일본헌병대 사무실이 되었습니다."

"뭐라구?"

연수가 떡을 먹다말고 자리에서 벌떡 일어섰다. 너무나 엄청난 소식이었던 것이다.

"아참, 내가 선배께서 식사를 다 한 다음 알려주어야 하는 건데 그만 실수를 했습니다."

"놈들의 마지막 발악이 옳긴 옳구나! 망할 놈들이 간들간들 숨이 붙어 있던 우리말 신문까지 죽였구나."

연수는 아침을 먹다말고 분이 치밀어 그 자리에서 왔다 갔다 했다.

"이번에 전선위문공연을 통하여 보니 군인들의 표정이 모두 굳어져 있고 군인 기백이라고는 전혀 찾아 볼 수 없었습니다. 그들은 군인이 아니라 죽음을 기다리는 죄인 같았습니다."

"잘 보았다. 네 말이 맞아. 그 놈들은 죽음을 앞에 두고 있는 죄인들이 야. 우리들은 조선인이니 절대로 그 길로 갈 수 없다. 도찬이는 신입생이 니 잠시는 괜찮을 거야. 그러나 명년쯤 하면 조심들 하고 사전에 준비를 잘 하여라."

연수는 졸업학년이 되면 또 자기와 같은 처지가 될 후배들의 일이 근심 되어 도찬에게 말해 주었다.

"예, 알았습니다, 선배님"

도찬이도 알았다는 듯이 고개를 끄덕였다. 학교에 나가 보니 오전 강의 시간도 취소되고 대신 군사훈련 과목이 안배되어 있었다. 학생들은 모두 가 불만이 있었으나 마음대로 말을 못하고 벙어리 냉가슴 앓듯 끙끙거릴 뿐이었다. 연수는 더 이상 학교에 있어도 배울 게 없고 시간만 좀 지나면 일본군대 노릇을 하게 될 것 같아서 하루 빨리 이곳을 떠나야겠다고 생각 하였다. 무더위 속에서 하는 훈련은 한 시간이 하루보다 더 길어 보였고 연수의 마음은 까맣게 타들어 갔다.

집을 떠나 먼 일본으로 치욕을 참으며 공부 하러 왔건만 이 저주스러운 땅에서 없는 돈을 팔며 놈들을 위하여 군사훈련을 해야 되다니! 생각할수 록 분이 치밀어 올랐다. 연수는 이 시간이 어서 끝나기를 기다리느라 이 를 악물고 참았다. 오전 훈련이 끝나자 학교에서 지원서를 나누어 주면서 내일까지 제출하라고 하였다.

훈련과목이 끝나기 바쁘게 기숙사로 돌아온 연수는 수돗물에 머리를 시원히 적시고 이태규 아저씨한테 가려고 서둘렀다. 군복을 벗고(군사훈련을 할 때는 군복을 입었다) 학생복을 바꿔 입으려고 침대가로 갔더니 언제 가져다 놓았는지 편지 한 통이 있었다. 아마 도찬이가 배달부에게서 넘겨받아 갖다 놓은 모양이다. 편지를 뜯고 보니 보배에게서 보내온 것이었다.

연수 오빠

그리운 오빠, 안녕하세요?

전번에 보낸 편지 반갑게 보았어요. 학제를 단축하여 오래지 않아 졸업한다니 얼마나 기쁜지 몰라요.

오빠, 오늘 좋은 소식을 전해 드릴게요. 저는 학교의 추천과 시험에 합격하여 신경에 있는 전보전문학교에 입학했어요. 개학은 오는 9월 20일이에요. 학제는 2년제인데 저에게는 매우 좋아요. 그런데 입학통지서를 받는 순간 오빠가 졸업하여 돌아오자 떠나게 되었으니 즐겁던 마음도 잠시, 또다시 섭섭해졌어요.

오빠가 졸업한 후 신경에 와서 취직하면 얼마나 좋겠어요. 거기에는 우리 민족 문자로 출판되는 만선일보가 있잖아요. 제가 이제 배우게 될 전업도 글자 타자와 배판기술이거든요. 오빠의 일을 도우려고 일부러 이 학교를 지망했어요. 전 오빠와 함께 있으면서 오빠의 일을 돕는 것이 최대의 행복이에요…….

여기까지 보던 연수는 일본놈들에 의해 이미 일보사가 폐지된 것도 모르고 희망에 넘쳐 있는 보배의 생각에 긴 한숨부터 나왔다. 그러나 자기의 앞날을 위하여 그런 학교에까지 지망한 보배의 속 깊은 생각에 깊은 감동을 받았다. 그 아래를 계속하여 읽어보니 돈 백 원을 부쳤다고 하였다. 그러지 않아도 돌아갈 여비를 근심하던 터라 얼마나 감사한지 모를 일이었다.

연수는 비록 졸업을 하지 못하고 돌아가는 신세지만 징병을 피하는 것이야말로 지금 일본놈들과 투쟁하는 것이라고 생각되어 자신의 선택이 옳다고 확신하였다. 보배가 보내온 돈으로 하루 빨리 돌아가 보배의 입학도 축하해 주고 싶고 글도 마음껏 쓰고 싶었다.

언제나 자기의 마음을 훤히 들여다보는 보배가 더없이 기특하고 감사하기만 하다. 지금까지 보배에게서 받은 정과 마음은 헤아릴 수 없이 많아도 해준건 하나도 없으니 항상 미안한 마음뿐이다. 하루 빨리 졸업하여 신세진 모든 사람들에게 보답하려고 결심하였는데 일본놈들의 징병으로 모든 것이 원점으로 돌아갔으니 연수의 마음은 조급하기도 하고 불안하기도 하였다. 연수는 보배의 편지를 트렁크 안에 넣고 이태규 아저씨를 찾아 떠났다.

"오, 연수 왔구나, 내가 얼마나 애타게 기다렸는지 알아? 빨리 들어와. 내가 우리 처남하고 이야기 했더니 조선학생을 돕는 일이라면 선뜻 돕겠다고 하더군. 그런데 지금은 검문이 너무 심해 위험하다고 하니 두세 달 피신하여 지내다가 10월 중순쯤 오게. 내가 책임지고 잘 준비해 놓을 테니."

이태규는 심연수의 일로 하여 연수 못지않게 걱정하며 애를 태웠다.

"감사해요. 아저씨, 제가 하루라도 빨리 이곳을 떠나야 합니다. 내일은 지원서를 바치는 날입니다. 그럼 안전한 곳에서 동무들과 지내다가 연락하겠습니다."

"그럼 당장 돌아가서 짐을 챙겨 거처를 옮기게."

이태규도 긴급한 상황이라 생각할 사이도 없이 연수에게 재촉하였다.

"알았습니다."

연수가 바삐 돌아서는데 이태규가 불렀다.

"잠깐! 짐들은 다 버리고 꼭 필요한 것만 챙기게. 공연히 의심을 살 수 있어. 그저 가방 하나만 들고 피신하게."

"예, 알았어요. 아저씨."

연수는 말을 마치고 급히 학교로 돌아왔다. 거의 삼년이라는 시간을 이

길에서 얼마나 수 없이 왔다 갔다 하였던가. 비희고락으로 얼룩진 길, 오늘 이 길을 마지막으로 걷는다고 생각하니 걸음이 한결 무겁고 지나간 일들이 주마등 마냥 스쳐 지나간다. 숙소에 들어온 연수는 일본에 와서 써 왔던 원고들을 트렁크에 잘 간수하고 다른 물건들은 그대로 두었다.

그리고 혼자 남을 도찬이를 생각하여 앞으로 조심하라는 내용의 쪽지를 남겼다. 거의 3년 세월을 살았던 기숙사를 한참 둘러보고는 아무런 미련도 없이 기숙사문을 나섰다. 연수는 평소 마음을 터놓고 지내던 몇몇 친구들과 상의하여 한적한 곳에 새로운 하숙을 임시 거처로 정해 당분간 숨어 지내기로 했다.

밤이 깊어가고 있으나 연수는 쉽게 잠들 수가 없다. 여름날의 무더운 열기가 집안을 감돌며 가뜩이나 침침한 마음을 짓누르고 창가로 보이는 무수한 별들이 깜빡이며 많은 이야기의 실마리를 풀어 놓고 있다.


밤은 깊으려니
밤은 상처마다
오뇌가 맺히거늘
낡은 실오리는
말없이 끊어지더라
오라는 오리 오리 오리는
갈대는 갈대마다
흩어져 풀리더라
무서운 밤
어두운 밤
밤은 한없이 깊어만 진다

— 「밤」

1943년 10월 어느 날, 연수는 더 이상 버티기 힘들다고 생각하여 이태규 아저씨를 찾아갔다. 이태규도 급박한 상황을 알아차리고 급히 서둘렀다. 날이 어두워지자 연수는 이태규 아저씨를 따라 부두로 나갔다. 부두에는 커다란 배에 군수물자를 싣고 있는 일꾼들과 총을 메고 줄지어 배 타러 나가는 군인들로 인산인해를 이루었다. 군인들 대부분이 20대 미만의 어린 청년들이었다. 아마도 금방 징병에 뽑힌 학생들 같았다. 어쩌면 저들 속에는 조선인 학생들도 섞여있을 것이라고 생각하니 가슴이 아팠다.

당시 조선과 일본에서 강제로 학도병에 끌려간 조선인 대학생들이 수천 명에 달하였다. 이러한 앞일을 미리 내다보고 1941년에 여운형 선생이 몰래 일본에 와서 애국적인 학생들을 모아놓고 일본의 아시아 제패의 몽을 폭로하고 학도병에 나가지 말라고 선전했던 것이다.

그리고 설사 끌려간다 하더라도 일제의 대포 밥이 되지 말고 꼭 기회를 보아 도망쳐 김구가 이끄는 대한독립군으로 가야 한다고 말했다. 여운형의 뜻을 받든 애국학생들이 비밀리에 조선인 학생들을 찾아다니며 여운형 선생의 뜻을 전하였다.

그러한 애씀이 결코 헛되지 않아 적지 않은 학생들이 심연수처럼 학도병을 피해 도망했고 설사 피치 못해 강제로 끌려갔다 해도 대다수의 조선인 학도병들이 중국의 전쟁터와 동남아 전쟁터에서 집단적으로 도망쳐 대한독립군으로 갔고 그 중의 적지 않은 학도병들이 독립군의 골간이 되었으며 훗날 6·25전쟁 때 국군의 장령으로 되어 조국에 큰 기여를 하였다.

이태규가 조용한 곳을 찾아 연수를 앉혀놓고 잠시 기다리라고 하고는 처남을 찾아갔다. 차디찬 밤바다가 처얼썩 처얼썩 파도를 일구며 흐느낀다. 출렁인다. 가난한 자에게는 설움의 부두, 눈물의 부두 얼마나 많은 사람들이 저 부두에서 이별의 한을 휘뿌렸던가.

나라가 없는 한, 식민지 백성으로 사는 부두는 언제나 불행의 상징이다. 연수는 어느 땐가 방학에 부산부두에서 일본으로 넘어 올 때 썼던 시「부두의 밤」을 조용히 읊었다.

터진 입술에 깔끔한 혀끝
목메인 하소를 귀에 담아보는
부두의 설음은 슬픈 푸념
손에 든 트렁크가 무거워진다
밤이 깊어 외로는 해협의 기슭
눈물로 얼리는 부두의 고정(孤情)
철없는 가슴에 한이 엉키어
여울의 거친 물을 헤염치련다

─「부두의 밤」


연수가 한창 상면에 잠겨 있을 때 이태규 아저씨가 왔다.

"연수, 인사 해, 내 처남이야."

연수의 곁에 박달나무처럼 단단하고 미끈한 몸매에 시원스레 생긴 40대의 사나이가 서 있다.

"수고하십니다. 얼굴을 마주하기 바쁘게 이렇게 폐를 끼치게 되어 정말 죄송합니다. 심연수라고 부릅니다."

"보기만 해도 믿음직한 학생이구만. 학도병을 피해 밀항을 한다니 그 용기가 대단하구만. 나의 성은 장씨요. 우리 배는 나 빼놓고 말짱 일본놈들이네. 불편해도 배에서 우리말을 하지 말고 일본말을 하게. 내가 선장에게 일본기자 한분이 중국전쟁터에 취재를 가는데 시간이 급하여 우리 배를 탄다고 미리 일러두었네. 이건 매형이 준비한 기자증이네."

이태규의 처남 되는 분이 연수의 손을 잡으며 부탁한다.

"우리 처남이 바다 경험이 많기에 선장이 믿어주는 처지니 근심을 하지 말게. 괜찮을 거네."

이태규도 연수를 안심시켰다.

"근심하지 마십시오. 장씨 아저씨, 저는 학창시절에 연극도 해 봤기에 배역을 잘할 만한 마음이 있습니다. 거기다 기자증도 있으니 안심하십시오."

연수도 두 분의 근심과 걱정을 풀어 드리려고 제법 우스개를 하였다.

"자, 그럼 가세. 시간이 다 되었네."

"연수, 잘 가게! 우리들이 연분이 있으면 또다시 만날 수 있을 거네."

이태규가 연수의 손을 잡았다. 연수는 하도 감사하여 이태규 아저씨께 넙적 엎드려 절이라도 하고 싶었으나 그런 장소가 아니기에 그저 손을 굳게 잡고 충심으로 감사를 드렸다.

"이 은혜를 영원히 잊지 않겠습니다."

"대신 앞으로 좋은 글이나 많이 쓰게. 내가 원하는 게 그거야."

"명심하겠습니다. 죽는 날까지 우리글을 지키면서 쓰고 또 쓰겠습니다. 철구를 잘 부탁드립니다."

마침내 연수가 탄 화물선이 긴 고동소리를 울리며 저주로운 일본 땅을 떠났다. 며칠 동안 연수는 배에서 장 아저씨가 여러모로 살펴준 덕에 식사나 잠자리가 편했고 시름 놓고 갑판에 올라가 바다의 정취를 한껏 음미할 수 있었다.

배를 타고 사흘 동안의 기나긴 노정을 거쳐 드디어 나진항에 도착하였다. 장 아저씨는 국경경비대 인원들과도 안면이 있는지라 장 아저씨의 도움으로 무사히 국경을 통과한 다음 훈춘에서 자동차를 타고 용정으로 향하였다.

# 핍박에 못 이겨 신안진으로

　심연수가 드디어 용정에 도착하였다. 정든 땅에 왔지만 마음은 착잡하기만 하다. 마음속에서는 무엇이라고 딱히 말할 수 없는 생각들이 강물처럼 흐른다.

　용정에 도착했을 때는 오후 3시경이었다. 도쿄에 비하면 너무나 초라한 곳, 고층빌딩도 없고 인산인해를 이루는 사람들의 물결도 없고 눈길을 현혹케 하는 알록달록한 간판들도 없고 줄지어 달리는 자동차들도 없다.

　오직 나지막한 집들이 옹기종기 모여 앉아 있을 뿐이고 거리는 한산하고 드문드문 마차들이 채찍을 울리면서 오가고 있을 뿐이다. 그러나 너무나 그립던 곳이고 너무나 사랑스러운 곳이다. 어머니 품처럼 따스하고 푸근하여 무작정 안기고 싶은 곳이다.

　심연수는 이곳에서 소학을 졸업했고 이곳에서 중학을 졸업했으며 이곳에서 제 또래들과 함께 해란강에서 고기잡이를 했고 이곳에서 백보배의 손을 잡고 다녔으며 바로 이곳에서 봉춘이와 현근이와 홍복이와 함께 학교대문을 고쳐 달았고 바로 이곳에서 친일분자 김호연을 해란강에 처넣었으며 바로 이곳에서 시를 썼다.

용문교를 건너서니 하학종이 울리었다. 그 종소리는 용주사의 종소리처럼 그윽한 정서를 불러 일으켰다. 넌지시 바라보니 일송정의 소나무가 여전히 푸름을 떨치고 비암산 밑을 휘돌아 해란강이 유유히 흘러간다. 산천은 의구하건만 세월은 변하였다. 좋게 변한 것이 아니라 점점 험악하게 변해간다.

전쟁, 징병, 가난, 죽음 자기도 험악한 변화 속에 감겨들어 희생양이 되었다. 대학졸업증을 안고 사각모자를 번듯이 쓰고 당당한 모습으로 금의환향 하리라던 찬란한 꿈이 일조에 물거품이 되고 오늘 보잘 것 없는 초라한 모습으로 고향의 거리를 걷고 있는 것이다. 이것이 다 누구 때문이냐?

저주스러운 전쟁 때문이고 간악한 일본놈들 때문이다. 연수는 설움과 분노를 삼키며 속으로 부르짖었다. 나도 저 일송정의 소나무처럼 꿋꿋이 살아 변함없이 흐르는 해란강처럼 민족의 넋을 지켜가며 놈들을 향해 붓으로 저주의 총탄을 퍼 부으리라.

도서관 앞을 지날 때 동생 호수의 돈을 얼러내고 누이한테서 돈을 달라고 하여 『노산시조집』을 사가지고 만고사에 가서 시 쓰던 일이 떠오르고 연수가 책 보기를 즐겨한다 하여 자기 돈으로 『카톨릭 소년』잡지를 사가지고 연수를 찾아왔던 보배가 생각난다. 그토록 보고 싶던 보배를 이번에는 볼 수 없게 되었다. 연수가 오기 전에 신경전보전문학교로 갔던 것이다.

오만가지 생각을 하면서 걷다보니 어스름이 깃들 때에야 집에 도착하였다. 연수는 희미한 전등불이 비치는 창문 앞에서 한참이나 머뭇거렸다. 차마 문을 열고 들어설 용기가 나지 않는다. 졸업장도 못 타고 집에 오는 쓰라린 마음, 집에서는 연수의 뒷바라지를 하느라고 얼마나 고생했던가.

오직 아들이 크게 되기를 바라며 갖은 고생을 감내하면서 모든 것을 연수 하나에게만 쏟아 부었던 부모들과 동생들이 아니었던가. 이제 부모님들과 동생들 앞에서 무엇이라고 말해야 하는가.

연수가 문밖에서 한참 서성거리며 생각에 잠겼을 때 어디로 가려던 참인지 동생 호수가 문을 열고 나오다가 연수를 보고 깜짝 놀라 환성을 지른다.

"형!"

그리고는 부리나케 문을 열고 큰 소리를 지른다.

"형이 왔어! 큰형이 왔어!"

"형!"

"연수야!"

동생들이 달려들어 연수에게 매달리고

"꿈이냐 생시냐? 우리 연수가 왔구나."

연수의 어머니가 연수를 끌어안는다. 못 본지가 일 년 반밖에 되지 않건만 부모들에게는 긴 세월처럼 생각되는 모양이다. 집 식구들은 금방 식사를 마쳤고 어머니가 한창 설거지할 때 연수가 들어섰다.

"여보, 무얼하오? 빨리 저녁을 차리지 않고…."

연수의 아버지가 연수의 손을 잡고 기뻐 어쩔 줄을 모르는 연수의 어머니를 보고 말한다. 그리고는 해수며 호수를 보고 이른다,

"얘들아, 밖에 나가서 너희 형이 왔다는 얘기를 해선 안 된다."

"알았어요, 아버지."

잠시 후 어머니기 밥상을 차렸다. 오래간만에 맛보는 음식이어서 맛있기도 했지만 어머니의 손맛이 느껴져서 더구나 감칠맛이 있었다. 어머니가 정다운 눈길로 아들을 보면서 자꾸 말한다.

"많이 먹거라. 천천히 먹거라. 아이구 얼굴이 몹시도 상했구나."

저녁 식사가 끝나자 호수와 해수가 연수에게 졸랐다.

"형, 일본 이야기나 해줘."

연수가 우선 동생들에게 양해를 구했다.

"얘들아, 형이 급히 오다 보니 너희들에게 아무 선물도 못 가져 왔구나. 미안하다."

"형, 우린 괜찮아, 형만 곁에 있으면 돼."

연수는 그러한 동생들이 기특하기만 하였다. 연수는 동생들에게 도쿄에 대해 후지산에 대해, 그리고 바다와 기선에 대해 말해 주었다. 도쿄가 용정보다 백배는 크다고 하니 동생들이 입을 딱 벌렸다.

"세상에 그렇게 큰 시내도 있어?"

연수의 아버지가 물었다.

"졸업하고 바로 오는 길이냐?"

"아닙니다. 원래는 지금쯤 졸업해야 맞지만 일본정부에서 각 대학교에다 명령을 내려 학제를 반년 앞당기고 학생들을 동원하여 군대에 나가도록 하였습니다. 이른바 '학도병의무제도'를 실시한 것이지요. 만약 학도병에 나가지 않으면 졸업장도 주지 않고 홋카이도의 탄광이나 철광에 보내어 고역을 치르게 합니다. 저는 학도병을 피하려고 졸업장을 포기하고 숨어 지내다가 도망쳐 왔습니다. 아버지, 죄송합니다. 그토록 고생스럽게 절 공부시켰는데 졸업장을 쥐지 못한 채 빈손으로 집에 왔습니다."

의외로 아버지는 담담하였다. 오히려 아들을 위로하였다.

"잘했다. 그까짓 졸업장이 다 뭐냐? 배워서 알았으면 됐지. 군대에 끌려가 일본놈들의 대포 밥이 되기보다 훨씬 낫다."

"그렇게 말씀해 주시니 감사합니다. 아버지, 그런데 여기 사정은 어떠합니까?"

"까마귀가 있는 곳이면 다 까막세상이지. 만주도 왜놈들의 천하라 다를게 있겠느냐? 여기서도 얼마 전부터 징병 바람이 불기 시작했단다. 네가 오기 며칠 전에 파출소에서 경찰이 왔다 갔다. 너하고 학수가 징병연령이라고 하면서 인차 지원을 하라고 하더구나. 만일 회피하면 죄를 묻겠다고 엄포를 놓더라. 학수는 이미 몸을 피해 신안진으로 갔다. 김수산 선생이 계시니 알아서 처리할 게다. 너도 얼른 피신해야 한다. 어물어물 하다간 끌려간다."

"목숨을 내 걸고 도망쳐 왔더니 여기서도 그 꼴이군요. 놈들이 지금 발악을 하고 있습니다. 전쟁에서 연이어 패하여 막다른 끝목에 이르렀습니다. 군대는 상망이 엄중하고 군비도 바닥이 났습니다. 놈들은 조선인들을 전쟁터로 내몰아 저들의 군사로 충당하려 합니다. 이제 보십시오. 놈들이 망할 날도 멀지 않았습니다."

"그렇다면 오죽이나 좋겠느냐. 지금 외출을 하려면 통행증이 있어야 한다. 백 사장한테 가 보아라. 그 분이 방법을 대줄 거다."

부자간의 이야기를 듣고 연수의 어머니가 혀를 찼다.

"쯧쯧! 고약한 세상이로고. 집에 오자마자 또 도망쳐야 한단 말이냐, 왜 이놈의 세상이 망하지도 않느냐?"

호수가 끼어든다.

"형, 우리 반 애들의 형들도 군대에 끌려갔어."

해수도 한마디 한다.

"우리 반 애들의 형들도 그랬어요. 그런 애들의 집들에서는 야단이 났다고 울고불고 해요."

연수의 아버지가 호수와 해수를 보고 말한다.

"너희들은 잠깐 밖에 나가 놀아라. 너희들 형하고 따로 할 말이 있다."

애들이 나가자 연수의 아버지가 말을 꺼냈다.

"너도 이쯤하면 보배와의 일도 마무리를 짓도록 해라."

어머니도 끼어든다.

"너와 보배 나이도 어리지 않다. 네가 빨리 서둘러야 학수도 장가를 가지. 너는 대학을 나왔기에 나이가 많아도 색싯감 얻기가 쉽지만 학수야

나이 많으면 색시 얻기가 힘들게 아니냐?"

듣고 보니 부모님들의 말씀이 옳다.

"알았습니다. 보배네 부모님들께 말씀드려보고 조만간 결정을 내리겠습니다. 부모님들은 보배가 마음에 드시는지요?"

"마음에 들고말고. 어디 가서 보배 같은 며느리를 찾겠느냐. 너무나 훌륭하지."

아버지가 이렇게 말하자 어머니도 대찬성이다.

"더 이를 데가 있느냐. 훌륭한 처녀지. 단지 그 집에서 우리가 가난하다고 꺼릴까봐 걱정이구만."

연수의 아버지가 한마디 한다.

"나도 그런 근심이 없는 건 아니지만 그러나 우리 연수가 남보다 못한 게 뭐요? 남들이 못 가는 유학도 다녀왔겠다. 신수가 훤하겠다. 돈이야 없으면 벌면 되는 거고."

"그런 근심은 안 해도 됩니다. 그만큼 지내봤으면 모르겠습니까? 그 집 부모들도 그렇고 보배도 그렇고 돈보다는 사람을 더 중히 여깁니다. 저의 마음에 보배밖에 없고 보배 마음에 저밖에 없습니다. 우리는 여러 차례 편지도 오갔습니다. 보배의 말이 자기의 부모들도 우리 둘의 혼인을 찬성한다고 합니다."

연수가 긍정적으로 말하자 부모들이 무척 기뻐하였다.

"그리고 떠나기 전에 조심하거라. 파출소 사람들의 눈에 걸리면 시끄럽다. 내 생각에는 하루라도 빨리 떠나 신안진에 가는 것이 좋겠다."

"예, 내일 보배네 집과 김 장로님을 뵈옵고 당장 떠나겠습니다. 누님들은 후에 만나기로 하고."

어머니가 또 푸념을 한다.

"아이고! 무슨 놈의 세상이기에 오랜만에 집에 찾아온 아들도 제 부모들하고 함께 있지를 못하고 또 이렇게 떠나야 한단 말이냐. 이 망할 놈의 세상이 언제 끝이 나겠는지."

"어머니 근심 말아요. 우리가 시름을 놓고 살아갈 날이 오래지 않습니다. 조금만 참으면 될 것입니다. 제가 일본에서 보고 느낀 건데 이번이 마지막 발악입니다. 그럼 이만하고 동생들과 좀 이야기 하겠습니다."

"그래라. 개들도 무척 너와 이야기 하고 싶어 할 게다."

연수가 뒷방으로 올라갔다.

"호수야. 이걸 너에게 맡기니 잘 보관해라. 네가 어느 동생들보다 착실하고 책임감이 강하기에 너에게 임무를 주는 거다. 나는 이제부터 떠돌아다녀야 할 몸이니 마음이 놓이질 않는구나. 이건 이제껏 내가 쓴 글들이다."

연수는 지금까지 목숨으로 간직하여 온 원고들을 호수 앞에 내 놓았다.

"형, 그러지 않아도 형이 보내온 편지나 중학교 다닐 때 쓴 일기들을 다 모아서 잘 보관하고 있어. 나한테 맡기면 금고에 넣은 것처럼 든든해."

"그래, 우리 호수 수고했다."

호수가 일어나더니 자기 궤짝에 가서 낡은 보자기를 꺼내왔다. 헤쳐 보니 연수의 원고들과 편지, 일기책들이 차곡차곡 쌓여 있었다. 어찌나 깨끗하게 건사했는지 티끌 하나 없었다.

"호수야, 정말 수고했다. 내가 일본에서 쓴 글들과 이것들을 몽땅 너한테 맡긴다."

"안심해 형, 무슨 일이 있더라도 이것만은 목숨 걸고 지킬 테니."

"그래, 너라면 내가 어디까지나 믿는다. 이후 이 형이 무슨 봉변을 당하더라도 네가 알아 처리하거라."

어느 때보다도 믿음직하고 책임성 있는 호수가 든든해 보였다.

"형, 그런 불길한 말은 하지 마. 봉변은 무슨 봉변이야. 재수 없어."

"그저 해 보는 소리야."

근수하고 해수가 호수에게 맡겨 준 원고지 묶음들을 신기하여 만져보려

하자 호수가 다치지도 못하게 하였다.

"얘들아, 이거 마음대로 못 만져 알았지?"

"형껀데 왜 못 만져?"

"어지러워지면 이다음 어떻게 출판하겠느냐? 이것은 우리 집의 보배란 말이다."

"이것도 보배야? 우리 아는 보배는 사람인데. 저 시내에 있는 큰 형님의 여자 친구 보배 누나 말이야."

"핫하하, 이놈들 나를 놀리는구나."

"히히히!"

"하하하!"

"형이 쓴 글도 보배고, 보배 누님도 보배고, 형도 보배고, 우리 모두 다 보배네."

호수의 보배타령이다. 형제들은 보배를 머리에 떠올리며 모두 함께 웃었다. 호수는 연수가 주는 원고 묶음을 정성들여 보자기에 싸 자기의 궤짝에 넣었다. 연수의 예감처럼 1945년 8월 8일에 연수는 불행히도 봉변을 당해 피살 되었지만 원고만은 다행히도 호수의 손에 있었기에 50여 년이 지난 2000년 7월에 그 원고들이 『심연수문학편』으로 세상에 나오게 되었다. 이튿날 심연수가 백인덕 사장을 찾아갔다. 백 사장이 놀란다.

"아니, 자네 웬일이야? 벌써 졸업했어?"

연수가 사실대로 여쭈었다.

"학교에서 징병을 강요하기에 학교 몰래 나진항으로 밀항하여 어제 저녁에 집에 왔습니다."

"잘 했네. 옳은 선택이야. 여기서도 징병바람이 한창이네. 자식들이 끌려간 집들에서는 울고불고 야단들이야. 왜 안 그러겠나? 지금 군대에 간다는 건 곧 죽는다는 걸 의미하네."

"여기 오면 안전할 줄 알았는데 역시 위험하군요. 아마도 또 떠나야 할까 봅니다. 잠시 신안진으로 피신하려고 합니다."

"그렇게 하는 게 좋겠어. 학수도 내가 그리로 피신 시켰네. 거긴 김수산 선생이 계시니 안전할 걸세. 그러나 지금은 통행증 없이는 한발자국도 움직이지 못하네. 특히 청년들에 대한 감시가 더 엄하지. 내가 타지방에 가서 물건을 구매할 때 쓰는 외출증을 만들어 줄 테니 그 걸 가지고 가게."

백 사장이 당장에서 외출증 한 장을 떼 주었다. 그리고 김수산 선생에게 보내는 편지도 한 장 주었다. 연수를 보살펴 달라는 내용의 편지였다. 연수가 한참 머뭇거리다가 말을 하였다.

"보배가 전문학교에 붙어 얼마나 기쁩니까? 그리고 이번에 보배를 보지 못하고 가서 참 섭섭합니다."

"그럴 거네. 그 애도 자나 깨나 연수 말뿐이야."

연수가 얼굴을 붉히며 말했다.

"저는 보배를 진정으로 아끼고 사랑합니다. 보배가 없으면 살지 못할 것 같습니다."

"나도 다 알고 있네. 보배도 그런 심정이야. 두 사람이 좋다는데 누가 감히 반대하겠나? 집 부모들은 어때?"

"두 분 다 대찬성입니다."

"나도 그럴 줄 알았지. 우리 부부도 처음부터 속으로 자넬 사위로 생각하였네. 잠시는 이 혼란한 시국을 피해 있다가 명년 5월에 보배가 졸업하거들랑 결혼식을 올리도록 하세."

백인덕 사장 내외가 기어코 점심을 먹고 가라고 하여 점심은 백 사장 댁에서 먹었다. 떠날 때 백 사장은 연수에게 노자로 쓰라고 하면서 돈 50원을 주었다. 연수는 그 길로 김 장로를 찾아 갔다. 연수가 졸업을 앞두고 집에 오게 된 자초지종을 이야기 하니 김 장로도 연수의 선택이 잘된 것이라고 하면서 칭찬해 주었다.

"그게 바로 사나이의 기백이야. 그까짓 졸업장이 다 뭐야. 징병을 피하고 반대하는 것도 애국일세."

이튿날 아침 일찍 연수는 용정을 떠났다. 비밀리에 떠나기에 누구도 배웅하지 않았다. 열차가 목단강 쪽을 향해 달린다. 연수의 사색도 달린다. 집에 왔건만 단 하루 만에 떠나야 하는 신세, 왜놈들의 핍박에 의해 세월의 핍박에 의해 본의 아니게 떠나야만 하는 신세 억울하고 저주롭고 분하지만 한편, 놈들의 의지대로 하지 않고 그놈들의 반대쪽으로 나아간다고 생각하니 자신이 승리자라는 생각도 들었다.

최서해는 말했다. 남들이 동쪽으로 가면 나는 서쪽으로 가고 남이 서쪽으로 가면 나는 동쪽으로 간다고. 그렇다, 왜놈들 하고는 엇서야 한다. 그놈들이 옳다고 하는 것을 그르다고 하고 그놈들이 그르다고 하는 것을 옳다고 우겨야 한다. 연수는 덜커덕거리며 굴러가는 기차소리를 들으면서 이전에 썼던 시 한수를 떠 올렸다.

> 고집을 써라 끝까지
> 털끝만한 너그럼을 베풀지 말고
> 타고난 엇장을 굽히지 말라
> 벽을 문이라 미는 미련쟁이라
> 팥으로 메줄 쑨다고 우겨라
> 그 장으로 식성을 고쳐 보게
> 소금이 쉬어 곰팡이 피고
> 사탕이 썩어서 냄새가 난다면
> 그건 고집 없는 탓이지
> 뻗치다 부러진 건 통쾌해도
> 넛기다 꺾인 꼴은 싫도록 밉더라
>
> —「고집」

# 젊은 교무주임

　징병을 피해 신안진(新安鎭)에 온 심연수는 우선 김수산 선생부터 찾았다. 김수산은 어릴 적의 심연수의 스승이다. 심연수의 가정이 러시아의 블라디보스토크를 떠나 밀산을 거쳐 신안진에 와서 3년간 살았는데 김수산이 신안진 진성국민우급학교에서 교장으로 있었다. 김수산은 총명하고 활기찬 심연수를 무척 사랑하였다.

　신안진은 영안현성(寧安縣城)으로부터 70여리 떨어진 곳으로 조선인 2만 여명이 살고 있었고 신안진은 일찍이 김좌진 장군이 투쟁 근거지로 삼았던 곳이다. 장군이 암살당한 산시(山市)와는 50여리 상거에 있다. 신안진은 김좌진 장군이 항일부대를 이끌고 와서 개척한 지방으로써 주위가 십여 리에 달하는 큰 면적을 가진 현성이다. 기차역으로부터 멀리 떨어져 있어 항일에 편리하였다.

　십여 년 전에 심연수 일가가 신안진을 떠나 용정으로 올 때 김수산이 자기의 친구 백인덕 사장에게 심연수 일가를 돌봐 달라는 서신을 써 주어 심연수 일가가 용정에 온 후 백 사장의 도움을 많이 받았고 후에 심연수가 백 사장의 딸 백보배와 결혼까지 하게 되었다. 김수산이 너무 기뻐 심연수를 마구 부둥켜안았다.

"연수야 이게 몇 년 만이냐? 가만 보자. 1940년 겨울에 네가 한번 왔다 갔으니 꼭 3년 만이구나. 헌데 무슨 일로 연락도 없이 이렇게 문득 찾아온 것이냐?"

"선생님, 저는 용정 동흥중학을 졸업하고 일본에 가서 일본대학 예술학원에서 유학하다가 일본놈들이 학도병으로 내 몰려고 하기에 졸업을 앞두고 도망쳐서 만주로 왔습니다. 용정에 오니 거기서도 징병을 강요하기에 부득불 여기로 도망쳐 온 것입니다. 급하게 오느라 미처 연락드리지 못하고 부랴부랴 선생님한테로 달려왔음을 죄송스레 생각합니다."

"죄송이라니 그게 무슨 소리냐? 아주 훌륭한 결단을 내렸구나. 과시 장하다. 비록 졸업장을 못 받을망정 일본놈들의 대포 밥이 되기보다는 낫지 않느냐. 잘했다, 잘했어. 놈들의 뜻을 어긴 것만 해도 애국이야. 여기서 나와 함께 애들을 가르치자. 마침 교원자리가 비어 골머리를 앓고 있던 중이었다."

"선생님, 저도 그러한 생각으로 여기를 찾아왔습니다. 백 사장께서도 선생님께로 가라 하면서 편지까지 써주었습니다."

김수산 선생이 편지를 보았다.

"너를 잘 보살펴 달라는 부탁 편지이다. 여부 있겠느냐. 걱정하지 말아라."

김수산은 열렬한 애국지사였고 북만조선인협회 회장이었다. 반일부대의 파견을 받고 신인진에서 교장으로 있으면서 암암리에 민중들에게 반일사상을 고취하고 청년들을 반일사상으로 무장시켜 항일부대에 보내는 일을 하고 있었다. 그의 처남 송병호는 일본 명치대학 졸업생으로 영안현에서 부현장을 맡고 있었다.

그는 부호의 가정에서 자랐지만 일본인들을 증오하고 고생에서 허덕이는 조선인들을 동정하였다. 김수산은 광복 후 북에 가서 김일성 종합대학 정치학 교수로 있다가 1957년에 김일성이 중국에서 간 인물들을 숙청할 때 반당분자로 낙인찍혀 양강도의 어느 벽촌에 내려갔다. 그 후의 행방에 대해서는 누구도 모른다. 김수산은 학교의 총무인 강덕수를 불러왔다.

"강 선생, 인사하시죠. 일본대학을 유학한 심연수 군이오. 나의 옛 제자이기도 하고. 오늘부터 우리 학교에서 교편을 잡게 됐소. 우선 거처를 정해주시오."

"알겠소이다. 교장 선생님, 마침 우리 집에 빈방이 하나 있고 우리 딸 순애가 한창 대학입시 시험을 준비하고 있는 중이라 대학생의 지도도 받을 겸 참 안성맞춤이군요."

"거 참 잘 됐구만. 그럼 그렇게 하고, 우선 새로 온 선생의 몫으로 쌀을 가져가시오."

당시 많은 학교들에서 교사들에게 월급을 못 주고 대신 쌀을 주었다. 강선생이 나가자 심연수가 물었다.

"선생님, 저의 동생 학수가 신안진에 왔었는데 혹시 아시는지요?"

"오, 학수 말인가. 몇 달 전에 찾아왔었지. 항일부대를 찾는다기에 내가 소개장을 써 주어 항일부대에 보냈어. 그 후의 일은 나도 모르고."

"연수, 넌 학벌도 높고 나이도 젊으니 교무주임을 맡아라. 그리고 잠시 6학년 반주임도 겸하고."

"아니, 선생님 저와 같은 새내기가 어찌 교무주임을 맡는단 말입니까? 선배님들도 많을 텐데 말입니다."

"잘해낼 거야. 넌 적임자야."

심연수는 스승이 이토록 믿어주니 더 사양하지 않았다.

"그럼, 선생님의 분부대로 하겠습니다. 앞으로 빗나가는 점이 있으면 많이 일깨워 주십시오."

"고맙다. 난 네가 꼭 잘 해내리라고 믿는다. 난 이곳에 오는 교사들에게 제일 먼저 들려주는 이야기가 있다. 김좌진 장군 이야기지. 그 분이 돌아가신 지도 어언 13년이 되는구나. 그 분이 신안진을 개척했고 그 분이 진성학교를 세워주었단다. 그 분은 유명한 항일명장으로 우리가 영원히 따라 배워야 할 본보기였다."

김수산이 조용한 어조로 김좌진 장군에 대해 이야기했다.

김좌진(金佐鎭) 장군은 1889년에 충청도 홍성군(洪城郡)에서 태어났으며 호가 백야(白冶)이다. 15세 때에 부모들 몰래 가노(家奴)들을 해방하고 토지를 소작농들에게 분배하여 근대화에 앞장섰다. 16세인 1905년에 고향에서 호명학교(湖明學校)를 설립하고 학생들에게 반일사상을 주입시켰다.

1930년 5월에 과거의 부하였던 고려공산청년회의 김일성(金一星)과 박상실(朴相實)에 의해 영안현 산시역 자택 앞 정미소에서 암살당했다. 장례 날 수많은 중국인들과 한인들이 산시로 와서 항일영웅의 죽음을 슬퍼했다. 김수산의 이야기는 심연수에게 많은 사색을 심어주었다. 그는 속으로 김좌진 장군과 같은 애국심을 가지리라고 다짐했다.

자그마한 시골학교에 일본유학생이 나타나니 모두 희구하게 여겼고 미끈한 체격에 용모가 준수하여 수많은 처녀들이 마음속으로 심연수를 사모하였다. 진성국민학교는 심연수가 오면서부터 생기가 흘러넘쳤다. 교사의 대부분 오십대의 장년들인데 유독 심연수가 생기발랄한 청년이었다. 거기다 심연수가 체육도 잘하고 음악도 잘하고 미술도 잘하여 학생들이 심연수를 존경하고 따랐다.

강 선생 댁에서는 심연수를 무척 챙겨주었다. 색다른 음식이 생기면 심연수부터 챙겼고 양말이나 양복에 조금만 때가 묻어도 얼른 빨아주었다. 가끔 심연수는 그들의 지나칠 정도의 관심에 민망하기조차 하였다. 강순애는 총명하고 쾌활하고 예쁜 처녀였다. 강 선생 댁에서는 심연수를 욕심냈다. 강 선생이 부인을 보고 말했다.

"저런 사람을 사위를 삼으면 얼마나 좋겠소."

"저도 그래요. 조금도 나무랄 데가 없는 사람이죠. 순애도 눈치를 보니 심 선생을 무척 좋아하는 것 같아요."

어느 날 저녁 식사 후 강 선생이 심연수의 의중을 떠보았다.

"심 선생, 아직 홀몸이요?"

"예, 아직까지는…"

"혹시 아직 장갈 가지 않았다면 …우리 순애하고…"

강 선생이 뒷말을 흐려버렸다. 딸 가진 쪽에서 먼저 청혼을 한다는 것이 스스로도 쑥스러웠던 것이다. 발그레하게 상기된 순애가 아버지를 나무람 했다.

"아이참, 아버지도…"

그러나 속으로는 아버지가 얼마나 고마운지 몰랐다. 심연수가 자기 집에 오던 그날부터 순애의 마음은 설레기 시작했고 그의 지도를 받으며 접촉할수록 심연수에게 쏠리는 자신의 마음을 달랠 길이 없었다. 심연수도 물론 이를 눈치 채지 못한 바 아니었다. 남녀 간의 관계는 아주 민감한 것이다.

심연수도 강 선생 내외와 순애에게 호감이 있었다. 무던하고 마음씨가 착한 강 선생 내외분은 심연수를 자식처럼 대해주셨고 순애는 마음도 좋고 총명하고 인물도 예뻤다. 가령 당시 심연수가 백보배와 약혼한 처지가 아니었더라면 순애의 남편으로 되었을는지도 모른다. 심연수의 동생 심호수도 당시를 이렇게 회상한다.

"강 선생 댁은 고향이 춘천이었는데 우리 형을 아주 욕심냈어요. 백보배가 아니었다면 순애에게 장가를 갔을 거예요."

심연수가 신안진에 간 후 심호수가 신안진에 가서 심연수와 함께 강씨 댁에서 며칠 묵었기에 내막을 알 수 있었던 것이다. 심연수의 밥상은 언제나 순애가 들고 들어왔다. 순애가 이마를 곱게 숙이고 방안으로 들어올 때면 흡사 물찬제비 같았다. 그럴 때면 심연수의 마음이 흔들렸다. 세상에 아름다운 꽃을 마다할 나비가 어디 있겠는가.

그러나 그럴 때마다 심연수는 백보배를 생각했고 그리고는 잠시나마 마음이 흔들렸던 자신을 호되게 꾸짖었다.

"이놈, 네 어찌 감히 그런 발칙한 생각을 한단 말이냐? 입으로 순정을 외치던 네 자신한테 부끄럽지 않느냐?"

심연수는 사실을 말하지 않으면 피차간에 마음이 괴롭게 된다고 생각하고 어느 날 점심때 이야기를 꺼냈다.

"못난 저를 아끼고 사랑해 주신 강 선생님과 사모님께 언제나 감사한 마음입니다. 강 선생님과 사모님은 정말 훌륭한 분들이십니다. 순애는 총명하고 예쁩니다. 그 어떤 남자도 순애를 보면 욕심내 할 것입니다. 솔직히 말해서 저도 순애가 너무나 마음에 듭니다. 그런데 저는 이미 백보배라는 처녀와 백년가약을 맺은 처지입니다. 우리 둘은 영원히 변치 말자고 맹세를 했습니다. 이제 곧 우리들은 결혼식을 올리게 됩니다. 순애는 앞으로 꼭 저보다 더 훌륭한 남자를 만날 것입니다. 오늘부터 저를 아들로 생각해 주십시오. 저도 순애를 누이동생으로 여기겠습니다."

심연수의 절절한 말에 강 선생 내외가 감동하였다. 그들은 필경 사리통달한 사람들이었다. 순애 또한 마음이 넓은 처녀였다. 강 선생이 웃으면서 말했다.

"허허, 그런 판이었군. 내가 떡줄 사람은 꿈도 꾸지 않는데 괜히 김칫국물부터 마신거구만. 그렇다면 좋네. 나는 아들이 없는데 오늘부터 끌끌한 아들 하나를 얻은 셈이고, 우리 순애는 자랑스런 오빠를 얻은 셈이지.

자, 오늘 기쁜 날이니 우리 함께 한 잔 하자고."

심연수에 대한 강 선생 댁의 관심은 여전하였다. 그리고 심연수를 보고 심 선생님이라고 깍듯이 부르던 순애도 심연수를 오빠라고 불렀다. 심연수는 더욱 열성스레 순애의 학습을 지도하였다. 심연수의 열정적인 지도와 순애의 총명이 서로 합쳐 반년 후 순애는 하얼빈의과대학에 붙었다.

마침 그때 심연수의 동흥중학교 시절의 친구 이봉춘이 하얼빈의과대학 4학년에서 공부하고 있었다. 심연수는 순애가 대학에 가던 날 봉춘에게 순애는 자기의 친 여동생과 같은 사람이니 부디 잘 돌봐 달라는 서신을 써 순애에게 주었다. 후에 순애는 이봉춘과 정이 들어 결혼하였다.

# 옥고獄苦를 치르다

심연수가 신안진 진성국민우급학교(振城國民優級學校)에 온 후부터 학교의 면모가 일신하였다. 대부분이 50대 교사들이던 학교에 불시에 준수하고 활달하고 젊은 교사가 나타나 열정적으로 활약하니 말 그대로 만록총중홍일점이요(萬綠叢中紅一点), 군계일학(群鷄一鶴)이라 모두가 심연수를 칭찬해 마지않았다.

넓은 운동장에서 학생들과 함께 축구를 하고 배구를 하는 것도 심연수요, 미술시간에 나서는 선생도 심연수요, 손풍금을 치며 학생들과 함께 노래하는 것도 심연수였고 학생들을 모아놓고 시낭송을 하는 것도 심연수였으니 어느 학생이 어느 학부모가 심연수를 칭찬하지 않으랴!

그러나 심연수는 이에 만족하지 않았다. 그는 학생들에게 글 외에도 민족 얼을 심어주는 다양한 문화예술활동이 필요하다고 생각하였다. 앞으로 교사가 되면 학생들에게 민족의식을 심어주라던 삼촌 심우택의 말이 떠올랐고 삼촌에게서 들었던 신정 신규식의「민족혼」이 되살아났다.

"「민족혼」이 있으면 나라가 없어도 있는 것이요, 민족혼이 없으면 나라가 있어도 없는 것과 마찬가지이다."

민족혼의 유무에 따라 나라와 민족의 운명이 좌지우지 된다는 신규식 선생의 말씀은 20년 세월이 지난 오늘에도 명언으로 남아 있고 진리로 남아 있다. 우리가 나라를 잃은 것은 바로 민족혼을 상실했기 때문이다. 지금 비록 나라를 빼앗겼지만 민족혼만 살아 있으면 그 어느 날에든 나라를 되찾을 것이다. 심연수는 신규식 선생의 '민족혼'을 좌우명으로 삼았다. 어느 날, 하학 후 심연수가 교장실로 찾아갔다.

"교장 선생님, 학생들에게 글을 배워주는 것도 중요하지만 민족 얼을 고취하는 것도 중요하다고 생각합니다. 예술의 힘으로 민족의식을 일깨워 주면 더 쉽게 더 빨리 접수하리라고 생각합니다. 교장 선생님께서 지도해 주시고 지지해 주시길 바랍니다."

그때 김수산 선생은 북만조선인협회 회장을 맡고 있었는데 협회 산하에 목단강문공단이 있었다. 목단강은 신안진과 백여 리 상거해 있었다. 목단강문공단은 일제의 눈을 피해 겉으로는 단순히 노래와 춤을 공연하는 것 같이 보였지만 내용은 애국적이고 반일적이었다. 그들은 동북의 각 지방을 돌며 조선인들이 살고 있는 고장에 가서 연출을 하여 널리 조선인들의 환영을 받고 있었다. 심연수의 말을 들은 김수산 교장이 무릎을 탁 쳤다.

"허참, 좋은 생각이야, 내가 왜 미처 이런 생각을 못 했을까. 젊은 사람들의 머리가 다르긴 달라. 그렇게 하도록 하세. 내가 즉시로 목단강에 사람을 띄우겠네. 공연지점은 학교로 하고, 공연시간은 학생들이 휴식하는 다음 주 일요일로 하고…"

다음 일요일, 문공단이 신안진에 왔다. 무려 만여 명이 넘는 사람들이 학교로 모여들었다. 일 년 가도 영화 한 번 보기 어렵고 공연 한 번 보기 어려운 사람, 공연단이 와서 연출한다니 신안진 일대가 마치 큰 경사가 난 것처럼 법석이었다.

공연단의 단장 조두남과 부단장 윤해영이 김수산의 앞에 와서 허리 굽혀 인사했다. 문공단이 협회의 힘으로 꾸려지고 있기에 그들은 회장인 김수산을 처음부터 알고 있었던 것이다.

김수산이 조두남과 윤해영에게 심연수를 소개하고 심연수에게 조두남과 윤해영을 인사시켰다. 조두남과 윤해영은 당시 동북의 조선인들 사이에서 위망이 가장 높은 작곡가고 시인이었다. 특히 윤해영 작사, 조두남의 작곡으로 된<선구자>(처음에는 <용정의 노래>였다)가 조선인들 사이에서 널리 애창되면서 두 사람이 이름이 더욱 소문나게 되었다. 지금도 이 노래는 한국과 중국 조선족들 사이에서 널리 불리는 명곡이다.

조두남은 1912년에 평양에서 태어나 6세 때 미국인 신부 조지프 캐논스에게서 작곡 공부를 시작하였다. 1923년에 가곡「옛이야기」를 작곡하였는데 이때가 나이 11세였다. 평양숭실학교에서 수학한 뒤 일제의 탄압을 피해 만주, 용정 등지에서 주로 활동하다가 1945년 광복을 맞아 귀국하여 서울에서 창작활동을 하였다

윤해영은 1909년에 함경북도 경흥에서 태어났다. 오랫동안 간도 용정에서 교사로 근무했다. 1940년대에 주로 활동했다. 일부에서는 친일 인사로 분류한다. 1947년에 북한에 간 후「분배 받은 기쁨」등 노래를 창작하였다. 1956년에 사망한 것으로 추정되고 있다.

이번 공연을 계기로 우연하게 일본에서 공부할 때의 선배인 최현을 만나게 되었다. 김수산과 심연수가 무대 뒤에서 공연단을 도와 한창 도구들을 정리하고 있을 때 느닷없이 '연수!' 하고 부르는 사람이 있어 뒤를 돌아보니 바로 최현 선배였다.

"야, 최 선배 이게 어찌된 일입니까?"

두 사람은 너무 기뻐 서로 얼싸안고 돌아쳤다.

"헌데 연수, 자네는 또 어찌하여 여기에 와 있는가?"

"말하자면 깁니다. 간단히 말하면 망할 놈의 학도병 징병을 피해 여기로 온 겁니다. 졸업을 눈앞에 두고 말입니다. 처음에 용정으로 왔다가 거기 서도 징병 바람이 불기에 여기까지 왔지요. 헌데 선배님은 지금 어디 계 십니까?"

"일본에서 돌아오자마자 하얼빈 악단에 들어갔네. 나야 성악밖에 더 할 수 있겠는가. 이번에 북만조선인협회의 요청으로 여기 왔다가 우연히 자 넬 만난 걸세."

"그런데 선배님, 미란씨는 현재 어디서 어떻게 지내고 있는지요?"

"지난번에 공연차로 훈춘에 갔다가 미란씨를 만났네. 미국으로 간다더 니 주저앉아 중학교 음악교원으로 있는 모양이야. 원래 남자하고는 헤어 진 것 같아. 처음부터 달가운 혼인은 아니었으니까."

미란이는 일본대학 예술학원에서 음악을 전공하던 처녀로 한때 심연수 를 짝사랑하기도 했다. 심연수가 김수산에게 최현을 소개했다.

"도쿄 시절의 저의 선배입니다. 음악을 전공했고요. 저명한 테너 가수입 니다. 도쿄에 있을 때 제가 신세를 많이 졌지요. 그리고 선배님, 이 분은 저의 어린 시절의 스승이고 현재는 북만조선인협회 회장이시고 저의 학 교의 교장선생님이십니다."

"회장님, 최현이라고 부릅니다. 앞으로 많이 지도해 주십시오."

김수산이 인사를 했다.

"만나서 반갑습니다. 연수 군이 최 선생의 말씀을 많이 하더군요."

조금 후 조두남과 윤해영이 나타났다. 김수산이 연수에게 두 사람을 인 사시켰다. 심연수가 두 사람과 악수하였다.

"두 분께서 〈선구자〉를 지으셨다니 정말 대단합니다. 저는 용정에서 동 흥중학을 졸업했거든요. 해란강과 일송정, 용문교 너무나 정든 고장입니 다. 전 〈선구자〉를 부르면 가슴이 막 부풀어 오릅니다."

"심연수 선생이 유명한 시인이라는 걸 우리도 알고 있습니다. 3년 전에 우리는 벌써 『만선일보』에 오른 선생님의 시 「大地의 봄」, 「異域의 종소리」, 「旅窓의 밤」 등을 읽었습니다. 앞으로 좋은 시를 많이 써 주십시오."

최현이 심연수를 보고 말했다.

"오늘 내가 〈선구자〉를 부르기로 했네."

얼마 후에 공연이 정식으로 시작되었다. 첫 절목은 〈아리랑〉 이었다. 〈아리랑〉이 웅장한 합창으로 울려 퍼지자 격동된 관중들이 함께 불렀다. 〈아리랑〉은 민족혼이 다져진 노래로서 무릇 조선인이라면 남녀노소 모르는 사람이 없다.

아리랑 아리랑 아라리요
아리랑 고개를 넘어간다
나를 버리고 가시는 님은
십리도 못 가서 발병난다

공연 중간쯤에 최현이 〈선구자〉를 불렀다.

일송정 푸른 솔은 늙어늙어 갔어도
한줄기 해란강은 천년 두고 흐른다
지난 날 강가에서 말 달리던 선구자
지금은 어느 곳에 거친 꿈이 깊었나

최현의 웅글지고 은은한 테너, 그리고 곡과 가사의 깊은 함의가 거대한 촉수마냥 관중을 사로잡았다. 관중들은 숨을 죽이고 노래 소리에 빠져들었다. 어떤 사람들은 눈물을 흘리기까지 했다. 〈선구자〉가 왜 이다지도 청중의 심금을 울린 것일까. 그것은 바로 수난당하는 민족의 감정을 그대로 재현했기 때문이다. 이 노래를 들으면서 관중들은 선구자처럼 말을 타고 원수들과 직접 싸우는 듯 환각에 사로잡혔다.

공연이 무르익어갈수록 관중들과 공연자들이 일심동체가 되어 모든 것을 잊고 즐거움과 감동을 만끽했다. 공연에 판소리와 최승희의 칼춤도 있어 더욱 이채를 띄었다. 마지막에 관중들과 연원들이 함께 <고향의 봄>을 열창했다.

사람들은 서로 부둥켜안고 노래를 부르면서 두고 온 고향을 생각하며 눈물을 흘렸다. 신안진농업학교와 진성국민우급학교 학생들이 공연 답례로 심연수가 일본에서 창작한 시 「세기의 노래」를 낭송하였다.

파미르高原에다 천막을 치고
犁牛의 등에서 짐을 풀어라.

히말라야 빙하에 목을 축이고
靈峰의 天池에서 목욕하자
흐림 없는 碧空에다 이상을 달리자.

지구의 용마루를 타고 앉아
정의의 고함을 높이 쳐보세
地心이 놀랄 만치 幕 기둥을 박으라.

젊은이여! 일꾼이여!
우리의 피는 끓나니
우리의 이상은 높나니…….

저 - 사방에서 일어나는 돌개바람에

썩은 평화에 꿈꾸던 현실이 일크러지련다
동서에서 밀려드는 검은 구름과
천벌 같은 뇌성벽력에
말세 같은 再開闢이 시작되련다.

들으라 해일이 밀려오는 소란한 소리
손으로 오갈 지어 자세히 들으라
溺死 飢乞하는 娑婆의 阿鼻叫喚을
죄악과 抑縛이 터지는 소리
오물어 들어가는 육지의 縮陷을….
보라 揚子江과 洹河의 범람에 떠가려는 묵은 집
융기하는 해양 가운데 새 육지를,

미친놈 지랄 쓰는 亂射의 포화에
말라 쪼는 지중해를
아- 저기 저 아라비아沙漠 위에
일어난 怪光이 일어날 일을 前兆한다.

우리는 피난 온 무리가 아님
목숨을 아끼는 軟骨虫은 더 아니다
우리의 일감은 새로 나나니
우리의 일터는 무한 넓나니
우리의 할 일은 태산 같도다
품은 이상은 우주에 차고
蓄貯한 힘은 위대 장엄하나니
정의의 무리 앞에 굴복할 것은

慘僞를 감행하던 악마일리라.

 50여명 학생들이 번갈아가며 혹은 혼자서 혹은 둘이서 혹은 모두가 함께 읊는 낭송은 공연장을 무겁고 장엄하게 하였다. 이 시는 히틀러와 일본제국주의를 비롯한 모든 침략자와 독재자들을 성토하는 장엄한 성토문이요 단죄문이었다. 며칠 후 경찰서에서 심연수를 호출하였다. 경찰서장이 심연수에게 물었다.

 "당신이 심연수요?"

 "그렇소. 헌데 무슨 이유로 날 호출한 거요?"

 "자기가 한 일을 자기가 모르겠소?"

 "모르겠소. 난 학생들에게 글공부를 배워준 것 밖에 없소."

 "허허, 선생이라고 점잖게 대해주려 했더니 이거 안 되겠구나. 넌 말이야, 글을 가르친다는 명색을 내 걸고 학생들에게 대일본제국을 반대하라고 선동했다."

 심연수가 태연자약하게 말했다.

 "증거가 뭐요?"

 서장 놈이 등사한 <선구자> 한 장을 내놓았다. 심연수가 노래가 하도 좋아 등사하여 야학생들에게 준 것인데 이놈이 어디서 그걸 한 장 얻었던 것이다.

 "이봐. 이 노래에 이런 구절이 있어. '이역 땅 바라보며 활을 쏘던 선구자' 그래 이것이 일본을 향해 화살을 쏜다는 말이 아니고 뭐야!"

 심연수가 비양조로 말했다.

 "존경하는 서장 선생, 당신은 제 마음대로 말을 만들어 내고 있소. 이 노래에 이역 땅이라고 했지 어디 일본이라고 했소?"

 서장 놈은 말이 막혔다. 사실 이 서장이란 작자는 소학교나 겨우 졸업한 사람이었다. 서장이란 작자가 다른 종잇장 한 장을 내 밀었다.

"그럼 그건 그렇다 치고 이건 또 뭐야? 지난 번 공연 때 네가 학생들을 동원하여 읊게 한 시다."

"이 시가 도대체 무슨 문제가 있단 말이오?"

"우선 이 시를 누가 썼느냐?"

"미국의 한 잡지에서 베낀 것이요."

"이 시에 이런 구절이 있다. 〈황하는 紅波로 흐른 지 벌써 10년/장강 연안에는 鬼怨聲만 들리고/헤매이던 누각에 일본도가 꽂혔다〉 이것이 그래 일본제국의 성전을 반대하는 것이 아니고 무엇이냐?"

"이 시는 지금 전 세계에서 벌어지고 있는 전쟁의 상황을 그대로 쓴 것이요. 일본도를 일본도라고 하지 않고 영국도라고 해야 좋겠소?"

"그럼 〈새로이 죄악을 저지르는/세기의 독재자를 축출하자〉고 했는데 독재자란 일본을 견주고 한 말이 아니냐? 이래도 이 시가 반동시가 아니란 말이냐?"

사실「세기의 노래」는 일본제국주의와 히틀러 무솔리니 등 독재자들을 성토한 시이다. 서장 놈도 무어라고 딱 짚어서 말할 수 없었을 뿐 감각적으로 어느 정도는 짐작하고 있었다. 그러나 심연수는 아니라고 했다.

"서장 선생, 시에는 일본이 독재자란 말이 없는데 왜 당신은 자꾸 일본을 들먹거리오? 당신은 일본이 독재자라는 걸 승인하는 모양이구만."

서장 놈이 얼굴이 금시 붉으락푸르락 해졌다. 소학교를 겨우 졸업한 놈이 어찌 심연수의 상대가 되겠는가. 분을 참지 못해 한참 동안 씩씩거리던 서장 놈이 부하를 불렀다.

"여봐라, 이놈은 말이 안 통하는 악질분자이니 유치장에 가두고 엄하게 단속하거라."

경찰 두 놈이 심연수의 손에 수갑을 세우고 유치장으로 끌고 갔다. 심연수가 유치장에 갇혔다는 소식을 듣고 학생들과 학부모들이 몰려와 항의

했으나 아무 소용이 없었다. 이틀 후에 김수산이 영안현에서 부현장으로
있는 처남 허봉식과 함께 경찰서로 갔다.

허봉식은 당년에 45세로서 일본 와세다 대학 졸업생이었다. 부모가 건
축업을 하는 부호였지만 민족심이 강해 비록 만주국에서 부현장이라는
벼슬을 하고 있었지만 동포들을 위해 적지 않은 좋은 일들을 하여 광복
후에도 여전히 부현장으로 있었다. 허봉식이 서장을 불렀다. 서장 놈은
부현장이 왔다고 하니 금시 허리를 굽실거렸다.

"심연수란 선생이 무슨 죄를 졌소?"

"반일 노래를 배워주고 반일 시를 읊게 했습니다."

"그 노래는 누가 지은 거고 시는 또 누가 쓴 거요?"

"노래는 조두남과 윤해영이라는 작자가 지은 거고 시는 어느 미국 잡지
에서 베꼈다고 합니다."

"나도 그 노래 가사를 보았소. 그러나 거기에 일본제국을 반대한다는 구
절은 없더군. 그리고 그 시는 미국사람이 쓴 거라니 설사 문제가 있다 해
도 그 미국사람을 탓해야 할 것이요. 심연수란 사람은 일본대학을 졸업
한 인재요. 앞으로 우리 대일본제국을 위해 아주 필요한 사람이요. 어서
풀어 놓으시오."

이리하여 심연수가 다행히 유치장에서 풀려나게 되었다. 허봉식이 김수
산과 심연수를 식당으로 청했다.

"연수군, 그간 감옥에서 고생이 많았겠는데 한 잔 들지. 매형이 입이 닳
도록 자네 자랑을 하면서 도움을 요청하기에 부랴부랴 신안진으로 온 걸
세. 나도 일본 와세다대학을 졸업했다네. 앞으로 선후배 관계로 가깝게
지내세. 난 이젠 부현장도 그만둘 걸세. 구실을 대고 해외로 떠나려고 하
네. 형세를 보니 일본놈들이 이제 곧 망할 것 같아. 괜히 그놈들과 함께
망할 필요가 있겠는가? 그리고 연수군. 앞으로 재간을 펴자면 시골보다
현성이 나을 테니 영안학교로 오게. 내 떠나기 전에 주선해 놓을 테니."

"고맙습니다. 현장님. 앞으로 이 은혜 잊지 않겠습니다."

이리하여 반 년 만에 심연수는 신안진을 떠나 영안으로 가게 되었다. 심연수가 떠나던 날 수많은 학생들과 학부모들이 눈물로 심연수를 배웅하였다. 물론 제일 애석해 한 것이 김수산 교장이었다.

# 훌륭한 야학선생

 심연수는 학도병 징집을 피해 용정에서 영안현 신안진으로 온 후 김수산 선생의 알선으로 신안진 제5부락에 머물게 되었다. 5부락의 원래 이름은 공제촌(共濟村)이다. 모든 사람이 함께 서로 도우며 살아간다는 뜻인데 1925년도에 김좌진 장군이 이렇게 이름을 지었다고 한다. 그러다가 일본인이 만주를 점령하고 만주국을 세우면서부터 이름이 5부락으로 바뀌었다.

 '부락(部落)'은 일본식 명칭이다. 일제는 1932년에 동북지역을 침략하여 점령한 후 만주국을 세웠다. 일제는 만주국을 세운 후 만주의 안전과 치안에 무척 신경을 썼다. 그들은 만주라는 커다란 땅덩어리를 영원히 차지하고 싶었던 것이다. 조선인들을 비롯한 만주의 3천만 민중들은 일제의 침략에 항거하여 곳곳에서 반일투쟁에 궐기하였다.

 그 중에서 하얼빈 일대의 주보중 부대, 김좌진이 이끄는 북만서로군정서(北滿西路軍政署), 서일이 영도하는 동만의 의정부, 양정우, 이동광이 이끄는 남만의 항일연군이 도처에서 일제에게 타격을 가하였다. 민중들도 함께 일어나 항일부대들을 지원하였다. 어려운 형편이지만 식량과 피복, 약품 등을 모아 비밀리에 항일부대에 전달하였다.

민중들의 적극적인 지지와 성원이 없었더라면 독립투쟁은 절대로 불가능 했을 것이다. 일제도 바보가 아닌 이상 이런 관계를 너무나 잘 알고 있었다. 일제는 민중들과 반일부대의 연계를 끊기 위해 이른바 집단부락운동(集團部落運動)을 벌였다.

일본은 만주에서의 역량을 강화하기 위해 일본으로부터 대량의 개척민을 끌어다 만주를 개척하고 새로운 마을을 만들었으며 그러한 개척마을을 '부락'이라고 불렀다. 그 후 만주 전국의 모든 마을을 부락이라는 이름으로 통칭하였다. 지금도 흑룡강성에 가면 만주국 시대의 이름 그대로 부락으로 불리는 마을들이 가끔씩 눈에 띤다.

뒤이어 일제는 집단부락운동을 본격화하였다. 산간지대에 한두 호씩 널려 있던 민가들은 통제하기 어려우므로 산재한 집들을 강제로 한 곳에 몰아넣고 몇 백 호를 단위로 하여 집단부락을 설립하였다. 집단부락 주위에는 토성을 쌓고 자위대가 지키게 하였다. 자위대는 일본인 농민들과 친일분자들로 조직된 반민반군(半民半軍)의 군사조직으로서 역시 일본이 만주를 점령한 후 만들어 낸 '신생사물'이다. 일본은 자위단을 아주 중시하였다. 만주국의 치안과 직결되었기 때문이었다.

심연수가 거주하는 5부락에도 자위단이 있었다. 그러나 5부락이 반일세력의 공제(控制)속에 있었기에 자위단 단장도 김좌진 장군을 지지하는 사람이 맡게 되었다. 하여 말은 자위단이지만 내실은 공제촌의 조선인들을 보호하는 조직이었다. 물론 이렇게 되기까지 김수산 선생이 암암리에서 많은 일을 했다는 것은 더 말할 것도 없다.

공제촌에는 백여 명의 청장년들이 있었다. 심연수는 김수산 선생과 함께 저녁이면 야학에 나가 청장년들에게 글공부를 시켰다. 신안진에는 또 농업전문학교도 있었다. 심연수는 신안진 진성국민우급학교에서 교편을 잡고 있던 그 짧은 반년 사이에 야학을 열며 농업학교에 출강하여 수많은 청장년들에게 애국사상과 반일사상을 선양하였다.

그러한 노고가 결실을 맺어 1943년 말까지 무려 50여명의 청장년들이 반일부대에 가서 항일투쟁에 참가하였다. 심연수는 야학에서 강의할 때 때로는 자기가 쓴 시들을 가지고 강의하기도 했다. 어느 날 저녁, 심연수는 야학생들에에게 「빨래」를 강의하였다.

> 빨래를 생명으로 아는
> 조선의 엄마 누나야
> 아들 오빠 땀 젖은 옷
> 깨끗하게 빨아주소
>
> 그들의 마음 가운데
> 불의의 때가 묻거든
> 사정없는 빨래 방망이로
> 두드려 씻어 주소서
>
> ─「빨래」 1940년 7월 24일

이 시는 심연수가 용정에서 동흥중학을 다닐 때 여름방학에 쓴 시이다. 심연수가 희미한 등잔불 밑에서 열띤 강의를 하였다.

"여러분, 여러분들은 모두 조선의 아들들이고 조선의 오빠들입니다. 그들은 우리들이 깨끗하게 살기를 갈망합니다. 깨끗하게 산다는 것은 나라와 민족 앞에 한 점의 부끄러움도 없이 산다는 것을 의미합니다. 지금 우리 조국, 우리의 어머님들과 우리의 누이들이 일제의 식민지 통치하에서 신음하고 있습니다. 우리는 이 치욕의 역사를 뒤엎고 조국을 되찾아야 합니다. 만약 여기 모인 여러분들 중에 조국의 이러한 참상을 잊고 있거나 혹은 친일사상이 조금이라도 있다면 조선의 엄마, 누이들이 빨래방망이로 사정없이 때릴 것입니다."

심연수는 좌중을 돌아본 다음 다시 말을 이었다.

"여러분, 우리의 엄마와 누이들이 지금 우리를 지켜보고 있습니다. 여러분들은 깨끗하게 살겠습니까? 아니면 더럽게 살겠습니까?"

50여명의 청년 장정들이 마치도 어린 학생들처럼 이구동성으로 우렁차게 대답하였다.

"깨끗하게 살겠습니다!"

격앙된 심연수가 박수를 보냈다. 그리고 머리 숙여 감사를 표시했다.

"여러분 고맙습니다. 우리 모두 샘물처럼 깨끗하게 삽시다."

이어 집안이 떠나갈 듯 박수소리가 터졌다. 그 다음 날에는 시 「고집」을 강의하였다.


> 고집을 써라 끝까지
> 털끝만한 너그럼을 베풀지 말고
> 타고난 엇장을 굽히지 말라
> 벽을 문이라 미는 미련쟁이라
> 팥으로 메줄 쑨다고 우겨라
> 그 장으로 식성을 고쳐 보게
> 소금이 쉬어 곰팡이 피고
> 사탕이 썩어서 냄새가 난다고
> 그건 고집 없는 탓이지
> 뻗치다 부러진 건 통쾌해도
> 넛기다 꺾인 꼴은 싫도록 밉더라
>
> ─「고집」

심연수는 맑고 우렁우렁한 목소리로 시를 두 번이나 읊은 다음 말을 꺼냈다.

"여러분, 고집이란 원래는 좋은 것이 아닙니다. 부모님 앞에서, 친구들 앞에서, 아내와 자식들 앞에서 무조건 자기가 옳다고 우기는 고집은 몹쓸 고집이고 나쁜 고집입니다. 이 시에서 말하는 고집은 그러한 고집이 아닙니다. 고집이 위대할 때가 있습니다. 그것은 곧 진리에 대한 고집, 원수의 모든 것을 부정하는 고집입니다. 오늘 딸깍발이 일본놈들이 항일 투쟁을 제지시키기 위해 집단부락을 만들었고 침략전쟁을 대동아 평화를 위한 성전(聖戰)이라고 나발을 불며 조선인 청년들을 강제로 죽음의 전쟁터로 내몰려고 합니다. 또 반일투사들을 역적, 불온분자라고 모욕합니다. 우리는 일본놈들의 모든 추행과 감언이설에 대해 용감하게 반대하여야 합니다. 그들이 하는 짓은 모두가 진리와 정의에 위배되는 것입니다. 그러므로 우리는 그들이 옳다고 하는 것을 무조건 틀렸다고 우기고 그들이 틀렸다고 하는 것에 대해 무조건 옳다고 우겨야 합니다. 이것이 바로 시「고집」이 안고 있는 주제입니다. 여러분, 우리 모두 왜놈들 앞에서 고집을 부립시다."

심연수의 연설이 끝나자 방안이 떠나갈 듯 박수소리가 터졌다. 야학생들 중에는 방년의 처녀들도 몇몇이 있었다. 처녀들은 무한히 선모하는 눈길로 심연수를 쳐다보았다. 보면 볼수록 가슴이 설레었다. 얼마나 멋진 모습인가! 얼마나 도도한 연설인가! 저런 남자를 지아비로 모시고 한평생을 산다면 얼마나 좋으랴!

그날 저녁, 야학생들이 심연수의 노고에 보답하고자 저마다 집에 가서 계란이나 육포, 김치 등을 가져다가 심연수와 함께 술을 마셨다. 심연수도 본시 술을 즐기는지라 여러 학생들과 함께 술을 마시며 하룻밤을 즐겁게 보냈다.

# 만주국경찰사 사건

연수는 1945년 2월에 백보배가 졸업하자 용정에 나가 결혼식을 올렸다. 김기숙 장로의 주례로 교회당에서 간단히 식을 올렸다. 학교일이 급하여 결혼한 지 이틀 만에 보배와 함께 영안으로 돌아왔다. 호수가 짐을 들고 도문역까지 와서 배웅하였다. 집에 오자 연수는 집에다 소식을 전하였다.

### 아버지 전 상서

집안이 다 무고한 줄로 믿나이다. 호수는 그날로 집에 돌아갔는지요? 급촉하게 잔치하고 훌훌 떠나다 보니 부모님께 심려 많이 끼쳤습니다. 어젯밤 열시 반에 무사히 학교에 도착하였습니다. 근심하시던 짐도 상한데 없이 가지고 왔습니다. 부친 물건은 아직 도착하지 않았으나 내일쯤은 찾게 될 줄로 아나이다. 셋집은 쉽게 얻을 것 같고 내일쯤은 솥도 걸게 될 것 같습니다.

이번은 이만 사뢰나이다.

미식 연수 배상

**어머니 전 상서**

저희들을 떠나보내시느라 수고 많으셨지요. 우리들은 무사히 왔고 솥도 하나 더 사고 기타 다른 것도 몇 가지 샀는데 모레쯤은 우리 손으로 밥을 끓이게 될 것 같습니다. 어머니 날씨가 따스해지면 놀러 오세요.

**미식 연수 배상**

신안진 진성국민우급학교에서 영안국민우급학교로 전근한 심연수는 6학년 반주임 겸 교감을 맡았다. 만주국이 건립된 후 일제는 소학교를 자기네들 식으로 국민학교로 고치고 1학년부터 3학년까지 있는 학교를 국민초급학교, 1학년부터부터 6학년까지 있는 학교를 국민우급학교라고 하였다. 교장 야마모도는 나이 어린 심연수에게 교감을 맡기는 것이 마음에 내키지 않았지만 심연수가 학교의 최고 학력인 일본대학을 나온 데다 학생들과 학부모들로부터 위신이 높았기에 부득불 교감으로 임명할 수밖에 없었다.

당시 중국인 학교를 비롯하여 만주의 모든 학교에서 일어로 강의하였고 교장도 거의 대다수가 일본인이었다. 아무리 능력이 있다 해도 일본인 외의 다른 민족이 교장 자리에 앉기가 아주 어려웠다. 이에 대하여 조선인들과 기타 민족들의 불만이 컸지만 칼자루를 쥔 쪽이 일본인이라 식민지 민족의 울분을 속으로 삭일 수밖에 없었다.

심연수는 영안국민우급학교에서 역사와 지리를 가르쳤다. 교과서에서는 조선과 만주의 역사를 모두 일본역사에 귀속시켰다. 조선과 만주가 일본의 식민지이니 그 역사도 마땅히 일본역사에 포함시켜야 한다는 강도의 논리가 교과서에까지 반영된 것이다. 심연수는 일본인들의 눈을 피해

가며 수업시간에 조선의 역사와 지리를 강의하였다. 심연수가 박제상, 강 감찬, 이순신, 안중근 등 민족영웅들의 이야기를 해 줄 때면 학생들의 눈 들이 샛별처럼 빛났고 그럴 때면 심연수의 마음은 기쁘기 한량없었다.

그리고 자기도 모르게 "교사가 되어 아이들에게 애국사상과 반일사상 을 심어주는 것도 독립투쟁을 하는 것과 마찬가지다."라고 하시던 심우 택 삼촌의 말이 귀에 쟁쟁히 들려오는 듯했다.

어느 날 야마모도 교장이 자기의 사무실로 심연수를 불렀다.

"심연수 선생, 요즈음 새로 『만주국경찰사』가 출간되었소. 이건 아주 경 하할 만한 일이고 중대한 사건이오. 우리 학생들에게 철저한 치안정신을 심어주고 불온분자들의 소란을 막기 위해 이번 학기로부터 역사시간에 만주국경찰사를 강의하기로 했소. 이것은 나의 의도가 아니라 치안부와 교육청에서 칙령 제23호로 내려진 결정이오. 절대 소홀히 생각지 말고 학 생들에게 잘 배워주기 희망하오. 6학년 학생들 대부분이 16세 이상이오. 머지않아 그들이 성스러운 태평양 전쟁에 나갈 재목들이오. 그들에게 철 저하게 대일본제국의 건강한 사무라이 정신을 심어주어야 할 것이오."

당시 대다수의 조선인들이 가난에 쪼들리다보니 적령에 입학하는 학생 들이 적고 대부분은 늦게야 학교에 들어오게 되어 나이 많은 학생들이 수 두룩하였다. 심지어 심연수의 반급에는 나이가 20이 넘은 학생들도 몇몇 이 있었다. 야마모도의 말을 들으니 분이 치밀었다. 자기 말과 자기 글을 빼앗기고 수업시간에 일어로 강의하는 것만 해도 억울하고 분한데 거기 다 또 만주국경찰사를 강의하라고 하지 않는가.

심연수가 치밀어 오르는 감정을 가까스로 억누르며 차분한 어조로 반문 했다.

"교장선생님, 의도는 충분히 알만합니다마는 경찰사는 경찰이나 군인, 혹은 역사학자나 정치인들이 알아야 할 학문이 아닐까요? 한창 기본지

식을 배워야 할 학생들에게 경찰사를 배워주라는 것은 무리가 아닐까
요?"

야마모도의 눈길이 꼿꼿해졌다.

"심연수 선생, 무리라니 그게 무슨 소리요? 만주국은 사실상 조선처럼
일본의 식민지이고 따라서 만주국경찰사이자 끝 일본역사의 한 부분이
오. 그리고 지금 수많은 불량인들이 만주국을 뒤엎으려고 날뛰고 있소.
즉 일본에 반항하고 있소. 이런 의미에서 볼 때 학생들에게 만주국경찰
사를 배워주는 것은 대일본제국의 안정을 확보하는 일환이고 나아가서
는 대일본제국에 대한 충성심을 키워주는 일이오. 보시오, 얼마나 중요
한 일인가. 심연수 선생, 명심하시오. 이것은 명령이고 법이라는 걸."

야마모도가 엄숙한 기색으로 만주국경찰사를 넘겨주었다. 심연수가 책
을 가지고 교감실로 와서 펼쳐보았다. 출판날짜는 강덕 9년 8월 2일(서기
1942년 8월 2일)이고 인쇄소는 조선인쇄주식회사였다. 그날 저녁 숙소
에 돌아온 심연수는『만주국경찰사』라는 것이 도대체 어떤 물건인가 궁
금하여 책을 펼쳐들었다. 심연수는 머리말을 보다가 그만 분통이 터져 소
리를 쳤다.

"후안부치한 놈들, 살인귀들을 영웅으로 미화하다니!"

『만주국경찰사』는 서두에 이렇게 썼다.

(전략) 수많은 경찰들이 고귀한 생명으로 바꾸어 온 치안의 확립이 없었
더라면 어찌 우리나라의 번영이 있을 소며 일망무진하며 묵묵히 생명을 바
친 10만 용사가 없었더라면 오늘의 강대한 만주제국이 어찌 존속할 수 있었
겠는가. 건국 10년의 발전을 위해 공헌한 우리 경찰의 위력은 실로 위대하
고 그 빛나는 공적은 천고에 길이 남을 것이다……강덕 9년 9월 15일 치안
부 경무사 장곡구명삼(長谷口明三)

세 번째 장을 넘기니 더 한심하고 황당한 말이 심연수를 분노케 하였다.

많은 역사기재의 고증에 의하면 만주 최초의 민족국가 고구려 제10세 산상왕(山上王)시기, 일본 응신(應神) 천황 7년 9월에 고구려가 일본에 사자를 파견하여 토산물을 바치면서 국교를 바랐고 그 날부터 일본과 만주 두 나라의 국교가 시작되었다. 잇달아 일본 인덕(仁德)천황 58년 10월에 고구려 제16세 고국원왕(故國原王)이 일본에 사자를 파견하여 정식으로 조공하였다.

그 후 일본과 고구려의 내왕은 천무(天武) 천황 시기까지 무려 476년간이나 지속되었다. 고구려가 멸망한 뒤 독립국가 발해가 출현하였는데 역시 고구려의 전례를 따라 제2세 무왕(武王)이 일본 성무(聖武) 천황 신구(神龜) 4년에 일본에 사자를 파견하여 조공하였다. 발해 제1세 국왕 대조영(大祚榮)은 고구려 제10세 산상왕의 후손이므로 고구려왕들이 전례대로 일본에 조공하길 희망했다.

천황도 이를 "고구려의 부흥"으로 간주하고 사자를 잘 접대하였으며 이로부터 이론과 고구려의 국교가 이루어졌다. 조공을 할 때마다 일본천황은 사자를 국빈대우를 해 주었으며 심지어 아름답기로 유명한 내랑지도(奈良之都)에서 몇 달씩 머물면서 향수를 누리게 하였다.

이 시기에 일본과 발해는 주인과 주종의 관계에서 국교를 체결하였다. 발해와 일본의 관계는 성무천황 신구 4년부터 제호(醍湖) 천황 연희(延喜) 19년까지 206년간 지속되었다. 이 사이에 또 발해가 공물을 너무나 자주 바쳤으므로 순화(淳和) 천황 시기에 12년에 한 번씩 조공하는 제도를 규정하였다.(후략)

정말 너무나 어처구니없고 철면피하여 심연수는 가슴이 막 터지는 것만 같았다. 얼마나 후안무치하고 황당무계한 망발인가. 당시 세계에서 가장 강대하였던 고구려와 발해가 일본의 속국이고 조공을 바쳤다니, 이런 새빨간 거짓말이 세상에 또 어디 있겠는가. 이튿날 역사시간에 심연수가 『만주국경찰사』를 강의하였다. 그러나 그것은 강의가 아니라 항변이었다. 심연수가 분개한 어조로 말을 꺼냈다.

"오늘은 만주국경찰사에 대해 이야기하겠습니다. 학생 여러분, 역사란 진실의 기록입니다. 그러므로 역사에는 티끌만한 조작이나 허위가 끼어들어서는 안 됩니다. 헌데 만주국경찰사에는 유감스럽게도 조작과 허위가 있습니다. 고구려와 발해국은 당시 세계에서 가장 강대한 국가였습니다. 그런데 이런 나라가 일본의 속국으로 되어 해마다 조공을 바쳤고 또 너무나 자주 조공을 하기에 은혜를 베풀어 12년에 한 번씩 조공하게 하였다니 이 얼마나 황당합니까? 학생 제군들, 역사란 진실이라는 것을 항상 명심해야 합니다."

심연수의 반급에는 공용기라는 학생이 있었는데 아버지는 친일파로서 영안경찰서에서 경무보로 있었다. 공용기가 집에 돌아가 역사시간에 있었던 이야기를 하니 그 애비가 경찰서장에게 심연수를 고소하였다. 결국 이일로 심연수는 유치장 신세를 지게 되었다. 이 사실을 알고 김수산이 영안현 부현장으로 있는 처남 허봉식에게 부탁하였다.

허봉식이 경찰서에 찾아가 서장에게

"젊은 혈기에 잠시 이성을 잃고 실수를 한 것이니 한 번만 봐 주시오. 앞으로 다시 이런 일이 있으면 내가 책임지리다."

허봉식은 40대의 사나이로 연경 법학대학 졸업생이고 민족심이 강했으며 그 아버지는 피복상을 경영하고 있는 대부호였다. 이리하여 심연수는 열흘 만에 유치장에서 풀려나왔다. 경찰사 사건이 있은 후 심연수는 학생들과 학부모들로부터 더 많은 존경을 받게 되었다. 백보배는 영안에 온 후 부현장 허봉식의 주선으로 며칠 만에 우정국에 출근하게 되었다.

# 봄이 오면 새싹이 돋고

　일찍이 심연수는 일본대학에 가기 전인 1940년 한해 사이에 시 70수를 썼고 그 중「대지의 봄」,「旅窓의 밤」,「異域의 晩種」,「대지의 여름」등 5 수의 시를『만선일보』에 발표하여 시인으로서의 재능을 과시하기 시작했다. 신안진의 진성국민초급학교에서 교편을 잡을 때는 학생들이 어려서 시를 이해할 수 없으므로「빨래」와 같은 간단한 시들만 이야기 했을 뿐 모더니즘이나 쉬르리얼리즘 같은 시들은 강의하지 않았다.

　그러나 영안의 성서국민우급학교로 온 후에는 학생들의 나이가 평균 17세 좌우가 되었고 판단력과 이해력도 어느 정도 갖추어져 있어 학교의 눈치를 봐 가며 가끔 시를 강의하기도 했다. 이렇게 되자 차츰 심연수가 시인이라는 소문이 나기 시작했다. 소문처럼 빠른 것이 없다. 거기다 학부형들 중에 시 애호가가 있어 심연수가 4년 전에『만선일보』에 발표한 시를 소장하고 있는 사람까지 있어 심연수가 시인이라는 소문이 더 자자하게 퍼져나갔다.

　어느 날 야마모도 교장을 비롯하여 일본인 교사 전부가 목단강에 가서 일본인민협회에서 열리는 회의에 참가하게 되었다. 이를 절호의 기회라고 생각한 심연수가 두 시간 동안 시 강의를 하면서 학생들에게 민족심과 애국심, 반일사상과 독립사상을 주입시켰다.

학생들 속에는 영안경찰서에서 경무보로 있는 친일분자의 아들이 있었지만 전에 만주국경찰사 사건이 있은 후부터는 얌전해졌다. 그 사건이 일어난 이튿날 학생들에게 몰매를 맞았고 다시 선생을 고발하는 날에는 입을 찢어 놓고 다리를 분질러놓겠다는 위협을 받았기 때문이었다.

심연수가 첫 번째 시간에 「소년아 봄은 오려니」를 강의했다. 심연수는 시를 낭송한 후 시를 흑판에 베껴놓고 아주 해박하고도 쉽게 일문일답식으로 강의하면서 학생들이 신속히 시의 세계에 이르도록 유도하였다. 심연수가 우렁차고도 차분한 목소리로 시를 읊었다.

봄은 가처웠다
말랐던 풀에 새움이 돋으리니
너의 조상은 농부였다
너의 아버지도 농부다
田地는 남의 것이 되었으나
씨앗은 너의 집에 있을 게다
家山은 팔렸으나 나무는 그대로 자라더라
재 밑에 대장간 집 멀리 떠나갔지만
끌풍구는 그대로 놓였더구나
화덕에 숯 놓고 불씨 붙여
옛 소리를 다시 내어 봐라
너의 집이 가난해도 그만 불은 있을 게니,
서투른 대장의 땀방울이

무딘 연장을 들게 한다더라
너는 농부의 아들
대장의 아들은 아니래도…
겨울은 가고야 만다
계절의 順次를 명심한다
봄이 오면 해마다 생명의 환희가
생기로운 신비의 씨앗을 받더라

　　　　　　　　　　　　　—「소년아 봄은 오려니」


　낭송이 끝난 후 심연수가 학생들을 향해 물었다. 학생들은 선생님의 물음이 아주 쉬우므로 흥이 나서 바로바로 대답하였다.

　"여러분, 봄이 오면 풀들이 어떠합니까?"

　"말랐던 풀들에 새움이 틉니다."

　"여러분의 조상은 누구입니까?"

　"농부입니다."

　"곡식을 심을 땅이 있습니까?"

　"없습니다."

　"왜 없습니까?"

　"일본인들에게 빼앗겼습니다."

　"가산은 있었습니까?"

　"있었습니다."

　"지금은?"

　"없습니다."

　"왜 없습니까?"

　"빼앗겼습니다."

　"누구에게 빼앗겼습니까?"

"일본인들에게 빼앗겼습니다."

"빼앗긴 것이 원통하지 않습니까?"

"너무나 원통합니다."

"원통하면 어찌하여야 합니까?"

"다시 찾아야 합니다."

"그들이 고스란히 넘겨줄까요?"

"아닙니다. 절대로 주지 않을 것입니다."

"그러면 어찌 하여야 할까요?"

"싸워야 합니다."

이렇게 일문일답식으로 끌고 가던 심연수가 시 내용을 종결지었다.

"학생 여러분, 여러분의 답은 너무나 훌륭합니다. 시를 종결지읍시다. 이 시의 마지막에 〈봄이 오면 해마다 생명의 환희는/생기로운 신비의 씨앗을 받더라〉는 구절이 있습니다. 이제까지 여러분이 대답한 내용과 결부시켜 생각하면 이 시는 쉽게 풀이됩니다. 지금 이 세상은 겨울처럼 차갑고 삭막합니다만 우리가 독립하여 빼앗긴 모든 것을 다시 찾는다면 내 나라와 내 고향은 봄날처럼 따스해질 것입니다."

"학생 제군들, 봄날이 저절로 올까요?"

"아닙니다."

"어찌해야 할까요?"

"싸워야 합니다."

"참 훌륭합니다. 학생제군들."

심연수의 얼굴에도 학생들의 얼굴에도 만족의 미소가 출렁이었고 가슴들은 봄비 맞은 땅처럼 부풀어 올랐으며 교실안의 분위기는 봄날처럼 훈훈해졌다.

# 수탉이 울면 새벽이 온다

선생님의 강의에서 무한한 감동과 커다란 위안을 느낀 학생들은 종소리가 울리기도 전에 교실에 들어와 새로운 강의를 해달라고 졸랐다.

"선생님, 어서 새로운 시를 배워주십시오."

심연수도 학생들 못지않게 흥분되고 격동되었다. 심연수는 환한 웃음을 머금고 노트를 펼쳐들었다.

"학생 여러분. 이 시는 내가 도쿄에 있을 때 지은 시인데 제목은 「우주의 노래」입니다. 이 시는 사실주의 시가 아니고 모더니즘 시입니다. 사실이나 설명이 아니라 상징과 이미지로 뜻을 전하고 있습니다. 상징이란 구체적인 표상이나 혹은 심벌을 뜻하고 이미지란 마음에 떠오르는 심상을 의미합니다.

예를 들면 겨울을 삭막하고 살기 어려운 오늘의 현실에 견줄 수 있습니다. 결국 이미지란 한 사물에 대한 구체적인 묘사를 하되 그 사물에 대한 묘사가 목적이 아니라 그 어떤 내재적인 마음의 像을 만드는 현대시의 수법입니다. 이런 점에 유의하면서 「우주의 노래」를 감상하기 바랍니다.

우주의 노래는 심연수가 도쿄에서 유학할 때 서방의 현대시 이론을 공부하고 그 이론에 매혹되어 쓴 유명한 시다. 전반 우주를 인간사회로 상징하고 낡은 것은 가버리고 닭이 홰를 치는 새날이 밝아올 것이라고 암시한 이 시는 그 함축성, 난해성, 천리성, 거창성으로 주목된다. 심연수의 시에서 보기 드문 쉬르리얼리즘 시이다. 심연수는 자동기술법을 동원하여 광활한 우주를 시적공간을 보고 그 넓은 공간을 자유자재로 날아다니면서 헝클어지고 뒤범벅이 된 인류사회의 질서를 환상 속에서 역설적으로 노래하고 있으며 어긋나고 잘못된 전통규범과 철칙과 윤리는 무너지고 그 자리에 새로운 질서가 서야 한다는 것을 읊조리고 있다.

심연수는 흑판에다 시를 베낀 후 낭랑한 목소리로 시를 읊었다.

우주는 또다시 새로운 창조를
조물주의 지시대로 企圖한다
너무나 완고한 개벽의 衛生은
시간의 피부에 피를 낸다.

튀어 난 불똥이 식은 재 되어
차가운 에텔 속에 부유하고
샛노란 진공에 흐르는 전파는
자연의 비밀을 토로하련다.

아톰이 부패하는 온도 속에
비중 높은 고체가 승화한다
찝어 놓은 핀셋 끝에 찔리운 물체
탄력 잃은 星殼이 가련하다.

저압의 냉각을 시험하는
커다란 냉각기의 調革의 피대
굴절 많은 기체 사이로
마찰 없는 원동력이 소리 없이 회전한다.

복잡한 스펙트럼의 分光色
좁다란 구멍에 모난 프리즘들만이
알지 못할 전설을 속삭이며
隕石의 含有鑛을 분해한다.

위성의 궤도를 침범한 혹성
윤리를 자랑하던 哲則의 過失
전복과 탈선에 발이 상해
동그란 주기를 연착한다.

몹시도 대답하던 가설의 학자가
신을 모독했다는 혐의를 입고
죽엄의 도살장에 마지막 서서
독배의 법정을 노려본다.

해왕성 밖에 천왕성이 울어
은하의 범람에 눈물이 질 제
뭇별이 또다시 부서져서
나머지 운행을 계속하련다.

태양의 흑점이 옮아가면

인력의 밧줄이 발러지고
태음의 借光이 밝아지는 밤
群星의 근육이 경련한다

보아라. 이 조그만 한 별에도
창조의 베풂이 나리리니
두 팔을 걷우고 일어서는 날
健鬪의 神旨가 나릴 게다.

우주의 울타리에 홰치는 닭
뭇 별에 빗기는 여명을 찾아
건너편에 떠오는 화성의 벗에게
우주의 새 진리를 이야기하련다.

—「우주의 노래」

시낭송이 끝나자 학생들이 우레와 같은 박수를 보냈다. 박수소리가 멎자 심연수가 학생들을 다정하게 둘러보고 나서 말을 했다.

"학생 제군들, 이 시의 핵심적 주제는 마지막 두 연에 놓여 있습니다. '자그마한 별'은 짓밟힌 진리 혹은 수난에서 허덕이는 우리나라를 뜻하기도 하고 '창조의 베풂'은 투쟁 끝에 따르는 행복을 의미하기도 합니다. 그러나 행복은 스스로 오는 것이 아닙니다. '두 팔을 걷고 일어서'야만 가능합니다. 시에 나오는 '神旨'는 소리 없는 외침, 모든 백의민족이 광복투쟁에 일어서라고 호소하는 민족혼의 명령이라고 할 수 있습니다. 제일 중요한 부분은 '홰치는 닭'이라는 이미지라고 할 수 있습니다. 닭은 너무나 크고 무겁고 깊은 함의를 안고 있습니다. 우리 민족 모두가 광복과 독립이라는 사명감을 안고 용감히 일어나 홰를 친다면 미구에 광복의 날, 희망찬 새벽이 도래할 것입니다."

학생들의 열렬한 박수소리 속에서 강의를 마친 심연수는 학생들에게 '새'라는 제목으로 작문을 지어오라고 숙제를 주었다. 강의는 끝났지만 학생들은 교실에서 나갈 생각을 하지 않았다. 교실 안은 장엄하였다. 마치도 금빛 찬란한 수탉이 금시 홰를 치는 듯, 바야흐로 새벽이 서서히 다가오는 듯, 교실 안은 그 어느 때보다도 무겁고도 숭엄하였다.

# 침묵의 노래, 영생의 노래

8월, 방학이다. 하루는 심연수가 시 원고를 안고 바삐 돌아쳤다. 용정에 가기 전에 이미 써 놓았던 원고들을 정리하기 위해서다. 용정에 가면 농사를 거들어야 하니 언제 원고를 안고 씨름할 사이가 있겠는가. 이제 조금만 손을 보면 두 번째 시집이 만들어지게 된다. 시집 한 권 분량의 시는 용정에 보관되어 있다. 연수는 시들을 볼수록 스스로도 가슴이 부풀어 올랐다. 이제 광복이 되면 나의 시들을 마음 놓고 소리 높이 읊어보리라.

연수가 기분이 좋아 원고들을 보고 있을 때 느닷없이 이봉춘이 강순애와 함께 심연수의 집으로 왔다.

"아이구, 이게 봉춘이 아니야? 그래 순애도 왔구나."

연수가 너무 기뻐 두 사람의 손을 틀어쥐었다. 순애의 품에는 태어난 지 두어 달 되는 애기가 안겨 있었다. 봉춘이 너스레를 쳤다.

"아, 위대한 시인님 ,꼭 일 년 만이구만, 그간 시를 많이 썼나? 지금 하얼빈의 조선인들은 영안에 저명한 시인이 나타났다고 소문이 무성하네. 그 덕분에 이 어른도 어깨가 으쓱하고 말이야."

"헌데 의사 선생, 수술 칼은 어쩌고 무슨 바람이 불어서 예까지 온 거야?"

"오 여기서 멀지 않은 산시에 외갓집이 있어. 왔던 김에 시인 어르신네도 볼 겸 자식 놈 자랑도 할 겸, 말하자면 봉도 따고 님도 볼 겸 겸사겸사 온 거지."

순애가 얼굴이 빨개진다.

"이제 두 달밖에 안 됐어요. 오빤 결혼했다는 데 형님은 왜 안 보여요?"

"응, 지난 5월에 용정에서 결혼식을 올렸어. 우전전문학교 졸업생인데 얼마 전에 영안에 와서 우전국에 출근하고 있어. 이제 조금 있으면 퇴근할 거야."

그들 셋은 시간 가는 줄 모르고 이야기꽃을 피웠다. 점심때가 되니 보배가 돌아왔다. 집에서 우체국까지는 불과 십여 분 거리밖에 되지 않는다. 심연수가 인사를 시켰다. 봉춘이와 보배는 용정에 있을 때부터 잘 아는 사이라 보배와 순애만 인사 시켰다.

"봉춘 오빤 참 복이 많아. 이런 미인 아가씰 아내로 맞다니…그리고 순애씨도 행복한 여자예요. 의사이고 미남인 남자를 남편으로 모시니…."

봉춘이도 뒤질세라 연수네 부부간을 추켜올린다.

"저명한 시인이자 절세의 미남인 심연수, 절세가인이자 현대 여성 인텔리인 백보배 아가씨, 진짜 찰떡궁합인 걸."

"하하!"

"호호!"

두 쌍의 젊은 부부들의 행복한 웃음소리가 연수네 십여 평방이 되나마나한 작은 집안을 꽉 채웠다. 백보배가 계란과 명태로 요리를 만들었다. 네 사람은 술잔을 오고가며 또 다시 이야기꽃을 활짝 피웠다. 한참 술을 마시다가 이봉춘이 엄숙한 기색으로 화제를 돌렸다.

"나의 사촌형이 되는 사람이 소련홍군에서 중좌로 있는데 최근에 소련홍군의 비밀파견을 받고 하얼빈에 왔어. 일본이 끝 망한대. 소련홍군이 대일선전포고를 했대. 조만간에 백만 소련홍군이 동북으로 쳐들어온대. 태평양전쟁에서도 일군이 미군에 크게 망한 모양이야. 영국도 미국 편에 서서 일군을 타격하기로 했대. 조만간에 일제가 무릎을 꿇을 거라고 하더군. 지금 일제는 백성들이 알까봐 일체 소식을 차단하고 비밀에 붙이고 있어. 허나 눈 가리고 아웅하는 격이지. 종이로 불을 쌀 수가 있어?"

듣던 중 제일 반갑고 가슴을 흥분시키는 이야기다. 백보배도 자기가 아는 바를 이야기 했다.

"저에게도 중요한 정보가 있어요. 제가 최근에 오가는 전보문을 종합하여 분석하니 모두가 이상하게도 나가는 전보는 말짱 군인가족과 경찰가족들이 떠난다는 소식뿐이고 들어오는 전보들은 모두 비밀번호로만 되어 있어요. 낌새가 아무래도 이상해요. 제 생각엔 일본놈들이 망해서 도망가는 것이라고 추측돼요."

백보배의 추측은 추측이 아니라 사실이었다. 당시 일본놈들은 저희들이 망하리라는 것을 미리 알고 있었다. 아래에 있는 사람들은 몰랐지만 위에 있는 놈들은 벌써부터 알고 있었다. 김수산의 처남 허봉식이 병을 핑계로 동남아로 요양을 떠났지만 사실은 일제의 패망을 예감하고 놈들과 함께 망하는 것이 싫어서 몸을 피한 것이다. 바로 그 때 하얼빈을 비롯한 봉천, 장춘 등 대도시에서는 일군들이 대규모로 철수하였다.

기차가 넘쳐나 군인가족들은 실을 수 없었다. 군국주의에 미쳐난 놈들은 천황에게 충성한다는 명분으로 열차에 오르는 가족들을 죽이라는 영을 내려 수많은 군인가족들이 열차를 타려다가 총에 맞아 죽거나 날창에 찍혀 죽었다. 도보로 도망가는 군인들은 식량이 떨어지면 가족들을 죽였다.

아무리 사람의 얼굴을 한 살인마귀들이라 하지만 제 손으로 제 부모며 처며 자식들을 죽일 수 없으니 내 가족을 다른 사람이 죽이고 다른 사람의 가족을 내가 죽이는 식으로 바꾸어 죽였다. 이건 세계 전쟁사에 없는 비인간적인 만행이었다. 이런 야만들이었으니 기타 민족에 대해서야 더 말할 것이 있겠는가! 당시 하얼빈에는 전문 살인약품을 제조하고 실험하는 악명 높은 731이라는 부대가 있었다.

그곳에서 일제는 수천 명의 중국인, 조선인, 러시아인들을 생체실험대상으로 삼았다. 망국에 임하자 일제는 세상에 천인공노할 죄행이 새나가는 것이 두려워 731부대에 갇혀있던 수천 명의 사람들을 총살하고 시체를 소각하였다. 뿐만 아니라 그곳에서 일을 보던 일본인 하층 직원들도 수십 명이나 비밀리에 살해하였다. 이봉춘과 강순애가 영안에 왔을 때가 바로 이러한 비상시국이었다.

이제 놈들이 곧 망한다. 얼마나 바라고 바라던 소망이냐. 얼마나 기다리고 기다리던 소망이냐. 그 소망이 꿈이 아니라 조만간 현실로 된다니 어찌 기쁘지 않으랴. 일제가 망한다는 소식에 너무나 흥분한 네 사람은 일제의 패망을 축원하여 통쾌하게 술을 마시며 즐기다가 밤중에야 헤어졌다. 이튿날 아침 연수는 창문을 활짝 열고 시를 읊었다.

> 해왕성 밖에 天王星이 울어
> 은하의 범람에 눈물이 질 제
> 뭇별이 또다시 부셔져서
> 나머지 운행을 계속하련다
> ……
> 우주의 울타리에 홰치는 닭
> 뭇별에 빗기는 黎明을 찾아
> 건너편에 떠오르는 火星의 벗에게
> 우주의 새 진리를 이야기하련다

이봉춘과 강순애가 왔다간 다음날 즉 1945년 8월 2일에 신안진의 강 선생이 심연수를 찾아왔다. 얼굴에 당황한 기색이 역력하였다. 연수는 어떤 불상사가 일어났다는 것을 직감했다.

"심연수 선생, 큰일 났소. 김수산 교장이 경찰에 잡혀갔소!"

강 선생의 말을 듣는 순간 심연수는 소스라치게 놀랐다. 금시 하늘이 무너지고 땅이 꺼질 것만 같았다.

"도대체 어찌된 일입니까? 자세히 말씀해 보십시오."

"북만조선인협회가 비법적인 독립단체로 검거 되어 김수산 선생을 비롯한 10여 명의 고관들이 체포되어 어제 영안헌병대에 이송되었습니다."

강 선생이 최근에 발생한 일들을 이야기했다. 지난 7월 28일 신안진경찰서에서 조선인협회에서 회의를 한다는 밀고를 받고 불시에 교장실로 들이닥쳤다. 교장실은 한 달에 한 번씩 주요 회원들이 모임을 가지는 비밀 아지트로 사용되었다. 그들이 한창 당시의 형세를 분석하고 금후의 대책을 의논할 때 갑자기 순사 십여 명이 교장실을 습격하였다.

순사 놈들이 교장실에서 전쟁을 반대하고 일제를 규탄하는 삐라를 발견하였다. 일본인 서장이 의기양양해 하였다. 이만하면 큰 수확을 거둔 셈이라고 생각한 것이다. 놈들은 일찍부터 김수산에 대해 독립분자라고 의심을 해 왔었다. 그러나 위에서 김수산의 처남인 부현장이 극력 두둔하고 나서서 손을 쓸 수가 없었다.

그리고 지난 해 심연수를 반일분자로 지목하고 체포했을 때도 역시 김수산과 허봉식 부현장이 나서서 석방시켰던 것이다. 하지만 지금은 그 우환덩어리라 여기던 허봉식 부현장이 없으니 저들의 마음대로 할 수 있었던 것이다. 미친개는 죽을 때 마지막 발악을 하는 것이다.

말을 마친 강 선생의 얼굴에 검은 구름이 꽉 끼었다. 두 사람이 오랫동안 마주앉아 김수산 선생을 구출할 방안을 모색했으나 별 뾰족한 방도가 나오질 않았다. 심연수는 김수산의 일로 하여 밤잠을 이룰 수 없었다. 그러다가 문득 떠오르는 생각이 있어 마지막 카드를 사용하기로 했다. 당시 심연수의 동생 심학수가 동경성에 있는 한 반일부대에서 유격전을 하고 있었다.

이튿날 심연수는 믿을 만한 학생에게 편지를 써 주어 동경성에 있는 반일부대에 가서 심학수를 만나보게 하였다. 편지에는 이렇게 썼다.

**"지급 : 김수산 선생과 조선인협회 10인이 지금 영안 헌병대에 구치 중임. 아주 위험하니 시급히 구출하기 바람."**

사흘 후 반일부대가 영안 헌병대를 들이치고 김수산 이하 10명의 회원들을 무사히 구출하였다. 1945년 광복이 되자 김수산은 북에 가서 김일성 종합대학 정치계 주임 교수가 되었다. 1945년 8월 4일 심연수가 보배를 보고 말했다.

*"보배, 안 되겠소. 아무리 생각해도 혼자서 먼저 떠나야겠소."*

*"아니, 갑자가 혼자 떠나라고 하세요. 함께 가기로 약조하지 않았어요?"*

그랬다. 그들은 원래 함께 용정으로 가기로 했다. 그러나 심연수는 생각을 바꾸었다. 김수산 선생도 체포되고 자기도 당장 체포 될지도 모른다. 신안진에 있을 때 한 번 체포된 적이 있으니 이번 풍파에 안전하다고 장담할 수 없다. 까딱하면 자기 때문에 보배도 위험해질 수 있다.

거기다 당시의 형세가 몹시 불안하고 뒤숭숭하였다. 조선인에 대한 일본인들의 감시가 그 어느 때보다도 심했을 뿐 아니라 일부 무지막지한 중국인들이 조선인에 대해 인상이 아주 나빴다. 그들은 조선인들을 제2의 일본인으로 간주하였다. 하여 도처에서 집단적으로 조선인들을 해치는 무시무시한 사태까지 벌어졌다.

1931년에 길림 부근의 만보산에서 중국인 농민들과 조선인 농민들 사이에서 유혈사건이 터져 수백 명의 조선 농민들이 타살되었다. '만보산 사건'은 일제가 중국민중과 조선민중들 사이를 이간시키기 위한 악착한 획책이었다. 만보산 사건으로 두 나라 민중들의 사이가 악화되었다.

내막을 모르는 두 나라 민중들은 만보산 사건의 억울한 희생자가 되었다. 만보산 사건에 대한 보복으로 조선 국내에서는 수천에 달하는 중국인들이 맞아죽었다. 만보산 사건이 발생한 지도 십여 년이 흘렀지만 적지 않은 중국인들이 조선인을 두 번째 일본인으로 보면서 적대시 하였다.

조선인들은 중국인들보다 교육을 중시한 까닭에 조선인 지식인들이 상대적으로 중국인들보다 많았고 따라서 만주국의 각 정부에서 일하는 조선인들이 중국인들보다 훨씬 더 많았다. 그리고 조선인들 중에 일본놈들의 앞잡이가 되어 중국인들을 박해한 조선인도 적지 않았다.

이런 여러 가지 복합요소가 작용하여 조선인들에 대한 중국인들의 원한이 깊어갔다. 어떤 지방에서는 옥석을 가리지 않고 남녀노소를 막론하고 학살하였다. 이런 상황은 1945년 8월 15일 광복, 일본의 패망과 더불어 더욱 노골화하고 심화되었다. 이에 큰 우려를 느낀 대한민국 임시정부 백범 김구가 장개석에게 청구하여 장개석이 조선인들을 마구 죽이지 말라는 삐라를 찍어 비행기로 동북삼성과 조선인들이 많이 살고 있는 지방에 살포하여 일정한 효과를 보았다.

이러한 비상시국에 심연수가 어찌 보배를 걱정하지 않을 수 있겠는가. 원래 심연수는 백보배와 같이 가기로 하였다. 하지만 형세가 갑자기 위급하여 보배를 먼저 보내기로 하였다. 8월 5일에 만주국 영안정부에서 영안 일대에 있는 일본인과 조선인 직원 그리고 그 가솔들을 통일적으로 먼저 연변에 보내고 후에 일본에 보내려고 결정하였다. 심연수는 보배를 그들과 함께 보내면 안전하다고 생각하였다.

심연수는 보배가 갈 때 자기가 신안진과 영안에 있으면서 창작한 시 백여 수를 아내 보배에게 주어 보내려고 하였다. 그러나 트렁크를 들어보니 꽤나 무거운지라 몸이 무거운 보배를 생각하여 트렁크를 자기가 가져가기로 하였다. 백보배가 떠나던 날 연수가 보배를 꼭 안아 주었다.

"보배, 이제 보배는 혼자가 아니야. 뱃속에 또 하나의 보배가 있어. 보배가 하나가 아니라 두 개니 천만 옥체를 잘 건사해야 하오."

보배가 연수의 목에 매달렸다.

"흑흑, 오빠 부디 몸조심하세요. 그리고 될 수 있는 한 빨리 오세요."

보배가 흐느꼈다. 그러나 그들은 이별의 그 순간까지 그것이 그들의 마지막 포옹이라는 것을 알지 못했다. 운명은 바로 이렇게 인간을 우롱하는 것이다. 또 어떻게 보면 보배가 심연수와 함께 가지 않은 것이 보배로선 다행이었는지도 모른다. 심연수가 피살될 때 백보배도 피살되지 않았을 것이라고 그 누가 장담할 수 있단 말인가.

왕청현 춘양진 물탱크 앞에서 원통하게 산화한 심연수, 오직 민족의 해방과 광복을 위해 붓대를 총대인양 틀어쥐고 그토록 원수 일제를 증오하면서 불같이 뜨거운 열정으로 주옥같은 시들을 써왔던 민족시인 심연수는 27세의 꽃다운 나이로 이 세상을 하직하였다.

그리고 그때 침묵한 이래로 지금껏 한을 품고 침묵하고 있다. 아니, 그것은 침묵이 아니라 영생의 노래이다. 붓같이 성스러운 담회색 침묵으로, 화석 같은 명상으로 심해의 해저 같은 묵직한 목소리로 민족의 혼을 노래하고 민족의 통일을 노래하고 일제를 저주하고 통책하고 있다. 오늘도 저 멀리 하늘가에서 우렁차게 들려오는 침묵의 노래, 우리들의 가슴에 잔잔한 비가 되어 스며든다.

담회색 침묵 속에

화석 같은 명상이

부처처럼 성스럽고

질서 없이 날뛰던 阿修羅는

피로에 취하여 넘어졌나니

잡음에 뒤숭숭하던 누리의 얼은

深海 海底처럼 묵직하다.

흩어진 소음 숲에 삼엄한 침묵

흘러간 거짓 속에 믿음 있는 침묵

아- 나의 기원은 나의 기원은

無人之境 같은 靜寂한 聖地로

침묵의 행군을 하나니

침묵의 행군을 계속하나니.

—「침묵」

# ■ 심연수 시인 연보

**1918년 5월 20일** 강원도 강릉시 경포면 난곡리 399번지에서 삼척심씨 심운택과 최정배 사이에서 5남 2녀 중 장남으로 출생

**1925년** 가족과 함께 블라디보스토크로 이주

**1931년** 구 소련에서 제1차 5개년 계획을 실시하면서 그곳에 사는 조선 인들을 중앙아시아로 집단 이주시킬 때 심연수 가족은 중국으로 건너감

**1935년** 밀산, 신안진 등지에서 살다가 1935년부터 용정에 정착

**1937년** 용정의 동흥소학교에 편입하여 1937년에 졸업

**1940년** 1937년 동흥중학교에 입학, 1940년 동교 졸업(동흥중학교 제18 회, 용정국민고등학교 제2회) 동흥중학교 재학 시 교무주임 장하 일의 부인 강경애와 인연을 맺음

**1941년** 2월 도일하여 4월 일본대학 예술과에 입학

**1943년** 유학을 마치고 귀국. 일제의 학도병 강제 징집을 피해 흑룡강성 신안진과 영안 등지에서 소학교(진성국민우급학교, 성서국민우 급학교 등) 교사로 근무

**1945년** 2월 용정 시내 예배당에서 백보배와 결혼, 같은 해 8월 영안현에 서 용정으로 가던 중, 중간 지점인 왕청현(汪淸縣) 춘양진(春陽 鎭) 역전(驛前)의 물탱크 부근에서 일제에 의해 무참히 피살됨

**1945년** 10월 부친과 동생 호수가 시신을 수습해 용정 토기동 뒷산 가족 묘지에 안장. 1946년 1월, 유복자 심상룡(沈相龍)이 출생(현재 평양에 거주하는 것으로 알려짐) 심연수의 아내 백보배는 심연수가 사망한 지 4년쯤 후에 재혼, 1992년경 68세의 일기로 사망함

**2000년** 7월 『20세기 중국조선족문학사료전집』 제1집(심련수 문학편), (연변인민출판사, 2000) 출간

# 심연수의 삶과 시적 에스프리[*]

## 1. 심연수의 생애

심연수는 1918년 5월 20일 강원도 강릉군 경포면 난곡리 399번지(강릉시 난곡동 399번지)에서, 삼척 심씨 심운택과 강릉 최씨 최정배의 5남 2녀 중 장남으로 출생했다. 심연수의 본명은 沈鍊洙(심연수)이다. 제적등본을 비롯하여 삼척심씨 세보와 동흥중학교 졸업 앨범에 심연수(沈鍊洙)로 기록되어 있다. 심연수의 유고에, 특히 출판 예정이었던 것으로 추정되는 시집(지평선) 묶음에 자신의 이름을 沈連洙(심연수)로 기록하고 있어 심연수(沈連洙)는 필명일 것으로 여겨진다.

조부인 심대규(沈大圭)는 삼척심씨 세보에 심집규(沈執圭)로 수록되어 있다. 심연수의 동생 심호수는 2007년 5월 부인과 함께 중국 용정에서 귀국하여 제적등본 상의 이름인 심성수(沈成洙)로 국적을 회복하였다. 4년

---

* 이 논문은 제18차 한중학술세미나(2018. 10. 14)에서 필자가 발표한 논문임.

여 동안 삼척심씨 재실에 거주하였으나 국내 생활에 적응하지 못하고 중국으로 되돌아갔다. 2015년 2월 15일 용정에서 사망하였다.

〈심연수의 가계도〉

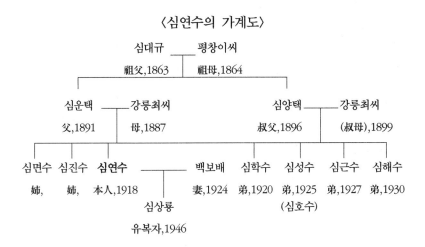

심연수는 1925년(7세) 봄에 가족과 함께 강릉을 떠나 블라디보스토크로 향했다. 심연수의 숙부인 심양택(沈兩澤)은 간도에서 중학교를 나와 그곳의 군관학교를 졸업하였다. 심양택은 독립운동에도 참여하는 등 간도의 사정에 밝아 강릉에서보다는 그쪽의 형편이 나을 것으로 판단해 가족들의 이주를 적극 권했다.

일단 블라디보스토크에 정착하려 하였지만 1931년 구소련이 제1차 경제5개년계획을 실시하면서 조선인들을 중앙아시아로 집단 이주시켰다. 심연수의 가족들은 이국 멀리 가는 것을 포기하고 만주로 피신했다. 흑룡강성 밀산, 신안진 등을 거쳐 1935년경부터 용정에 정착하게 되었다.

심연수의 가족은 용남촌에서 콩나물을 기르고 두부를 만들어 팔며 생계를 유지하다가 이듬해 용지촌으로 거처를 옮겨 소작농을 시작하였으나 지주가 친일파임을 알고 다시 태평촌으로 이사하였다. 광복 후에는 토지를 분배 받아 직접 영농을 하며 20년 정도 그곳에서 생활하다 1956년 길흥촌(만주국 간도성 연길현 경화촌 길안툰)으로 거처를 옮겼다.

심연수는 고향을 떠난 지 15년 만에 처음으로 1940년 8월 중순부터 하순까지 강릉을 방문했다. 심호수도 시인의 고향 방문 목적에 대해서는 정확하게 기억하지 못하고 있다. 친척들을 방문했을 것으로 추정된다. 「옛 터를 지나면서」(8월 10일), 「경포대」(8월 10일), 「바닷가에서」(8월 14일), 「경호정(鏡湖亭)」(8월15일), 「형제암」(8월16일), 「새바위」(8월16일), 「해변일일(海邊一日)」(8월16일), 「죽도(竹島)」(8월17일) 등의 시편에 고향을 찾은 감회가 표현되어 있다. 또 그해 12월에 다시 강릉을 방문했는데, 볼 일을 마치고 고향 강릉을 떠나던 날의 심경을 일기장에 기록해 두었다.

"아재가 지은 아침밥을 먹고 강릉자동차부를 향해 떠났다. 동녘에서 샛별이 마지막 빛을 지구에 던져주고 있었다. 내가 남대천을 건널 때 새벽하늘을 뒤흔드는 인경소리가 들려왔다. 내가 첫 음향을 들었을 때 형언할 수 없는 심사가 가슴에 차올랐다. 첫차는 못타고 다음차를 탔다. 짧으면서도 긴 것 같은 고향 나들이였다."

심연수가 1940년 12월 동흥중학교를 졸업할 무렵까지 창작한 「대지의 봄」(1940), 「여창의 밤」(1940), 「대지의 모색」(1940), 「해란강」(1940) 등의 시편에는 이주민들의 힘겨운 삶의 모습이 묻어난다. 당시는 유랑의 삶을 영위하던 터라 학교 교육의 기회를 놓치기는 다반사였다. 심연수도 동흥중학교 5학년에 편입하여 22세의 늦은 나이에 중학교를 졸업하고 이듬해인 1941년 2월 9일 일본 유학길에 올랐다. 그해 4월 일본대학 창작과에 입학하여 1943년 9월에 졸업하였다. 일본 유학 당시 6개월간 같은 방을 쓰며 동문수학했던 이기형의 기억에 따르면 일본대학은 3년제였으나 학도병으로 내몰기 위해 조기 졸업을 시켰다고 한다.

어려운 가정형편에서도 일본으로 유학할 수 있었던 것은 장남에 대한 애틋한 사랑과 가족들의 헌신 때문이었다. 유학 기간 집으로 보낸 편지나 엽서에서 이를 미루어 짐작할 수 있다. 1941년 11월 20일 동생 호수에게 보낸 엽서에 "어떤 처지에서 온 것을 생각할 제 무위도식하는 것 같은 저를 위하여 이처럼 온 집안에서 애를 쓰며 힘을 쓰는 것 생각하니 그저 감사할 뿐이다."라고 하여 가족들의 도움에 감사하는 마음이 드러나 있다.

이기형은 심연수와 함께 신문 배달을 하며 고학했던 일본대학 동기동창이다. 당시 일본대학 창작과에는 조선인이 6명이었는데 이기형은 심연수에 대한 강렬한 인상을 기억하고 있었다.[1] 이기형이 유일하게 대화할 수 있었던 친구는 심연수뿐이라고 회고했다. 이기형은 심연수의 유고가 공개되어 심연수가 세상에 알려지기 16년 전인 1984년에 심연수와의 인연을 자신의 저서 『되살아오는 해방정국의 민족지도자 몽양 여운형』(실천문학사)에 수록해 놓았다. 이 책은 2000년에 한 차례 증보판을 거쳐 2004년 『여운형 평전』이라는 제목으로 개정판이 출간되었다.

### 어두운 시대의 몽양

1941년 늦여름 어느 일요일, 필자는 대학 동창 심연수와 함께 몽양을 모시고 동경 스가모 유원지와 그 일대 무사시노를 찾은 일이 있다. (중략)

"선생님, 현재 중국에서의 전황은 어떻습니까?"

심연수는 궁금증을 풀어달라는 듯 물었다. (중략)

심연수는 진지한 표정으로 듣고 있었다. 몽양은 말을 계속하였다.

---

1) 2012. 8. 14. 이기형 시인의 자택을 방문하여 심연수 시인과의 인연에 대해 상세한 인터뷰를 진행한 바 있다.

"외무대신 마쓰오카가 비록 일소중립조약을 맺고 돌아는 왔지만, 이건 양쪽 다 딴 뱃심이 있어 맺은 애초부터 불안한 조약이거든. 게다가 또 일본은 미국과 한 판 벌일 속셈이야. 미국과 붙는 날에는 소련이 또한 극동에서 저들의 권익 확보를 위해 일소조약을 파기하고 선수를 써서 일본을 칠 것이 뻔해. 자, 이렇게 되면 일본의 패망은 결정적이란 말야."

순간 심연수도 필자도 식민지 백성이라는 처지를 잊고 '야!' 하고 환성을 울렸다. (후략)[2]

심연수는 학비에 보탬이 되는 일이면 무엇이든 가리지 않고 닥치는 대로 일을 했다고 한다. 이기형은 심연수와 함께 요미우리신문을 배달했다고 회고했다. 경제적으로 어려운 가운데서 유학 생활을 하였으므로 이 시기의 작품 속에는 이러한 현실 상황이 잘 반영되어 있다. 「야업(夜業)」(1941), 「검은 사람」(1941), 「과오(過誤)」(1942) 등의 행간에서 그와 같은 정황이 읽혀진다. 어려운 환경 속에서 가족들의 헌신적인 뒷바라지와 심연수 자신의 피나는 노력으로 고학하며 학업을 마쳤으나 심연수는 일제의 학병 강제 징집 문제로 고향집으로 돌아갈 수 없었다.

### 〈학도병징집령〉을 반대하여

1943년 6월, 일본 정부는 〈학도병징집령〉을 반포하고 조선인 대학생들에게 11월 20까지 지원서를 내도록 강요하였다. (중략)

이 모임에 앞서 조선의 〈유지인사〉 12명이 학도병징집령을 반대하여 현해탄을 건너 도쿄에 왔는데 그 중에는 려운형 선생도 있었다. 이 소식을 들은 우리는 려운형 선생에게 대표를 보내여 이께부

---

2) 이기형, 『여운형평전』, 실천문학사, 2004. 301~302쪽.

꾸로 도지마공원에서 만나기로 약속했던 것이다. 민족의 해방과 독립을 위해 두려움 없이 꿋꿋이 싸워온 려운형 선생은 청년학생들 가운데서 두터운 신임을 받고 있었다. 이날 모임에서 심련수가 려운형 선생과의 담화내용을 전달하였다. 그 뒤 우리는 또 그 도지마공원에서 려운형 선생과 짧은 시간의 밀회를 가졌다.

우리는 려운형 선생의 말씀에 따라 행동 방안을 채택했다. 자신들뿐 아니라 많은 학우들까지 동원하여 학도병징집령을 거부하고 고향으로 돌아가기로 하였다.

1943년 10월 25일, 우리는 라진부두를 거쳐 도문에 도착하였다. 어느 틈에 낌새를 채였는지 도문가협화회 놈들이 찾아와서 우리에게 학도병에 나가라고 을러메였다. (후략)[3]


심연수는 일제의 강제 학병 징집을 피해 지바현 등지에서 1943년 10월까지 머물다 나진항을 거쳐 그해 겨울, 꿈에 그리던 용정으로 귀환하였으나 그곳도 안전하지 못하기는 마찬가지였다. 며칠 후 심연수는 흑룡강성 신안진으로 피신하여 소학교 교사로 근무하였다.[4]

성서국민우급학교에 재직하던 1945년 초 그의 8촌 형인 심경수의 소개로 그해 2월에 백보배와 용정 시내의 예배당에서 결혼식을 올렸다. 아내와 따로 떨어져 영안현에서 지내던 심연수는 같은 해 8월 임신한 아내를 만나러 용정으로 가던 중, 중간 지점인 만주국 간도성 왕청현 춘양진 역전(驛前)의 물탱크 부근에서 일제에 의해 무참히 살해되었다.

심연수가 그토록 학수고대하던 광복을 불과 1주일 앞두고 심연수는

3) 강근모, 「<학도병징집령>을 반대하여」, 중국조선족발자취편집위원회 편, 『중국 조선족발자취4 결전』, 중국: 민족출판사, 1991. 71-72쪽.
4) 심연수는 신안진, 영안 등지에서 소학교 교사로 일했으며, 김수산 선생의 도움으로 진성국민우급학교, 성서국민우급학교 등에서도 근무했다.

그렇게 산화하고 말았다. 심연수가 비명횡사 하였다는 소식을 전해들은 심연수의 부친이 수소문 끝에 그 해 10월경 시신을 수습해 용정 토기동 뒷산의 가족묘지에 안장했다.5) 심연수의 아내 백보배는 이듬해 1월 유복자를 출산하였다. 유복자 심상룡은 문화혁명 이후 북한으로 이주하여 현재 평양에 거주하는 것으로 알려지고 있다.

심연수의 유고가 세상에 알려지게 된 경위를 살펴보면 윤동주의 경우와 매우 흡사하다. 윤동주의 친구 정병욱의 당부로 그의 모친이 마루 밑에 보관하였던 윤동주의 유고가 광복 후 강처중의 주선으로 세상에 알려진 것처럼 심연수의 육필유고를 보관하였던 이는 심연수의 동생 심호수이다.

심호수는6) 1925년 1월 22일생으로 심연수보다 일곱 살 아래이다. 태어난 지 몇 달 만에 어머니의 등에 업혀 가족과 함께 고향 땅을 떠났다. 1945년 8월 8일 심연수가 비명으로 산화한 이후 심연수의 육필유고를 목숨처럼 지켜온 장본인이 심호수이다.

평생 농사를 지으며 살아온 심호수는 심연수의 육필유고를 항아리(오지독)에 담아 땅에 묻어 보관해 왔다. 비료 포대 등으로 유고를 묶어 항아리에 보관했다가 장마철이 지나면 습기를 제거하고 다시 묻기를 반세기 동안 지속해 온 공로자이다. 문화혁명 때는 일본 유학 시절의 물건들을 회수하려는 중국 공안들에게 적잖이 고초를 겪기도 했다.

이 유고를 정리하여 세상에 알린 이는 김룡운이다. 김룡운은 중국 연변지역의 조선족 원로 평론가이다.7) 심호수는 생전에 심연수의 유고를

---

5) 당시 신발과 바지를 보고 형님(심연수)임을 확신했다고 심호수가 증언한 바 있다.
6) 심호수는 4년여 동안 강릉에 머물렀다. 심연수선양사업위원회에서 2009. 8. 7. 강릉시 경포동 399번지 심연수의 생가터에 심연수 흉상을 건립할 당시, 심호수는 흉상 제작 과정에 직접 참여하여 심연수의 모습과 표정에 대해 상세하게 고증하는 등 고령임에도 불구하고 심연수 선양사업에 적극적인 관심을 보였다.
7) 김룡운은 심연수 시인의 유고 발굴 공로로 2013. 10. 1. 심연수문학상(공로상)을 수

출판해야겠다는 생각으로 시 몇 편씩을 필사하여 출판사에 보냈으나 유고의 진위 문제를 의심하여 아무도 응하지 않자 연길시 소재 연변사회과학원 문학예술연구소를 찾았다.

심호수가 소장하고 있는 유고가 진본임을 확인한 문학예술연구소는 심연수문학연구소조를 결성하여 본격 정리에 나섰다. 당시 문학예술연구소에서 발간하는 종합예술지 「문학과 예술」의 상무편집위원이었던 김룡운이 시인의 친필 유고 정리를 담당하였다. 2000년 7월 조선족문화예술인후원회(회장 이상규)의 재정지원으로 『20세기 중국조선족 문학사료 전집』제1집 심련수문학편(연변인민출판사)이 출간되어 심연수의 존재가 세상에 알려지게 되었다.

박미현은 심연수 관련 특집 보도를 통해 심연수를 대중적으로 널리 알린 공로자이다.[8] 심연수의 항일문학 현장인 중국 용정 일대를 국내언론사로는 최초로 현지 취재에 나섰다. 심연수와 관련된 생생한 삶의 자취와 민족의식, 문학 세계 및 문학사적 위상, 선양사업 현황 등을 7회에 걸쳐 심층 조명하였다.

박미현은 심연수 시인에 대한 발굴 보도로 한국 최고 권위의 '최은희여기자상'을 수상하였다. 제19회 최은희여기자상 심사위원회(위원장 김후란)는 수상자 선정 이유서에서 '일제 강점기 중국 연변에서 한글 문학을 수호하다가 요절한 심연수 시인을 발굴 보도해 그의 문학사적 위상을 정립하는 데 크게 기여했다.'고 했다.

엄창섭은 오랫동안 심연수선양사업위원회 위원장을 맡아 심연수 연구에 매진했다.[9] 2000년 당시 강릉예총 회장으로 강원도민일보사와 제1차

---

상하였다.

8) 박미현은 강원도민일보사 기획이사이다. 심연수선양사업위원회 위원으로 활동하였으며 심연수 학술세미나에서 수차례 관련 논문을 발표하였다.

민족시인 심연수 학술심포지엄을 공동 개최하였으며, 2001년 11월 심연수선양사업위원회가 구성된 이후 최근까지 위원장을 맡아 심연수 선양사업을 추진하였다. 매년 심연수 학술세미나와 시낭송대회 등 다양한 선양 사업을 전개하였으며, 특히 엄창섭은 『민족시인 심연수의 문학과 삶』(홍익출판사, 2003), 『심연수의 시문학 탐색』(제이앤씨, 2009) 등의 단행본 외에 매년 심연수 학술세미나를 통해 관련 연구 업적을 천착하여 심연수 문학 연구에 대한 학문적 기반을 조성하였다.

이 외에도 이명재(중앙대), 허형만(목포대), 임헌영(중앙대) 등의 연구 업적과 수십여 편의 학술 논문 등이 발표되어 심연수의 문학적 위상을 정립하였다. 이름 없이 사라질 수도 있었던 시인의 작품들은 이와 같이 수많은 조력자들의 노력으로 1940년대 한국문학사의 공백기를 메워주는 귀중한 자료로 편입되기에 이르렀다.

## 2. 유고의 원전 확정 문제

심연수는 생전에 만선일보의 지면을 통해 시작품 외에 기행문과 단편소설 등을 발표한 적이 있다.[10] 심연수의 이름과 심연수의 작품이 세상에 널리 알려진 것은 주지하는 바와 같이 2000년 7월 『20세기 중국조선

---

9) 엄창섭은 가톨릭관동대 명예교수이다. 국제펜클럽한국본부 고문을 맡고 있으며 심연수를 민족시인으로 자리매김 하는데 중추적 역할을 하였다.

10) 『만선일보』에 발표한 심연수의 작품은 시 5편 외에 기행문, 단편소설 등이 있다. 시작품은 「대지의 봄」(1940년 4월 16일), 「여창(旅窓)의 밤」(1940년 4월 29일), 「대지의 모색(暮色)」(1940년 5월 5일), 「길」(1941년 3월 3일), 「인류의 노래」(1941년 12월 3일) 등이고, 기행문은 「근역(槿域)을 찾아서」(1~3, 1941년 2월 18일~3월 5일)가 있고, 단편소설로 「농향(農鄕)」(상/하, 1941년 11월 12일/11월 19일)이 있다. 그밖에 『매일신보』에 평론 「문학의 사명」(상/하/속, 1942년 7월 1일/2일/8일)과 「영화와 연기」(1~4, 1943년 6월 2일~5일) 등이 있다.

족문학사료전집』제1집(심련수문학편)[11]이 간행되면서부터이다. 이 책의 간행으로 1940년대의 작품이 다량으로 공개되어 한국문학사에 편입됨으로써 우리 문학사의 암흑기 또는 공백기로 불리는 이 시기의 문학사를 새롭게 서술하는 소중한 전기를 마련하게 되었다.

이 책은 6부로 나누어져 있다. 제1부에는 시편 174편, 제2부에는 기행시초편 64편, 제3부에는 소설수필편으로 단편소설 4편, 수필 6편, 평론 1편이 수록되어 있으며, 제4부는 기행문편으로 기행문 1편이, 제5부 편지편에는 편지글 26편이, 제6부 일기편에는 1940년 1월 1일부터 1940년 12월 31일까지의 일기가 각각 수록되어 있다. 이어 부록으로 심연수가 필사한 강영희의 희곡 「회생」이 수록되어 있다. 이 책에는 심연수의 시작품 238편이 수록되어 있으나 심연수의 유작은 각편(version)으로만 보면 총 312편[12]에 이른다.

이 책은 문학사적 가치에도 불구하고 한편으로는 심연수의 문학세계를 폄훼하는 결과를 초래하였다. 312편의 시편 중에는 개작을 전제로 한 습작들이 다수 있었음에도 불구하고 이를 간과한 편저자들이 같은 제목의 개작 시 또는 다른 제목의 개작 시 등을 철저히 분류하지 못했다. 또 최종본을 정하는 문제에서도 편저자의 일방적 판단으로 수록함으로써 이 책에 수록된 심연수의 시작품에 대해 일부 비전문가의 폄론을 낳게 하는, 본의 아닌 오류를 범하였다.

이 책은 편찬을 기획할 때 편집 방향에 대한 논의가 부족하였던 것으로 판단된다. 김해응은 이 책의 문제점에 대해 구체적으로 지적했다.[13]

---

11) 『20세기중국조선족문학사료전집』제1집(심련수 문학편), 연길: 연변인민출판사, 2000.
12) 유작노트는 8권이다. 문집1 48편, 문집2 52편, 문집3 29편, 문집4 23편, 무적보(無跡步) 65편, 빈사초(濱砂草) 26편, 표지 없는 노트1 23편, 표지 없는 노트2 20편, 그 외에 몇 장 또는 낱장 단위로 13편, 5편, 4편, 3편, 1편 등 총 312편이다.
13) 김해응, 『심연수시문학연구』, 한국정신문화연구원 한국학대학원 박사학위 논문,

첫째 시의 형식을 유지하지 않았고, 둘째 일부 구절을 누락시키는 등 원문을 손상하였고, 셋째 여러 편의 이본이 있을 경우 최종본의 선택에 원칙이 없었으며, 넷째 일부 작품을 임의로 누락하였고, 다섯째 원문 표기를 임의로 변경하였으며, 여섯째 일부 작품의 연도를 잘못 표기하였으며, 일곱째 작품의 제목과 내용을 잘못 연결하였으며, 여덟째 작품 내용을 임의로 변경하여 원본을 훼손하였다는 점 등을 들어 이 책은 연구텍스트로서의 자격을 상실했다고 하였다.

2001년에 발간된 심연수의 시선집 『소년아 봄은 오려니』14) 역시 일러두기에서 원본에 충실해 오류를 바로 잡고 독자들의 편의를 위해 현대 한국의 표기법에 따랐다고 밝혔으나 이 책도 기본적으로 첫 출판본을 참고하였기 때문에 그 한계를 크게 벗어나지 못한 것으로 여겨진다.

심연수시전집에 나타난 문제점을 바로 잡기 위해 2004년에 심연수시전집15)이 다시 출간되었다. 이 책의 발간사에서 펴낸이는 시 원문을 교정하지 않고 원본에 가깝도록 최선을 다하였다고 기술하고 있으나 실제는 여러 곳에서 오류가 발견된다. 부득이 원본을 구하지 못한 것은 이전 출판본의 것을 그대로 썼다고 밝히고 있어 이 책 또한 스스로 한계점을 인정하고 있다.

심연수가 남긴 수많은 유고 작품 중에서 원전텍스트를 확정하는 문제는 그리 녹록하지 않다. 평자마다 선정 기준이 다르기 때문이다. 일차적으로 작품성이 인정되는 것은 모두 포함시켜야 한다. 역으로 말하면 이미 시전집에 수록되어 있는 작품이라 할지라도 작품성이 현저히 떨어지면

---

2003. 29~33쪽

14) 심연수시선집, 『소년아 봄은 오려니』, 강원도민일보사, 2001.

15) 『20세기중국조선족문학사료전집』제1집(심련수 문학편), 서울: 중국조선민족문화예술출판사, 2004.

제외하여야 한다.

동일 작품으로 판단 될 경우에는 최종본을 선정해야 한다. 창작일자가 구체적으로 나타날 때는 최신작이 최종본일 가능성이 높다. 그러나 모든 작품에 정확한 날짜가 기록되어 있는 것은 아니다. 「旅窓의 밤」은 3편의 이본과 만선일보 게재본 등 4종에 달한다. 이럴 경우 일반적으로 지면에 발표한 것을 최종본으로 하여야 한다고 생각할 수 있으나 세밀하게 관찰해 보면 반드시 그럴 것은 아니다. 3편의 이본이 동일 표기법(각자병서)을 사용하고 있는데 반해 만선일보에 게재된 시편의 표기법(합용병서)은 다르다. 심연수가 평소에 표기하던 방법을 쓰지 않고 합용병서의 표기법으로 바꾸어 투고했을 가능성은 매우 희박하다. 이는 당시 만선일보의 표기법이 합용병서이었기 때문에 시인의 작품을 변개했을 가능성에 더 무게를 두어야 한다.

심연수의 유고 중에는 「지평선」이라는 표제가 붙어 있어 시집 출간을 위한 작품집이거나 육필 자전시집이라 판단되는 것도 있다. 일반적으로 시집을 출간하기 위해서는 최종적으로 수정하여 싣는다. 그러나 「지평선」에 수록되어 있는 48편의 시편 중에는 다른 이본과 비교했을 때 작품성이 떨어지는 경우도 있다.

따라서 최종본의 결정은 결국 날짜만으로 판단하여 정할 수도 없고 이미 지면에 발표된 것으로 정할 수도 없으며 시집으로 묶어 놓은 것을 최종본으로 정할 수도 없다는 결론에 이른다. 오로지 이본들을 비교하여 작품성과 함께 시인의 의지를 추정하여 최종본을 정할 수밖에 없으므로 이 또한 다분히 자의적일 가능성을 배제할 수는 없다.

『심연수 원본대조 시전집』[16]은 심연수 연구의 기본 자료로 활용하기

---

16) 황규수 편저, 『심연수 원본대조 시전집』, 한국학술정보(주), 2007.

에 손색이 없는 수작이다. 앞서 출간된 심연수시선집의 여러 문제점들을 고려하여 정확한 원본 대조를 통해 대부분의 이견을 해소했다. 심연수의 유고에서 이본을 검토한 후 최종본으로 250편을 수록하였다. 제1부에는 1940년까지 창작한 시편들을 수록하고 제2부에서는 1941년부터 1943년까지 창작한 시편들을 수록하였다. 제3부에서는 김룡운이 추가로 발굴한 시조 8편[17] 등을 함께 수록하였다. 이로써 심연수의 유고 중 시 작품은 일단 258편으로 정리하는 것이 바람직할 것으로 판단한다.

『碑銘에 찾는 이름』[18] 은 심연수선양사업위원회의 의뢰로 발간된 시선집이다. 일반인들에게 심연수의 시를 널리 알리려는 의도에서 기획되었다. 이 책에 수록된 70편의 시는 심연수 전국시낭송대회의 지정시로 활용하고 있다. 심연수 연구자들에게 『심연수 원본대조 시전집』이 유용한 자료라면 심연수 시를 접하고자 하는 일반인들에게는 『碑銘에 찾는 이름』이 매우 적절한 텍스트로 활용될 수 있을 것이다.

## 3. 심연수 문학에 대한 평가

심연수의 문학세계가 세상에 알려진 이후 이에 대한 다양한 연구가 진행되었다. 매년 학술세미나가 개최되어 관련 분야의 전문가들이 소중한 연구물들을 꾸준히 천착해 가고 있다.

임헌영은 시인에 대해 "암흑기로 낙인찍힌 시기에 간도지역에서 민족

---

17) 김룡운은 도문에서 만난 윤길복으로부터 『노산시조집』을 받았는데, 이 책은 30년 전 심연수의 아들 심상룡이 북한으로 가면서 준 것이라고 한다. 이 책의 여백에 시조 8수가 심연수의 서명과 함께 자필로 기록되어 있다. 여기에는 '靑松 沈連洙'라고 표기하여 시인의 호를 밝히고 있다. 김룡운은 제12차 심연수 한중학술세미나(2012)에서 이에 대해 상세히 설명하였다.
18) 황규수 편저, 『碑銘에 찾는 이름』, 도서출판아송, 2010.

의식이 투철한 문학 작품을 썼던 많은 문인 중 그 자료가 발굴된 운 좋은 시인"이라고 언급하며 시인의 시세계와 관련하여 "심연수의 시를 차근히 읽어보면 김기림의 모더니즘 냄새가 물신 풍기고 있음을 감지하게 된다."고 하였다.19)

이명재는 "작품실적이나 삶의 발자취 및 문학사적 위상 면에서도 결코 윤동주에 못지않은 문학의 실체로서 새롭게 등장한 식민지시대 시인의 한 사람"으로 "수난기 중국조선족문학의 생생한 실체인 동시에 윤동주와 더불어 쌍벽을 이루며 일제 암흑기에 꺼져가던 한국민족문학을 불 밝혀 지켜낸 민족문학의 화신"이라고 했다.20)

이승훈은 시인의 시 「눈보라」에 대해 "이 시는 눈보라의 사실적 묘사가 아니고 시적 언어가 특수한 내면 혹은 상상력을 동기로 하고 무엇보다 사물에 대한 감각성이 강조된다는 점에서 이미지스트로서의 면모가 드러난다."고 평가하며, 이는 "그가 묘사하는 눈보라나 얼음의 이미지는 단순한 사물의 감각성이 아니라 식민지 시대의 자아 성찰로 발전하기 때문"이라고 논하였다. 또 일본유학기인 1941년부터 1943년까지의 시에 모더니즘적 요소가 두드러진다고 하였다.21)

문효치는 "우리 문학사에 심연수의 등장은 1940년대 암흑기를 밝혀줄 수 있는 쾌거"로 우리 문학사의 공백기에 "다량의 작품이 출현됨으로써 이제 이 시대의 문학사는 새로 써야만 할 것"이라고 했다.22)

---

19) 임헌영, 「심연수의 생애와 문학」, 제1차 민족시인 심연수 학술심포지엄(2000. 11. 30. 강릉문화의집)
20) 이명재, 「심연수 시인의 문학사적 위상」, 제3차 민족시인 심연수 국제학술심포지엄(2002. 11. 27. 강릉문화예술관 소공연장)
21) 이승훈, 「심연수의 시와 모더니즘」, 제5차 민족시인 심연수 국제학술세미나(2005. 11. 19. 강릉관광호텔 세미나실)
22) 문효치, 「1940년대 민족문학사의 새로운 지평」, 위의 국제학술세미나.

문덕수는 심연수 연구에 대해 '해석 공간에 대한 역설적 은폐'를 경계하며 "작품의 정본을 모으는데 힘을 모으면서 그의 다양한 연구 공간"을 열어 놓는 일이 중요하다는 점을 강조하고, "그의 식민지시대 말기의 활동은 그 자체로서 작품에 대한 가치 평가 자체를 넘어서는 사실로 존중되어야 할 것"이라고 했다.23)

조동구는 '자기 응시와 대결 및 초극의 자세'에 대해 "심연수의 '자아' 찾기는 극한상황과 대결하고자 하는 비장한 다짐과 실천으로 이어진다. 그런 점에서 「거울 없는 화장실」과 같은 공간은 바로 스스로를 만나는 가장 깊은 자성의 자리가 되며, '무서운 죄의 시험'을 이겨낼 수 있는 성스러운 공간으로 바뀌게 되는 것"이며 "햇빛조차 들지 않고 창도 없이 벽으로 둘러싸인 「방」은 바로 일본에서 겪는 심연수의 내면 풍경"이지만 "밀실은 더 이상 무섭고 외로운 공간이 아니다. 오히려 자기 단련과 성숙의 공간이다. 어두운 방에 조각 같이 앉아서 스스로를 돌아보는 순간, 이미 그는 '죄수'가 아닌 '성자'로 거듭나는 것"이라고 논하며 심연수의 자아 성찰과 응시의 모습은 이 무렵의 여러 시편들에서 확인된다고 하였다.24)

홍문표는 "민족문학사가 멸절되고, 모두가 친일을 하거나 붓을 꺾고 침묵하는 시대에 불행한 민족의 현실을 직시하면서 애국지사로, 불온한 사상가로, 이국의 망명객으로, 감옥에서, 망명지에서, 저항하며 민족의 아픔을 처절하게 노래한 이육사, 윤동주, 심연수가 있었기에 바로 민족문학사의 암흑기, 실종기, 공백기로 치부될 이 시기가 그래도 민족문학의 명맥을 잇고 저항문학의 단서를 확보할 수 있게 되었다는 점에서 소중한

---

23) 문덕수, 「심연수론을 위한 각서」, 제6차 민족시인 심연수 학술세미나(2006. 10. 14. 강릉관광호텔 세미나실)
24) 조동구, 「심연수의 후기시 연구」, 위의 학술세미나.

의미가 있는 것"이라고 했다.[25]

허형만은 심연수 시조의 주제의식에 대해 "그는 여행을 통해 일제 치하에서 조국을 잃어버린 한과 민족의 뼈아픈 현실을 외면하지 않았다. 뿐만 아니라 일제에 저항하는 정신과 해방을 확신하며 기다리는 지사적 면모도 잃지 않았다. 불교에 대한 비판까지도 시조의 형식 속에서 거침이 없었다."고 했다.[26]

오양호는 「석마」에 대해 '신생 제국의 수도 신경을 배경으로 한 이민소설'이라 규정하고 주인공 주도열의 "이농민촌 회귀라는 결말은 이 인물이 결국 한 시대 고난, 소외된 존재, 차등화된 삶을 살았던 한국인의 어떤 초상"이 된다고 지적하며 안수길의 「북향보」와의 대비에서 "「석마」가 이런 소망스럽지 못한 현실을 조응하고 있다는 점에서 작가의 대현실의식이 「북향보」보다 더 예각적인 구조"라고 했다.[27]

신봉승은 "문학을 논하면서 지역을 연계하는 현상을 바람직한 것이라고는 할 수가 없다."고 지적하며 "심연수 시인이 강릉에서 태어났다고 하여 그의 문학을 연구하고 평가하고 선양하는 일을 강릉 지역의 문학인들만의 전유물로 삼는 것은 결코 바람직한 일이 아니다. 그는 강릉의 문인만이 아니라 한국의 문인이기에 더욱 그렇다."고 했다.[28]

오오무라 마스오는 "심연수는 아직 확정적인 평가를 얻지는 못하고 있다."고 진단하면서도 "결국 민족시인, 저항시인으로 보려는 경향이 대세를 이루고 있다."고 평가하였다. 시인의 작품과 관련하여 "예술적 향기라는 면에서는 다소 떨어지나, 기록성 면에서는 귀중하다. 당시의 재만 조

---

25) 홍문표, 「심연수의 문학세계」, 위의 학술세미나.
26) 허형만. 「심연수 시조 연구」, 위의 학술세미나.
27) 오양호, 「만주로 간 사람들의 후일담 고찰」, 위의 학술세미나.
28) 신봉승, 「지역의 문학, 그 자학의 공터」, 위의 학술세미나.

선청년이 어떤 생각을 갖고 어떤 생활을 보내고 있었는가를 알기에는 매우 좋은 재료"라고 언급하며 "'항일'이란 일본의 모든 것을 거부하는 것은 아니다. 심연수 뿐만 아니라 김기진, 윤동주 그 외의 많은 일본 유학생들도, 일본을 통해 근대사상과 근대화를 흡수하면서 성장해 갈 수 있었다."고 했다.[29]

김우종은 심연수를 민족주의적 항일시인으로 평가할 때 가장 먼저 그 잣대로 삼기 쉬운 것이 '8.15 직전 피살사건'인데, 이것은 평가가 과장될 수 있는 위험한 요소라고 지적하면서 "심연수가 민족주의적 항일시인으로 평가되려면 아직 연구 단계에 있는 그의 작품들 속에서 좀 더 구체적인 항일문학을 찾고 행적도 찾아 봐야 할 것이며 그 전에 항일시인이라는 평가에만 큰 비중을 두려고 해서는 안 될 것"이라고 했다.[30]

박승희는 "심연수 문학의 역사적 가치는 지금 여기 우리 시대와의 소통을 통해 실현될 수 있다. 식민지 이주의 역사는 문화적 상황 이전의 것이다. 그러나 시대적 삶의 애린을 형상화 한 시대의 문학은 그 역사의 내면이자 지금 우리들의 정체성이라 해도 과언"이 아니라고 하며 "심연수 문학을 비롯한 이주 문학을 우리 시대의 문학 나아가 민족문학사의 전면으로 내세우는 이유가 여기에 있다."고 했다.[31]

조규익은 심연수의 초기 시 가운데 시조의 형식을 취하고 있는 작품이 많다는 점과 관련하여 "본토로부터 전파된 시조창작 열기가 30년대 만주 문단에 영향을 주었고, 만선일보 등 대중매체들이 그 창작 열기에 가세함

29) 오오무라 마스오,「심연수의 일본관」, 제7차 심연수 국제학술세미나(2007. 12. 4. 프레스센터 세미나실). 일본 와세다대 명예교수.
30) 김우종,「심연수의 문학사적 자리매김」, 제8차 심연수학술세미나(2008. 8. 8. 강릉 시청소년수련관 공연장)
31) 박승희,「심연수 문학의 역사적 소통과 그 교육적 의미」, 제10차 심연수학술세미나(2010. 8. 6. 경포대현대호텔 연회실)

으로써 시조는 이 시기 운문의 주된 장르로 자리를 잡았다. 자연스럽게 문학청년들은 시조를 통해 시 창작법의 핵심을 익히게 되었으며, 이은상 등 영향력 있는 문인들의 작품집이 도입되면서 보다 심도 있는 창작수업이 이루어질 수 있었던 것"이라고 했다.[32]

전국권은 「고독(1)」을 시인의 역작으로 평가하면서 "시인 자아 주체가 영혼과 대화하는 근엄한 표정, 용사의 기백을 지니고 험산준령을 넘는 늠름한 고독자의 정신 자세"가 역력히 보이고 있어 심연수는 미에 대한 고도의 이해를 가지고 시 예술을 탐구해 왔음을 새삼스럽게 느낄 수 있다고 하였다.[33]

그 동안 13차에 걸친 학술세미나를 통해 40여 편의 연구 논문이 발표되었으며 심연수 관련 학위 논문으로는 박사학위 논문 4편[34] 외에 석사학위 논문이 다수[35] 발표되었다.

---

32) 조규익, 「뜨거운 열정, 낮은 목소리」, 위의 학술세미나.

33) 전국권, 「심련수 미학 사상 탐구」, 제11차 심연수 한중학술세미나(2011. 8. 9. 관동대 컨벤션룸). 전국권(연변대 교수)은 건강 상의 문제로 세미나에 직접 참석하지는 못했다.

34) 김해응, 「심연수 시문학 연구」, 한국정신문화연구원 한국학 대학원 박사학위논문, 2003.
최종인, 「심연수 시문학 연구」, 관동대학교 대학원 박사학위논문, 2006.
유 하, 「윤동주와 심연수의 시의식 연구」, 전남대학교 대학원 박사학위 논문, 2012.
박복금, 「심연수 문학 연구」, 강릉원주대학교 대학원 박사학위논문, 2014.

35) 고세환, 「심연수 시 연구-시의 발전과정과 시의식의 전개 중심으로」, 관동대학교 교육대학원 석사학위논문, 2002.
김명순, 「심연수 시의 상상력과 모더니티 연구」, 관동대학교 교육대학원 석사논문, 2003.
임향란, 「심연수 시 연구」, 안동대학교 대학원 석사학위논문, 2003.
이장식, 「심연수 시 연구」, 전남대학교 교육대학원 석사학위논문, 2004.
김원장, 「심연수 시조의 특성과 경향에 대한 연구」, 관동대학교 교육대학원 석사학위논문, 2004.
박복금, 「심연수 시의 시적 정서와 주제적 특성 연구」, 강릉원주대학교 대학원 석사학위논문, 2005.

## 4. 심연수 선양사업의 과제

심연수 선양 사업은 국내와 중국 연변으로 나누어 생각해 볼 수 있다. 중국 현지에서의 선양사업은 매우 미미한 수준이다. 2001년 용정시에 구성되었던 <심연수선양사업회>는 용정문련 주석이 회장을 겸하였다. 용정문련에서는 김인수 주석 재임 시 용정시와 강릉시 양국 간에 교류 행사가 진행되었다. 이후 리경득 주석이 심연수를 소재로 한 소설 <불멸의 혼불 심연수>를 출간하는 등 다소의 사업이 진행되었으나 현재 용정에서의 사업은 중단된 상태이다.

이후 연길시를 중심으로 <연변시가학회(회장 김영건)>를 구성하여 <연변 심연수문학상> 시상과 <한중학술세미나> 등의 행사를 진행하였으나 여러 문제로 단체 간의 교류는 현재 거의 중단된 상태이다. 금년에 심연수 탄생 100주년을 맞아 심연수가 상당기간 거주했던 흑룡강성에서 심연수 학술세미나를 개최함으로써 새로운 한중 문화 교류의 가능성을 시험하는 계기가 될 것으로 기대한다.

강릉에서 수행하는 선양사업은 심연수선양사업위원회(위원장 엄창섭)가 주관하였으며 2001년 이후 매년 다양한 형태의 선양사업이 추진되어 왔다. 2016년부터 심연수선양회(회장 이진모)로 명칭을 변경하여 실무적인 선양사업으로 사업의 방향을 전환하여 수행하고 있다.

강릉예총과 강원도민일보사가 공동 주최한 <제1차 민족시인 심연수 학술심포지엄>이 2000.11.30. <강릉문화의집>에서 개최됨으로써 심연수의 고향 강릉에서의 선양사업이 시작되었다. <제2차 민족시인 심연수 학술심포지엄>이 2001.08.13. 중국 연길시에서 연변인민출판사와 우리문학기림회(후원 : 대산문학재단)의 공동 주최로 개최되었으며 이날 용정실험소학교에서 심연수 시비(지평선) 제막식이 거행되었다. 2001.11.08. 강릉시청 회의실에서 <심연수 시인 선양사업위원회>가 구성되어 엄창섭 박사가 위원장으로 위촉되었다.

<제3차 민족시인 심연수 국제학술심포지엄>이 2002.11.27. 강릉문화예술관 소공연장에서 강릉예총 주최로 개최되었다. 2003.05.20.(시인의 출생일) 경포호변 산책로 끝자락에 <심연수 시비>(조각가 이재욱 作)가 건립되었다. 2003년 5월 중국 용정에 있는 심연수의 문중 묘소를 정비하고 심연수의 묘비를 세웠다. 이 행사는 삼척심씨대종회의 예산지원으로 용정심연수선양사업회에서 주관하였다.

<제4차 심연수 학술심포지엄>이 2004.11.29. 관동대학교 강당에서 심연수선양사업위원회와 관동대 대학원 공동 주최로 개최되었다. 2005.11.18.~11.19 양일간 <민족시인 심연수 60주기추모 문학의 밤 및 제5차 국제학술세미나>가 강릉시청 대강당과 강릉관광호텔 세미나실에서 개최되었다. 이후 매년 학술세미나가 정례화 되었다.

<제1회 심연수 전국시낭송대회>가 2006.06.24. 강릉MBC 공개홀에서 개최되었다. 이후 전국시낭송대회는 매년 1회 개최되고 있다. <민족시인 심연수 선양 음악회 및 제6차 학술세미나>가 2006.10.13.~10.14. 강릉문화예술관과 강릉관광호텔 세미나실에서 각각 개최되었다.

2007년부터는 선양행사의 명칭을 문학제로 하고 다양한 행사를 진행하였다. <2007 심연수문학제>에서는 <심연수 시화전>이 2007.10.29.~11.11. 강릉시청 로비, 강릉MBC 로비, 태백 황지연못 광장, 춘천 자유회관 등에서 개최되었고, <제7차 국제학술세미나>가 2007.12.04. 서울 프레스센터 세미나실에서 일본 와세다대 오오무라 마스오 교수를 초청하여 개최하였다. 이 자리에서 한양대 이승훈 교수에게 <제1회 심연수문학상>이

시상되었으며 리경득 작가의 심연수 관련 테마 소설 <불멸의 혼불 심연수>의 출판기념회도 함께 진행되었다. 강원도민일보사에서는 심연수 학술세미나 논문총서를 간행하였다.

<2008 심연수문학제>에서도 연례적으로 <제8차 심연수학술세미나>(2008.08.08)가 개최되었고 <제2회 심연수문학상>은 인천대 오양호 교수가 수상하였다. <심연수 선양 열린음악회>(2008. 8. 8. 19:10)와 <제3회 심연수 전국시낭송대회>(2009.08.09.14:00)가 개최되었다. <2009 심연수문학제>에서는 <제9차 한중학술세미나>를 2009.08.12. 중국 연길시 동북아호텔에서 개최하였다. <제3회 심연수문학상>은 오산대 홍문표 총장이 수상하였다. <제4회 심연수 전국시낭송대회>가 개최되었고, 심연수의 생가터에 흉상을 건립하였다.

<2010 심연수문학제>에서는 <심연수문학상>을 중국에서도 시상하였다. 국내 수상자는 목포대 허형만 교수였으며, <제1회 연변 심연수문학상> 수상자는 윤청남 시인이었다. 저자인 황규수 박사가 참석한 가운데 <비명에 찾는 이름> 출판기념회가 2010.08.06. 경포대현대호텔에서 개최되었다.

<2011 심연수문학제>는 예년과 마찬가지로 <5회 심연수문학상>(수상자 유승우 교수) 시상식, <시민초청 음악회>(라틴밴드 <마리아치라틴>초청), <제2회 연변 심련수문학상 시상식(수상자 심예란 시인), <제11차 심연수 한중학술세미나>, <제6회 심연수 전국시낭송대회> 등이 각각 개최되었다. <2012 심연수문학제>는 연례적인 행사 외에 <전국청소년문예공모전 및 문학캠프>를 개최했다. 2012.10.27~10.28 양일간 문학 강연과 백일장을 개최하여 청소년들에게 심연수 문학을 알리는 기회를 가졌다.

<2013 심연수문학제>에서는 <제13차 심연수 한중학술세미나>, <제2회 전국청소년문예공모전 및 문학캠프>, <제8회 심연수 전국시낭송대회>를 각각 개최하였으며 심연수 육필원고 발굴 공로자인 김룡운에게 <심연수문학상(공로상)>을 시상하였다. 시상식에는 시민들을 초대하여 <민족시인 심연수 선양 열린음악회 "고향 그리고 사랑">을 개최하였다. <논문총서2>를 발간하였으며 커피축제 기간에 낭송단체와 함께 <심연수 대표시 낭송회>를 개최하였다.

2014년부터는 예산상의 문제로 행사가 축소되었다. <제14차 심연수 학술세미나>, <제9회 심연수 전국시낭송대회>, <제3회 전국청소년문예공모전 및 백일장>이 개최되었으며, 강릉시 관내에서 활동하는 시낭송 단체를 초청하여 <심연수 대표시 낭송회>를 개최하였다.

2015년에는 한중 교류 사업을 복원하기 위해 학술세미나를 중국 용정 도서관에서 개최하였으며, 국내에서는 70주기 추모 행사로 추모 시낭송제를 개최하였다. <제15차 심연수 한중학술세미나>, <제4회 전국청소년문예공모전 및 백일장>, <심연수 70주기 추모 시낭송제 및 제10회 전국시낭송대회>가 열렸다.

2016년과 2017년에는 2015년과 동일한 수준의 선양사업을 수행하였다. 제16차, 제17차 <심연수 한중학술세미나>, 제5회, 제6회 <전국청소년문학캠프(문예공모전 및 백일장)>, <민족시인 심연수 추모 시낭송제 및 제11회 전국시낭송대회> 그리고 2017년에 <민족시인 심연수 추모 시낭송제 및 제12회 전국시낭송대회> 등이 개최되었다.

심연수 선양사업은 이제 일정 수준에 도달한 것으로 판단된다. 앞으로의 과제는 일회성의 선양사업이 아니라 거시적 관점에서 접근해야 할 필요가 있다. 학술세미나를 통해 연구 업적을 지속적으로 축적하고, 시낭송

행사를 통해 일반인들에게 심연수의 시작품을 널리 알리는 일을 병행하여 진행하여야 한다. 다음 세대에게 심연수 시인의 존재를 알리는 일도 매우 중요하므로 청소년문학캠프의 내실 있는 진행 또한 필요하다.

아울러 청소년들의 수준에서 이해할 수 있는 시편들을 선정하여 현대어로 다듬고 현대 국어표기법에 맞게 확정하는 작업이 필요하다. 이 문제는 원본 시구의 일부를 변개한다는 측면에서 반론이 제기될 수 있는 예민한 문제이므로 충분한 논의가 필요하다. 원본에 충실해야 하는 것이 원칙이지만 지나치게 원본만을 고집해서는 대중들과 친숙해질 수 없다. 심연수의 시작품은 1930년대의 표기법으로 기록되어 있기 때문이다. 이 문제는 향후 학술세미나의 주제로 선정하여 이러한 작업을 학문적 토론의 장에서 공론화 하는 것이 필요할 것이다.

심연수에 대한 선양사업은 심연수의 문학세계 외에 심연수가 걸어온 삶의 궤적에 대해서도 사실에 입각하여 일관되게 정리할 필요가 있다. 심연수에 대한 연구는 그가 성장하고, 그의 유고가 보관되었던 중국에서 시작되었으므로 중국 현지의 연구 업적물은 심연수 연구자들에게 참고문헌으로 적극 활용된다. 육필유고의 출처와 관련하여 일부 연구 논문에서는 그 유고가 심연수가 피살될 때의 현장에서 발견된 것으로 매우 드라마틱하게 묘사하고 있으나 유고를 보관했던 심호수의 증언을 종합해보면 이는 허구라고 판단된다.

심연수선양회에서 심연수 선양사업과 관련하여 선정한 장단기 과제는 두 가지이다. 첫 번째는 심연수 시인을 독립유공자에 선정되도록 하는 일이다. 이를 위해서는 1945년 이전의 기록이 필요하다. 특히 일본 유학 이후 소학교 교사로 봉직했던 흑룡강성(신안진, 영안)에서의 활동 내용을 객관적으로 확인하는 일이 급선무이다.

두 번째는 심연수의 시편을 교과서에 수록하는 일이다. 많은 사람들에게 알리는 방법으로는 교과서에 수록하는 일만한 것이 없다. 이를 위해서는 문학성과 독립 투쟁성이 도드라진 작품을 선정하여 다양한 연구를 진행해야 한다. 이러한 일련의 과정들이 진행된다면 심연수는 명실 공히 민족시인으로 한국문학사에 길이 남을 것이다.

## <참고문헌>

### 1. 자료

심련수,『20세기 중국조선족문학사료전집』제1집(심련수 문학편), 연변인민출판사, 2000.

심연수,『민족시인 심연수 시선집 - 소년아 봄은 오려니』, 강원도민일보사, 2001.

_____,『20세기 중국조선족문학사료전집』제1집(심연수 문학편), 중국조선민족문화예술출판사, 2004.

황규수 편저,『심연수 원본대조 시전집』, 한국학술정보, 2007.

_____,『심연수 시선집-비명(碑銘)에 찾는 이름』, 도서출판 아송, 2010.

심연수선양사업위원회 편,『심연수 학술세미나 논문총서 I 』, 심연수선양사업위원회, 2007.

심연수선양사업위원회 편,『심연수 학술세미나 논문총서 II 』, 심연수선양사업위원회, 2013.

### 2. 단행본

김해응,『심연수 시문학 연구』, 한국학술정보, 2006.

엄창섭,『민족시인 심연수의 문학과 삶』, 홍익출판사, 2003.

_____,『심연수(沈連洙)의 시문학 탐색』, 제이앤씨, 2009.

엄창섭 · 최종인,『심연수 문학연구』, 푸른 사상, 2006.

오양호,『만주이민문학연구』, 문예출판사, 2007.

오오무라 마스오,『윤동주와 한국문학』, 소명출판, 2001.

이기형,『여운형 평전』, 실천문학사, 2000.

홍문표,『상생의 문학과 구원의 문학』, 창조문학사, 2009.

황규수,『심연수 시의 원전 비평』, 한국학술정보, 2008.

_____,『한국 현대시와 만주체험』, 한국학술정보, 2009.

### 3. 논문

김해응,「심연수 시문학 연구」, 한국정신문화연구원 한국학 대학원 박사학위논문, 2003.

최종인,「심연수 시문학 연구」, 관동대학교 대학원 박사학위논문, 2006.

유하,「윤동주와 심연수의 시의식 연구」, 전남대학교 대학원 박사학위 논문, 2012.

박복금, 「심연수 문학 연구」, 강릉원주대학교 대학원 박사학위논문, 2014.

고세환, 「심연수 시 연구-시의 발전과정과 시의식의 전개 중심으로」, 관동대학교 교육대학원 석사학위논문, 2002.

김명순, 「심연수 시의 상상력과 모더니티 연구」, 관동대학교 교육대학원 석사논문, 2003.

임향란, 「심연수 시 연구」, 안동대학교 대학원 석사학위논문, 2003.

이장식, 「심연수 시 연구」, 전남대학교 교육대학원 석사학위논문, 2004.

김원장, 「심연수 시조의 특성과 경향에 대한 연구」, 관동대학교 교육대학원 석사학위논문, 2004.

박복금, 「심연수 시의 시적 정서와 주제적 특성 연구」, 강릉원주대학교 대학원 석사학위논문, 2005.

지은이 **이진모**

　　1958년 강원도 태백 출생
　　가톨릭관동대 국어교육과 졸업
　　동 대학원 국어국문학과 석사 및 박사과정 졸업
　　가톨릭관동대 교양과 교수
　　심연수선양회 회장

일제강점기 항일민족시인 심연수의 삶과 문학

# 심연수 평전

| | |
|---|---|
| 초판 1쇄 인쇄일 | 2018년 12월 1일 |
| 초판 1쇄 발행일 | 2018년 12월 5일 |

| | |
|---|---|
| 지은이 | 이진모 |
| 펴낸곳 | ㈜씨엔씨미디어콘텐츠 |
| 등록 | 2018년 11월.22일 제 420-2018-0000006 호 |
| 주소 | 강원도 강릉시 범일로 579번길 24, 창조관 805호 |
| 전화/팩스 | 033-648-9916 / 033-902-9916 |
| 홈페이지 | http://cncm.kr |
| 전자우편 | cncm2018@naver.com |

| | |
|---|---|
| ISBN | 979-11-965564-0-2 *03810 |
| 가격 | 15,000원 |